집결한 동료들을 이끄는 흑발 소년──
나츠키 스바루가 외친다.

"──우리는 최강!!"

"""최강! 최강! 최강──!! """"

일제히 터져 나오는
함성이 하늘을 쩌렁쩌렁 울리고,
어마어마한 투기가
전장에 번져 나간다.

고즈 랄폰

렘

사로잡힌 『사자기사』

The Lion Knight in Captivity

"발로이 테메글리프!
어째서 네놈이 살아있지!"

"안 말합니다, 귀면 신사님."

세련된 느낌의 미성이 흘러나오고,
답하기를 거부하면서도 존재를 긍정했다.

Re: Life in a different world from zero

The only ability I got in a different world "Returns by Death"
I die again and again to save her.

CONTENTS

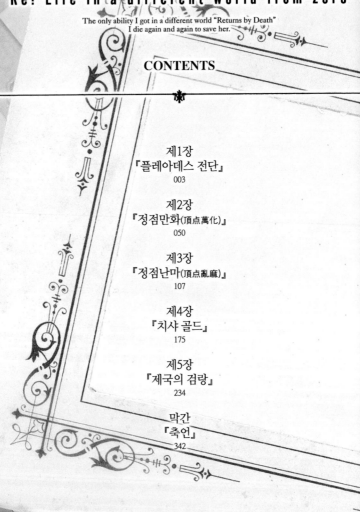

Re:제로

Re: Life in a different world from zero

부터 시작하는 이세계 생활

33

나가츠키 탓페이 지음
오츠카 신이치로 일러스트

표지 · 본문 일러스트
오츠카 신이치로

제1장 『플레아데스 전단』

1

　세계에서 가장 긴 역사를 가진 대국, 신성 볼라키아 제국.

　그 제도 루프가나를 무대로 제국군과 반란군 사이에서 펼쳐진 일대 결전, 그것은 도처에서 고비를 맞이하는 중이었다.

　하얀 눈이 내리는 전장에 구름을 두른 용(龍)이 날아 내려오고, 난운처럼 치솟은 화염이 하늘을 벌겋게 태운다. 돌덩이 인형들과 결사를 각오한 병사들이 맞부딪치며, 무너진 성벽을 앞두고 격돌하는 것은 짐승의 굳센 팔과 노회한 악의──. 전황은 밀고 밀리며 일그러져 간다.

　그러나 이 순간, 이 찰나, 이 전장에서 가장 중요한 지점은 제도의 최심부── 수정궁이라 불리는 세상에서 제일 아름다운 성에서 터진 하얀 빛이었다.

　성의 전체에 사용된 마수정(魔水晶)── 마석 중에서도 유달리 순도가 높은 그것이 내부에 담아 둔 마나를 증폭하며 대상을 쓸어 버리는 전략 병기 『마정포(魔晶砲)』.

　볼라키아 제국이 보유한 최대 화력의 포격이며, 이 대규모 전투의 추세를 한 방에 결정할 수 있는, 말 그대로 비장의 수였다.

"──마정포의 여력은 한계까지 쳐서 세 번, 하지만 이 전장에서는 한 번밖에 꺼낼 수 없지."

그것이 반란군을 지휘하여 제도의 공략을 선도하는 아벨의 예측.

마정포는 국토 방위의 요체이며, 장래를 고려하면 쓰고 버리는 일이 있을 수 없다. 거기에 관해서는 가짜 황제로서 제도에 눌러앉은 빈센트도 같은 생각일 터다.

──그렇듯 적에 대한 절대적인 확신에, 아벨은 구태여 이름을 붙이지 않았다.

그 이름 없는 확신을 근거로 아벨은 전장에 책략을 꾸몄다. 딱 한 번밖에 쏠 수 없는 대신에 헛방을 치지 않으면 확실하게 패배하는 비장의 수를 쏘게 하기 위한 책략을.

귀중한 전력인 지크르 오스만과 그 부하들, 더해서 태세를 회복한 각 부족의 주력을 묶은 미끼를, 『구신장』 중 한 명 모그로하가네와 정면으로 부딪치는 책략이다.

"──정예는 미끼로 쓴다. 적은 무시할 수 없지."

그 결과, 마정포의 포구는 제3정점에 겨누어졌다. 아벨 일파는 지크르 부대의 희생과 맞바꾸어 적의 비장의 수를 헛방 치게 하는 데에 성공한다──. 그래야 했다.

"────."

찰나, 발사된 하얀 빛이 검은 빛에 삼켜지는 모습을 전장의 많은 이들이 목격했다.

마정포의 존재를 모르는 이들은 모든 것에, 아는 이들은 그 일격이 소실한 원인에, 한순간의 사건에 무수한 의문이 발생하여 시간을 빼앗긴다.

　그것이 상상의 범주 밖이었음은 본진에서 모든 것을 보던 아벨도 예외가 아니다.

　"──예정대로, 신호를 터트려라!"

　"──아."

　"속히 따르라! 늦어지면 지크르 오스만의 죽음을 초래한다!"

　다만 그가 다른 이들과 다른 것은 거기서 복귀가 누구보다 빨랐다는 점이다. 아벨은 직면한 현실을 인정하고 경직된 본진의 병사들에게 날카로운 목소리로 지시했다.

　많은 경우, 전장에서 필요한 것은 옳은 판단보다 빠른 판단이다. 그리고 그 판단 다음에 있는 것을 장악하고 판단을 옳은 것으로 바꾸는 것.

　이때, 본진에 남겨진 병사는 누구나 지크르가 가려 뽑은 우수한 이들이었다.

　원래부터 지크르의 희생을 전제로 한 작전을 아는 그들에게, 지크르의 생명을 들먹이는 지시는 공허하게 들렸으리라. 그러나 그들은 주저 없이 수용하고 움직였다.

　"＿＿＿＿＿."

　파열음이 울려 퍼지고, 마석포가 다른 두 색깔의 빛을 내는 마석을 쏘아 올렸다.

　상대도 마정포라는 비장의 수를 뽑았다. 이쪽도 똑같이 비장의 수를 꺼내겠다는 신호다.

이에 따라 전황이 어지럽게 변화하는 전장에 새바람이 분다. 하지만 동시에 아벨은 자신이 일으킨 바람과는 다른, 다른 바람이 전장을 어지럽힌 사실을 주시했다.

마정포의 일격, 그 소실과도 무관하지 않은, 새러룬 바람의 발생지──.

"──서쪽에서 국면을 움직이려고 하는 네놈은, 대체 누구지?"

2

"……상대 진영에 각하가 계시는 이상, 마정포 대책은 있을 것으로 생각하고는 있었습니다만."

설마 피해를 최소한으로 국한하는 정도가 아니라 불발로 끝내는 대책을 준비할 줄이야.

방아쇠를 위임받은 마정포의 무효화를 지켜보던 벨스테츠 폰 달폰은 수정궁 최상층에서 전장을 바라보며 어지간해서는 부릅뜨지 않는 눈을 크게 뜨고 있었다.

제국의 비장의 수인 마정포는 그 존재가 알려져도 막을 도리가 없는 전략 병기.

따라서 벨스테츠는 적대한 빈센트가 반란군의 포진을 흩어서 희생을 각오하고 포위전을 시행하는 고육지책으로 나설 것으로 추측했다. 실제로 선수를 쳤다가 패주한 오합지졸을 흡수하여 제3정점에 전력을 모은 것은 그 작전의 일환이라고 확신했었다.

그렇기 때문에 벨스테츠는 최대의 피해를 주고자 마정포로 제3정점을 노린 것이다.

상대의 의도에 넘어가면서도 최대 전과를 얻는다. 거기에다 전장을 재정비하여 당당히 자웅을 가를 심산——— 그 의도가, 마정포의 봉쇄로 완전히 빗나갔다.

어떤 수법을 썼는지 제국 재상인 벨스테츠조차 예상할 수 없는 방법. 설령 옥좌에서 쫓겨날지언정 현제(賢帝) 빈센트 볼라키아는 건재하다는 의미다.

"그렇기에 이 사람은 진심으로 아쉽다고 생각하는 것이지요, 각하."

강자가 존경받는 볼라키아 제국, 그 정점에 있음에도 폭력보다 지략으로 제국을 지배한 빈센트의 자세는 기적적으로, 무력의 재능에 버림받은 벨스테츠 같은 자들의 희망이었다. 섬기고 보필하는 것을 자랑스럽게 여겼었다.

그저 황제의 책무를 다하고, 볼라키아 제국의 영화를 지키기만 해 준다면.

"돌아와서 어쩌시렵니까, 각하……."

옥좌에 복귀해 봤자 그 자세를 바꿀 생각이 없으면, 황제의 책무를 저버리기만 할 생각이라면, 아무리 뛰어난 황제라 해도 옥좌에 앉아서는 안 된다.

그것이 바로 벨스테츠 폰달폰이 황제에게 반역한 이유 전부이므로.

"벨스테츠 재상님! 저것을 보십시오!"

별안간 벨스테츠 옆에 대기하고 있던 병사 중 한 명이 소리를 질렀다.

병사의 시선을 좇으니 전장 저 멀리 후방—— 아마도 반란군의 본진이 있을 지점의 하늘에, 마석이 뿜는 두 색깔의 빛이 보였다. 모종의 신호다.

단, 전방의 병사에게 보내는 것치고는 소리도 빛도 지나치게 약하다.

"——예비 전력."

벨스테츠는 그것이 전장 안이 아니라 밖으로 보낸 신호임을 금세 알아챘다.

하지만 각지에서 모인 반란군은 이미 전장에 투입되고 『구신장』이 수호하는 성벽의 공방전에서 소모되었다. 대관절 무엇이 예비 전력으로 기능할 것인가.

예비 전력이란, 그냥 단순히 아까워하는 장기짝을 가리키는 게 아니다.

전황을 결정적으로 바꾸기 위해서 투입되는, 정확한 의미로 비장의 수여야 한다. 당연히 그에 따른 결정력을 기대할 수 있어야 의미가 있다.

이 상황에서 반란군 측의 결정력으로서 기능할 여지가 있는 것은——.

"설마."

느닷없이 스쳐 간 가능성에 벨스테츠가 실처럼 가늘게 뜬 눈을 서쪽 너머로 돌렸다.

벨스테츠의 시야에 날아든 것은, 좌우로 크게 전개되어 여전히 하늘을 가득 메우며 다가오는 그림자―― 볼라키아 제국이 자랑하는 하늘의 패자, 비룡 무리다.

"――세리나 드라쿨로이 상급백입니까."

복수의 비룡이 운반하는 호화로운 비룡선은 『작열공』인 상급백의 대명사.

문외불출의 기술과 조종자의 재능 없이 거느릴 수 없는 사나운 비룡과 그걸 부리는 비룡 기수를 가장 많이 거느린 제국 최강의 타격력이 상대가 준비한 예비 전력의 정체다.

"과연 우리 제국의 상급백……. 기회에 예민하여 참으로 빈틈이 없어."

자기 영지를 지키겠다며 이번 제도 결전의 소집을 거부한 상급백이 적으로 돌아섰다. 그 의미는 크다. 상대가 세리나 드라쿨로이 상급백이라면 더더욱 그렇다.

현재, 제국군 전황의 우세에는 비룡을 통한 제공권의 장악이 크게 기여하고 있다.

그것은 『구신장』 중 한 명인 마델린 에샬트의 공적이며, 모든 비룡은 용인인 그녀의 뜻대로 움직인다. ――단, 『비룡 조련』의 영향하에 있는 비룡은 별개다.

『비룡 조련』의 술식은 용인의 명령보다 우선한다. 그리고 앞서 말한 대로 드라쿨로이 상급백은 제국에서 가장 많은 비룡 기수를 보유하고 있기에 하늘의 세력도가 다시 그려질 수 있다.

"아니, 마델린 일장이 『운룡(雲龍)』을 불러냈다면, 이야기가 다르지요."

마정포가 지워진 충격이 있으면서도 벨스테츠는 전장 파악을 게을리하지 않았다.

제도를 지키는 성형(星型) 성벽의 다섯 정점에서 펼쳐지는 전투 중에, 천지의 색조차 바꾸는 상궤에서 벗어난 전장에 강대한 용(龍)이 내려왔다는 보고가 있었다.

──마델린 에샬트의 혈족, 『운룡』 메조레이아가 소환된 것이다.

여태까지 완강하게 부르기를 거부한 용의 참전으로 전황은 크게 변화하리라. 물론 그만큼 마델린이 내몰렸다는 증거이고 예단이 허락되는 상황이 아니다.

그러나──.

"많은 피를 흘리지 않고서 얻을 수 있는 명예는 있지 않소이다, 드라쿨로이 상급백."

억척스럽게 반란군 편에 가담한 세리나 드라쿨로이의 판단과 결단력에는 볼라키아의 남자로서 피가 끓는 것이 있다. 그렇기 때문에 찍어 누르는 보람이 있기 마련이라고──.

"──?"

그렇게 생각하며 서쪽 하늘을 노려보던 벨스테츠는 문득 깨달았다.

천천히 서쪽 저 너머에서 다가오는 비룡대, 그쪽에만 눈길을 빼앗겼었지만 서쪽에 일어난 변화는 그게 다가 아니었다.

──잘 보니 서쪽 구릉에 새롭게 전개된 한 집단이 있다.

벨스테츠는 한순간 드라쿨로이 상급백의 별동대인가 싶었지만, 아무래도 그렇지 않은 모양이라고 금세 생각을 고쳤다.

이유는 단순하다. 그 집단이 내걸고 있는 깃발 때문이다.

드라쿨로이 상급백의 가문 문장인, 볼에 흉터가 난 비룡도, 볼라키아 제국의 검에 꿰뚫린 늑대의 국가 문장도 아니라, 생판 다른 깃발이 올라와 있다.

그려진 형상이 무엇인지 벨스테츠는 잠시 생각에 잠겼다가, 말했다.

"──저것은, 별?"

3

"어이, 형제, 어쩔 거야?! 완전히 지각했잖아?!"

"우물쭈물 소란 피우지 마라, 도마뱀 자식……. 슈바르츠는 바쁜 상황이다……!"

"하지만 히아인의 말에도 일리가 있어. 우리는 어떻게 하지? 이대로 반란군과 합류하나?"

"우와아, 저거 보여요, 보스? 오른쪽이나 왼쪽이나 뒤죽박죽으로 뒤엉켜서 그야말로 천하를 가르는 대전의 양상! 이건 어디로 가야 할지 가슴의 설렘이 그치지 않는데요!"

"에잇, 시끄러! 지금 무진장 감동적인 장면 연출 중이거든?!"

시끄럽게 날아드는 귀에 익은 목소리의 폭풍우에 일갈한 나츠키 스바루는 요새 완전히 나츠키 슈바르츠라는 호칭이 착 정착한 데에 위기 의식을 느꼈다.

그래도 역시 나츠키 슈바르츠는 어디까지나 가명에 불과하다. 자신의 진짜 이름은 『나츠키 스바루』임을, 그 이름으로 불려서 강하게 실감할 수 있었다.

물론——.

"네가 웅얼대는 소리, 내 이름을 부르고 걸로 인식해도 되는 거지?"

"우아우! 우아우, 우아우, 우아우—!"

"알았어! 알았으니까 콧물 묻히지 마! 디러!"

매달리는 금발 소녀—— 루이가 얼굴을 부비부비 문지르는 바람에 눈물과 콧물 세례를 받는 와중에도 스바루는 대번에 뿌리치지 못했다.

예기치 못한 이별 뒤의 재회라는 이유도 있지만, 그 이상으로 중대한 것은 루이가 스바루를 위해서 해 준 이런저런 일에 진 빚과, 스바루가 그녀에게 한 짓에 대한 부채감이다.

어쩔 수 없는 일이었다고 변명하는 것도 가능하겠지만.

"그랬다간 내가 더 이상 너를 마주 볼 자격이 없으니 말이지."

"우…….."

스바루의 등에 붙은 루이가 이마를 누르며 앓는 소리를 냈다.

그것이 그녀 딴의 용서인지, 아니면 그냥 재회를 기뻐하는 것인지. 아무튼 부정적인 감정은 아닌 것 같다고, 스바루는 그렇게 받아들였다.

그러고 나서──.

"──베아트리스."

스바루는 품에 꼭 안은 소녀의 이름을 부르고, 그 머리를 부드럽게 쓰다듬었다.

어마어마한 볼륨의 곱슬머리와 화려한 드레스, 전장에 어울리지도 않아도 한참 어울리지 않는 차림새를 한 소녀가 여기에 있는 것은, 틀림없이 스바루 때문이다.

하마터면 소녀 자신이 사라질지도 모를 정도의 무모한 짓을 한 것 또한, 분명히.

"──스바루."

그렇기에 그런 그 소녀의 입술이 이름을 불러 주어서, 스바루는 안도를 곱씹었다.

역시 자기 이름은 『나츠키 스바루』라고, 다시금──.

"──슈바르츠 님, 잠시 괜찮을까요."

"우와우!"

실감한 직후, 기습적인 귀엣말에 스바루가 펄쩍 뛰며 놀랐다. 엉겁결에 뒤돌아보니 그곳에 있던 것은 낯익은 귀여운 얼굴──탄자였다. 기모노를 입은 녹인족(鹿人族) 소녀는 그 속마음을 짚기 어려운 여느 때의 무표정으로 베아트리스와 루이 사이에 낀 스바루를 바라보았다.

"즐기시는 중에 죄송합니다만, 느긋하게 계실 시간은 없지 않던가요?"

"느긋하다니, 어째 말투에 가시가 돋혔어……."

"느긋하게 계실 시간은 없지 않던가요?"

"미안, 미안, 잘못했어! ……탄자의 마음도 이해해. 아마 이 전장 어딘가에 있을 테니 말이야, 요르나 씨도."

차갑고 무감정한 목소리로 찌름 탄자가 스바루의 말에 "네." 하고 수긍했다.

형편상 스바루와 함께 있는 탄자지만, 본디 마도 카오스프레임의 지배자인 요르나 미시구레의 시종이던 소녀다. 그 요르나가 같은 전장에 있다면, 한시라도 빨리 재회하고 싶을 것이다. 엄한 태도도 그럴 만하다.

"……스바루, 요 맹랑한 사슴 계집애는 뭐인 것이야?"

그러나 스바루의 품속에서 몸을 뒤튼 베아트리스가 탄자를 응시하며 왠지 모르게 불만스러운 목소리로 발언했다. 그 즉시 탄자도 동글동글한 눈으로 베아트리스를 쳐다보았다.

"탄자라고 합니다. 형편상, 슈바르츠 님의 신변 수발을 들고 있습니다."

"흐응, 알았어. 수고 많았던 것이야. 지금부터는 베티가 스바루를 잘 인계받을 테니, 너는 이미 볼일 다 봤어."

"인계라고요? 실례지만 그 모습으로? 슈바르츠 님께서 안아 드시지 않으면 멀쩡히 거동도 못 하는 것 같은데요……."

"베티를 안아 드는 건 스바루의 사는 보람이니까 이거면 충분한 것이야!"

"잠깐잠깐잠깐잠깐, 왜 싸우고 그래?! 어린 여자애들끼리 사이좋게 지내자?!"

어째선지 험악한 분위기가 발발한 두 사람 사이에 낀 스바루는 무심코 째지는 소리를 질렀다.

그 중재도 의미 없게 탄자도 베아트리스도 시선에 돋친 가시가 줄지 않았다. 줄기는커녕 그에 촉발된 루이까지 "우—!" 하고 등짝에서 소란 피우는 실정이었다.

생각지도 못하게 세 소녀에게 포위당해서 스바루의 진퇴가 막히지만——.

"——슈바르츠, 본직의 인내심도 무한하지 않다. 너는 알고 있을 텐데."

굵고 무거운 목소리가 머리 위에서 내려오며 말 그대로 구원의 손길을 뻗쳐 주었다. 바로 위에서 검은 그림자가 쓱 드리우자 "미얏." 하고 놀란 베아트리스가 눈을 동그랗게 떴다.

베아트리스가 놀라는 것도 무리는 아니다. 여하튼 통나무 같은 네 개의 팔에 괴물같이 무시무시한 생김새—— 구스타프 모렐로의 첫인상은 임팩트가 상당하므로.

물론 친해지면 구스타프가 첫인상과 정반대의 신사임을 알 수 있다.

검노고도의 총독이자 본래라면 스바루 일행을 잡아야 할 입장이던 그는, 현재 이렇게 당당히 섬 밖을 거니는 스바루 일행의 협력자—— 아니, 믿음직한 동지 중 한 명이다.

베아트리스가 그런 구스타프와 다른 동료들을 바라보며 "스바루." 하고 목소리를 낮추었다.

"주위 녀석들은 어디까지 알고 있어? 스바루가 사실은……."

"그게 내 사이즈 얘기라면 설명하기가 복잡해. 그래서 모두에 겐 비밀로."

"──좋은 것이야. 베티는 스바루의 파트너니까 입 다물고 있어 줄게."

"큰 도움이 돼. 그리고 이것도 꼭 해야겠지?"

파트너라고 자기 입장을 주장하는 베아트리스에게 웃어 주고 그 손을 잡는다. 베아트리스의 작은 손과 스바루의 작은 손이 손가락을 얽듯이 맺어졌다.

그 즉시 스바루는 순간적으로 눈이 아찔한 허탈감을 맛보았다. 하지만 처음의 큰 파도가 물러나자 허탈감은 흐릿해지고 차차 부드럽고 은근한 열기의 교환으로 변화했다.

내내 정체되어 있던 순환이 재개되어 있어야 할 곳으로 돌아온 감각이 스바루를 채워간다.

"──스바루, 어쩐지 이상한 것이야."

"응? 그야, 네가 알고 있는 손하고 비교하면 사이즈가 좀 작으니까……."

"그런 게 아니야. 베티와 떨어져 있는 동안 마나가 쌓이기만 했다 쳐도……."

불가해를 확인하듯이 얽은 손가락에 힘을 주는 베아트리스. 긴 속눈썹을 떨며 생각에 잠긴 베아트리스의 입술이 "지나치게 많아." 하고 소리로 나오지 않은 말을 달싹거렸다.

하지만 그것이 무엇을 의미하는지 확인하기보다 먼저──.

"──야단났어, 형제! 세실스 녀석이 먼저 나갔어!!"

"아앙?!"

비명 같은 히아인의 외침에 고개를 돌려보니 전장으로 이어지는 구릉에서 모래 구름이 멀어져 간다. 참는 법을 모르는 개구쟁이가 기다리다 못해 뛰쳐나갔다는 증거다.

힘차게 피어오르는 모래 구름 속에 휘날리는 파란 머리채가 보이자 스바루는 얼굴을 가리고 한숨지었다.

"젠장! 뭐, 셋시의 고삐를 잡을 수 없다는 건 진즉에 알던 문제야. 깃발을!"

"그래······!"

"알고 있다, 슈바르츠."

폭주 기관차의 급발진을 쫓으려는 스바루의 호령에 응답한 바이츠와 이드라 두 사람이 그 자리에 깃발을 올리고, 깃발을 든 다른 동지들도 그에 뒤따른다.

구릉에 모인 집단을 상징하는, 유치하고 못생긴 별이 그려진 혼신의 군기(軍旗)를.

"──탄자, 준비는?"

"네. ──플레아데스 전단(戰團), 언제든 출동할 수 있습니다."

깊이 몸을 숙인 탄자와 줄줄이 서 있는 동료들의 모습에, 스바루는 등을 쭉 폈다.

사기는 최상, 의욕은 만점, 목표는 눈앞이라면 남은 것은 내갈기는 것뿐.

"아무리 셋시라도 내 방침은 알고 있을 테니까······ 출진한다, 다들!"

"""오오오오——!"""

목소리가 공기를, 발구름이 지면을 흔들고, 그 당당한 기세에 베아트리스와 루이가 놀란다.

처음 듣는 거라면 당연한 반응. 그러나 스바루에게는 이미 귀를 넘어 영혼에 익은, 싸움을 시작하기 전의 중요한 의식이다.

"우아우?"

"대체, 무엇을 시작할 생각인 것이야?"

갓 합류한 두 사람의 부름에 스바루는 "뻔한 것 아니겠어?" 하고 웃었다.

몸 깊은 곳에서부터 솟구치는 흥분, 넘칠 듯한 그 감정을 원동력으로 앞으로 발을 내디디고 선언한다.

"——우리 플레아데스 전단의, 무대 개막 인사야."

4

——볼라키아 제국에서, 마법의 존재는 다른 나라와 비교해 역사적으로 경시되어 왔다.

강자가 존경받으며 강한 것이 정의로 간주되는 제국의 방식에 대조하면 뜻밖이라는 인상이 있을지도 모르지만, 그것은 제국 사람들의 나태를 의미하는 것이 아니다.

마법의 분야가 개척되지 않은 배경에는 다른 기술이 개척되어 왔다는 사실이 있다.

'마법을 쓰는 것보다, 후다닥 접근해서 때리는 것이 더 빠를 때

도 있잖아?'

이는 어느 소녀의 정령술사답지 않은 견해지만, 볼라키아 제국의 일반적인 제국민이 마법에 품은 인식도 엇비슷하다.

그것은 볼라키아 제국이 마법이 아니라, 무예의 숙련도를 갈고닦은 역사에 유래한다.

이것은 오해를 부르기 쉽고, 또한 일반적으로 주지되지 않은 사실이지만, 인간의 몸에 깃드는 마나의 용도는 마법에만 국한되지 않는다. 정령술 및 주술, 일부 『미티어』의 기동에 이용되듯이 전사의 무예──『유법(流法)』이라 불리는 기술에도 마나는 응용된다.

일반인과는 비교도 되지 않는 신체 능력을 지닌 존재, 그 태반이 자연히 습득하고 있는 것이 마나에 의한 육체 강화를 시도하는 『유법』이며, 일류 전사는 이것을 연마하는 데에 생애를 바침으로써 영웅이나 영걸로서 역사에 그 이름을 새긴다.

단──.

"찻찻찻찻차차!"

쿵, 하고 한 발로만 발끝을 땅에 짚고서, 다음 순간에는 십여 미터의 거리가 사라진다.

옆에서 그 모습을 좇는 이가 있으면 마치 시간이 도둑맞았나 착각할 만한 한순간이지만, 그것은 눈의 착각도 고장도 아니다.

──고장난 것은 그 파란 머리 소년이다.

직전의 설명을 따르면, 인간의 경지를 밟고 넘어선 소년의 질

주는 『유법』을 획득한 이의 움직임. 그러나 어린 소년 안에는 피나는 수련으로 쌓인 것이 하나도 없다.

──세계에는 드물게 이런 존재가 있다.

무예의 극치로도 불리며 그 습득에 일생을 바칠 각오가 필요한 『유법』을 태어날 때부터 의식하지 않고 행사하며, 섭리에 얽매인 자들을 앞지르는 존재가.

"자자자자, 기다리셨습니다! 주연 배우 등판!"

"아닛?!"

그런 잔혹한 현실을 발로 걷어차고, 소년은 전장에 화려하게 난입한다.

동료들이 주욱 늘어선 구릉을 달려 내려가 뛰어든 곳은 성형 성벽을 두고 쟁탈전을 벌이는 두 진영의 한복판. 붉은 의장의 동군과 조야한 무장의 서군. 대치하는 수십 명짜리 소집단의 작은 충돌을 첫 무대로 정한 소년이 검을 쳐든 자들의 틈새를 누볐다.

분노, 짜증, 흥분, 불안, 갖가지가 뒤섞인 당당한 무대에 걸맞는 배우. 전장에 갑자기 나타난 난입자에 곧바로 무기를 겨누는 기개에도 박수갈채──.

"──하지만 아쉽게도 급이 맞지 않아!"

천둥 같은 소리가 드높이 울리고 "컥." 하는 소리와 함께 눈이 허옇게 뒤집힌 병사들이 잇따라 허물어졌다.

스치는 순간 목에 손날에 맞아 쓰러지는 병사는 한 번에 여덟 명. 울린 소리는 한 대 같았으나 실상은 도합 여덟 대의 손날치기 소리가 겹쳐진 결과였다.

찰나의 공방인데 믿기 어려운 전과, 그러나 소년은 불만스럽게 손날을 날린 팔을 휘둘렀다.

"으으음, 손날도 신속(神速)에 달하면 목을 칠 수 있을지 모르겠다 싶었는데……. 뭐, 까딱 죽게 하면 보스의 인상도 나빠지니 실패도 대성공으로 치죠!"

보통 사람과 다른 가치관을 주절거린 소년이 첫 일격을 마무리했다. 그 소년의 언동에 병사들은 피아를 가리지 않고 숨을 집어삼키며 목숨이 달린 육박전을 벌이던 현실을 잊었다.

누구나 그 소년의 존재감에 압도되어 시간을, 다시 말해 인생을 그에게 빼앗기고 있었다.

"으음, 배우로서 보람이 있는 눈초리……."

"너, 너……."

다른 사람의 인생을 다짜고짜 빼앗는다. 그 실감에 감미로운 만족감을 느낀 소년에게 압도되고 있던 병사들 중 한 명이 말을 걸었다. 많은 사람들이 쓰러진 동군, 그쪽과 대립하는 서군의 한 명이다.

그는 쓰러진 병사들을 흘깃거리며 소년의 모습을 위아래로 쳐다보았다.

"어느 부족 녀석이지? 우리 편이냐?"

"흠, 흠흠흠! 제 소속 말인가요. 그건 꽤 좋은 질문이네요. 대체 어느 쪽이라고 생각하죠? 저는 당신의 적일까 아군일까!"

"뭐, 뭐라……?"

"아! 오해하지 마세요. 놀리는 말이 아니라 진지한 답변이거든요. 여하튼 보스의 이야기를 잘 듣지 않았다 보니 누가 아군인지 도통 짐작도 가지 않아서요!"

"뭐?"

"그러니 일단 사는 길이나 청소할 겸 둘 다 혼내겠습니다."

눈을 동그랗게 뜬 병사의 놀란 얼굴이 옆으로 흔들리고, 다음 순간에는 땅바닥에 수평으로 쓰러졌다.

헤실 웃은 소년의 모습이 사라지고, 이번에는 먼저 때려눕힌 동군과 반대쪽의, 서군 병사들의 발밑으로 미끄러져 그들의 다리를 맹렬히 후린 것이다.

파란 머리가 휘날리고 날카로운 타격음이 또다시 울리니, 전사들의 의식은 잇따라 날아갔다. 그 매서운 폭거, 그야말로 폭풍 같으니——아니.

"푸른, 번개……."

"오오, 멋져라! 그거, 제가 대려고 생각하던 별명하고 똑같아요!"

충격에 메마른 숨결을 흘린 전사의 의식이 그 말을 끝으로 끊어졌다.

우호적인 상대에게도 적대적인 상대에게도 평등하게 폭력으로 응하는 것이 제국식——. 그렇게 말하면 이 나라의 황제도 눈살을 찌푸리겠지만, 아무도 소년의 폭거를 막지 못한다.

그리고 그것이, 이 제국의 방식에서 가장 옳다고 여기는 행위다.

"우, 오오오——!!"

그 작은 회오리를 일으키는 소년의 위협에 뒤늦게나마 전사들이 움직이기 시작했다.

　이미 제국병도 반란군도 구별 없이, 모두의 의식이 이 소년을 막는 데에 일치했다. 그것은 어떻게 보아 이 공간만이라도 내란을 막은 위업이라 해야 할 장면이다.

　그러나 그들의 용기 있는 결단이, 운명의 여신에게 축복받는 일은 끝내 없었다.

　"얍얍얍, 오, 얍얍얍."

　몸을 기울여 칼날을 피한다. 춤추듯이 물러나 권타를 피한다. 가랑이 사이를 지나 도끼질을 피한다. 화살을 피하고 창을 피하고 이빨을 피하고 방패를 피하고, 피하고 피하고 피하고 피하고, 넘기고 넘기고 넘기고 넘기고, 회피하고 회피하고 회피하고, 회피 회피 회피 회피――.

　"무기도 없이……!"

　"이해해요. 저도 무기가 있어야 더 좋은 장면을 연출할 수 있을 것 같은데, 어중간한 물건은 들기가 싫어서요. 일류는 일류를 알아본다잖습니까. 아, 이거 보스가 한 말을 따라 한 거지만요."

　"보스……?"

　"네. ――우리의, 플레아데스 전단의 두목이죠."

　휘두르는 살의와 적의를 가뿐히 피하는 소년이 자랑스럽게 더 깊은 미소를 띠었다. 소년의 입이 언급한 낯선 단어에 전사들은 정체를 알 수 없는 공포에 엄습당했다.

　자신들은 모두 이 제국의 추세를 결정하기 위한 투쟁에 목숨을 걸었을 터다.

그런데도 눈앞에서 이쪽을 우롱하는 소년의 소속은 물론이거니와, 역량의 한계도 언동의 진의도 도무지 알 수가 없다.

도무지 알 수 없는데, 전부 소년의 뜻대로 되는 것 같아서──.

"""우──!!"""

──다음 순간, 저 멀리 있는 구릉 방향에서 어마어마한 함성이 들려왔다.

그 혼돈 속에서 "힉." 하고 무심코 몸을 움츠린 전사를 대체 누가 탓할 수 있으랴. 소리를 낸 자 이외의 전사들에게도 동요와 혼란이 파문처럼 번졌다.

따라서 소년의 입가에 달린 웃음이 더 커진 것은, 전사들의 겁먹은 모습을 비웃기 때문이 아니다. 더 간단한 이유가 있다.

채 숨기지 못하는 기대와 고양, 그리고 알기 어렵긴 해도 포함된 확고한 신뢰──.

"자, 우선 맨 처음의 볼거리예요, 보스. ──화려하게 장식해 주시죠."

5

──여기서 한 가지, 『마법』에 관한 유감스러운 사실을 설명해야만 한다.

볼라키아 제국에서는 마법 기술이 발전되지 않고 신체적인 무예나 『유법』의 기술만이 연마되었다는 배경은 설명했으나, 그것과는 또 별개의 문제── 이 세계에서 여섯 속성으로 분류되는 마법 체계 중, 『양 마법』과 『음 마법』이 경시되고 있다는 현실이다.

열량을 조작하여 불과 얼음을 만들어 내는 화 속성.

생물의 생명력에 간섭하여 상처와 병의 치료를 촉진하고 생명을 구하는 수 속성.

대기에 간섭함으로써 환경을 조정, 때로는 위험 지대의 생존권조차 확보하는 풍 속성.

대지의 힘을 조종하여 토지를 비옥하게 할 수도 굶주리게 할수도 있는 지 속성.

각각 사용감을 이미지하기 쉬운 속성과 나란히, 음양의 두 속성은 기본적으로 인체의 기능을 향상, 혹은 저하시키는 효과가 있다는 것이 일반적인 인식이다.

엄밀히는 그릇된 이해이기는 하지만 그런 이미지가 정착한 것이, 오늘날 음양 두 속성의 연구가 진행되지 않은 큰 요인이기도하다.

그리고 뜻밖일지도 모르겠지만 유독 꽝이나 무용지물 같은 불우한 평가를 받고 있는 것이 『양 속성』—— 대상의 능력을 강화하는 계통의 힘이다.

능력을 현저히 향상시킨다고 들으면 그 평가에 고개를 갸웃하고 싶어지는 사람도 많으리라.

하지만 양 마법의 효능에는 무시할 수 없는 치명적인 결함이존재했다.

예를 들면 양 마법으로 강화된 전사가 전장에서 얼마나 활약할 수 있느냐고 하면, 웬만한 이들이 속수무책으로 적에게 당한다. 이유는 단순해서, 강화된 육체를 통제하지 못해 휘둘리다가 실력 이상의 힘을 발휘하기는커녕 본래 실력조차도 발휘하지 못하기 때문이다.

전장에 나서는 전사란 매일 육체를 단련하고 자신의 기량을 신뢰하며 거기에 목숨을 내맡기기 마련이다.

그러나 양 마법의 효과는 그런 본래의 자신을 버리게 만들고, 미지의 자신을 전장으로 보내는 꼴이 된다. 그 결과 많은 전사가 아군의 양 마법 때문에 전사했다.

또한 양 마법의 효과는 사용자의 기량, 그날 컨디션에도 크게 영향받아 안정적인 효력을 발휘한다는 보증이 전혀 없다.

과거, 볼라키아 제국에도 양 마법의 효력에 주목하여 최강의 병단을 만들려던 황제가 있었지만, 그 황제가 제국사에 남긴 이름이 『대패제(大敗帝)』다.

그런 역사적 사실로 보아도 양 마법의 신뢰는 땅바닥에 떨어져서, 온갖 지모를 부리는 빈센트 볼라키아조차 양 마법의 운용은 검토할 여지가 없다고 잘라냈다.

이것은 볼라키아 제국에만 한한 이야기가 아니라, 마법의 연구가 가장 진전된 루그니카 왕국에서도 같은 결론—— 개인 수준에서의 운용이라면 몰라도 집단전에서의 양 마법 운용은 몽상에 불과하다. 그것도 고약한 악몽에 준하는 몽상이라는 결론.

그것이 오늘날까지 양 마법이 불우한 대접을 받은, 유감스러운 현실이었다.

──그러나 무슨 일에도, 예외란 존재한다.

"가자, 얘들아──!!"

크게 숨을 들이마셨다가, 아직 카랑카랑한 소년의 목소리가 전장을 멀찍이 조망하는 서쪽 구릉에서 터져 올랐다.

그 소년을 중심으로 언덕 위에 횡렬로 전개된 전사들── 수천에 달하는 집단이 잇따라 들어 올린 것은 집단의 통일과 뜻을 표하기 위한 깃발.

그려진 별을 본뜬 심벌은, 귀족의 가문 문장도 제국의 국가 문장도 아니라, 그저 자신의 마음이 어디에 놓여 있는지를 증명하기 위한, 전방향을 겨눈 선전 포고.

군기에 모인 집단은 과장 없이, 제국의 대지에 사는 온갖 종족이 나란히 모였다.

안 그래도 다수의 종족이 뒤섞며 살아가는 볼라키아 제국에서도 종족의 울타리를 넘은 협조가 성립되는 관계는 많지 않다. 소수의 예외에 속하는 도시로서 기능한 것이 마도 카오스프레임이며, 이 제도 포위전에서도 반란군 사이에 협조 의식은 없다시피 했다.

하지만 이 집단은 다르다.

그저 같은 목적을 위해서 동행한다는 자세가 아니다. 그래서는 같은 뜻을 증명하기 위한 깃발 아래에 모일 수 없다.

목적이 같은 것이 아니라, 뜻이 같은 것이다.

그렇기에 이 집단은── 아니, 『플레아데스 전단』은 전장에 불어닥치는 새로운 바람이 될 수 있다.

　그 깃발들 아래, 모인 동료들을 이끌며 흑발 소년── 나츠키 스바루가 외쳤다.

　"──우리는, 최강!!"
　"""최강! 최강!! 최강──!!"""

　일제히 터져 오르는 함성이 하늘을 쩌렁쩌렁 울리고, 어마어마한 투기가 전장에 번져 나간다.

　외친 스바루의 팔에 안긴 베아트리스가 말문을 잃고, 매달린 루이의 손톱이 아플 만큼 등에 파고든다. 하지만 놀라고 있는 것은 두 소녀뿐.

　몇천에 이르는 동료들은 단 한 명도 이 함성에 이의를 제기하지 않는다.

　"──우리는, 무적!!"
　"""무적! 무적!! 무적──!!"""

　히아인이, 바이츠가, 이드라가, 구스타프가, 오손 일행이, 눌 영감이, 렉스가 밀자크가 카슈가 모이조가 딜로이가 크리그킨이 코드로가 펜멜이 죠즈로가, 탄자가, 크게 부르짖는다.

　발을 구르자 대지가 흔들리고, 흔들림이 다시 흔들림을 불러 전의를 북돋는다.

가슴속이 뜨겁다.

뜨겁고 뜨겁고 뜨겁고, 믿음직스럽기 그지없는 것이 이 온몸을 맴돈다.

그, 뜨겁고 믿음직스럽기 그지없는 것을 혀에 실어다가──.

"──운명아!!"
""""덤벼라! 덤벼라!! 덤벼라──!!""""

그렇게 입을 모아 외친 집단, 전원의 시선이 정면으로, 구릉 아래의 전장으로 향했다.

그리고──.

"──가자."

6

하늘이, 땅이, 세상이 흔들리는 감각이 제4정점을 지키는 제국병들에게 닥쳐든다.

구릉을 달려 내려오는 깃발을 든 집단, 소속 불명의 인물들과 상대하는 순간을 눈앞에 두고 서쪽 성벽에 배치된 장병들 대다수가 혼란에 몸이 굳었다.

하지만──.

"당황하지 마라! 우리는 황제 각하로부터 제도 수호를 명령받은 검랑의 무리다!!"

기백으로 어디 질까 보냐고 제국 이장 『호랑이 장군』 굿다 디 알모가 버텨 섰다.

한순간 적의 느닷없는 출현과 높은 사기에 놀라기야 했지만 의외성을 노린 무기의 효과는 그게 고작이다. 제4정점의 수호를 맡은 굿다와 부하들은 곧바로 심신을 회복했다.

원래부터 이 제도 결전의 전장에서 굿다 부대의 소모는 가장 적다. 그것은 제4정점의 수호자로서 군림하던 『악랄옹』 오르바르트 덩클켄의 공적이다.

"애초에 여기에 닿기 전에 상대의 다리를 꺾어 두는 게 약속이지. 물이든 무기든, 없으면 못 싸우는 물건을 막아 두는 게 전쟁의 정석이여."

다른 정점과 비교해서 적의 공세가 압도적으로 약한 이유를 설명하는 『악랄옹』의 말에는, 아군이 아니었을 경우를 상상한 장병들의 등줄기가 서늘해지는 잔혹함이 있었다.

그러나 그런 오르바르트도 다른 정점이 뚫릴 지경이라면 제도 수호의 역할을 완수하고자 그쪽으로 달려가야 한다.

따라서 현재의 제4정점은 제국 최고 전력인 『구신장』이 빠진 상태였다.

오르바르트가 남긴, 그가 단련한 초인인 시노비들은 밀어닥치는 집단의 머리 위로 날아오는 비룡대를 막아야 한다.

시노비가 지닌 기예들이 강력한 비룡대에 저항할 유일한 수단이기 때문이다.

그리고 맹렬히 달려오는 집단에게는———.

"——우리의 온 마음을 다해 상대한다!"

선언한 굿다 디알모는『호랑이 장군』이란 별명의 유래—— 과거, 제국의 도시들에 분탕을 칠 대로 친 호인족(虎人族) 집단을 모조리 깨부순 두 자루의 쇠몽둥이를 들고 바람같이 부하들의 선두에서 서서 달려 나갔다.

"요격하겠다!!"

포격 같이 걸걸한 목소리와 함께 굿다의 거체가 땅을 박차며 적 집단에게 육박했다.

굿다는 그 등을 따르는 부하들을 이끌며 별 깃발을 든 반란군들의 선두—— 땅울림을 일으키며 다가오는 집단 앞을 가는, 한 마리의 붉은 질풍마를 보았다.

눈길을 끄는 것은 그 질풍마의 고삐를 쥔 남자——가 아니다. 남자는 어디까지나 말을 다루는 마부에 불과하며, 봐야 할 대상은 그 남자에게 안기듯 질풍마에 탄 작은 존재다.

——그 팔에 소녀를 안은 흑발 소년의 검은 눈이 굿다를 똑바로 꿰뚫는다.

자리에 안 맞게 느껴지는 조합임에도 그 위치에 있는 것이 당연하다는 듯이 돌진해 오는 소년의 모습에, 굿다의 뇌리에『흑발의 황태자』라는 호칭이 스쳤다.

"——헉."

개전 전에 유포된 하찮은 유언비어, 반란군들은 어이없는 소문을 이용하여 어리석게도 황제 각하에게 거역하는 자신들에게 대의가 있는 것처럼 꾸몄다.

현제의 피를 물려받은 『흑발의 황태자』가 황제 각하를 타도하고자 반란군을 이끌고 있다고.

하지만 제도 방위의 임무를 맡은 『장』들은── 아니, 장병들은 모두 결심을 마쳤다. 흑발 어린아이의 진위 여부에 흥미는 없다. 우러러 볼 황제는, 오직 한 명이라고.

"──빈센트 볼라키아 황제에게 대적하는 역적놈들이!!"

굿다가 무식하게 무거운 두 자루 쇠몽둥이를 휘두르며 정면, 붉은 질풍마를 모는 소년과 그 뒤를 쫓는 역적을 한꺼번에 쓸어버리고자 혼신의 일격을 날렸다. 내리꽂힌 쇠몽둥이의 충격음은 무시무시해서, 연약한 고막을 터트릴 정도의 위력이 있었다.

굿다의 굵은 팔에도 회심의 손맛──. 그러나 그런 굿다의 눈이 크게 뜨였다.

"슈바르츠를 지키는 것이, 본직의 현재 임무라서 말이다."

굿다 이상의 거체와 굵고 듬직한 네 개의 팔, 그것이 손에 든 대형 방패로 쇠몽둥이의 일격── 아니, 이격을 정면으로 받아내고 있었다.

다완족의 신체 능력을 가미해도 경이적인 광경에 굿다의 목이 턱 막혔다.

그 한순간의 정체에 파고들어서──.

"그리고 슈바르츠의 적을 때려눕히는 게, 내 역할이다……!"

용맹하게, 강한 자부심과 긍지로 채색된 목소리가 굿다의 몸통에 통렬한 일격을 먹였다. "컥." 하고 신음을 흘리는 굿다의 몸이 온몸에 문신을 새긴 남자의 큰 망치에 맞아 솟구쳤다.

체격도 기술도, 명백히 이쪽이 유리한데 어째서 내가── 우리가 꺾이는가.

"""오오오오오──!!"""

설령 눈앞에서 굿다의 목이 날아가더라도 전의를 상실하지 않을 만큼 부하를 훈련시켰다. 그런 자부심이 있기에 더욱 눈 아래의 광경을 믿기 어려웠다.

날아가는 굿다에 뒤이어 부하들도 속수무책으로 반란군 무리에게 깨져 나갔다.

너무나도, 너무나도 받아들이기 어려운 그 광경은 굿다 디알모가 가진 『장』으로서의 자부심도, 자긍심도 긍지도, 모두 다 걸어차 버리고──.

"──어처구니없어."

그렇게, 역전의 『장』이라도 악몽을 저주하는 듯한 말밖에 흘릴 수 없었다.

7

──무슨 일에도 예외는 존재한다.

그 예외가 바로 맹장인 『호랑이 장군』 굿다 디알모와 그가 단련한 정강한 제국병을 깨부순, 위협적인 초짜 집단 『플레아데스 전단』이다.

그들에게 단련한 기술은 없으며, 그들에게 뛰어난 무구는 없고, 그들에게 확고한 대의는 없다.

그들에게 있는 것은 강한, 정말로 강한 결속의 의지와 무슨 일이 있든 물러나지 않겠다고 결심한 자기 자신에 대한 맹세 정도뿐이었다.

그리고 그것이 바로 플레아데스 전단을 비정상적인 집단으로 가꾸어 낸 비밀이다.

양 마법의 결점에 관해 장황하게 설명한 사실을 기억하고 있을까.

술자의 기량 및 몸 상태에 따라 효과가 오락가락해서 전사들이 본래 실력을 잊게 만든다. 현제 빈센트 볼라키아조차 유용성을 찾아내지 못한 결함 마법.

그러나 만약, 수백을 넘는 병력 전원에게 일률적으로 같은 효력의 강화가 더해지고, 그 모두가 원래 전투력과의 차이에 신음하지 않을 초짜 집단에다, 중요한 양 마법 사용자도 다수를 모을 필요가 없는──기적 같은 조건이 충족된다면.

그것은 빈센트 볼라키아가 들으면 코웃음치고 잘라낼 몽상.

이 전시 중에, 이 상황에서, 이 사태에서만 성립된다고까지 단언할 수 있는 우연의 덩어리.

나츠키 스바루를──아니, 『나츠키 슈바르츠』를 자신들의 중심으로 인정하고, 진심으로 그를 동료라 믿으며, 그 역시 진심으로 동료로 여기는 자만이 말려드는 기적.

──스바루 개인에게 걸린 양 속성의 신체 강화를, 『코르 레오니스』의 효과로 함께 행동하는 전단의 동료들 전원과 공유한다.

본래 상처를, 부담을 나누는 것이 목적인 『작은 왕』의 힘을 악용하여 왕 혼자서는 주체 못할 정도의 힘을, 왕을 지탱하는 동료들과 같이 사용한다.

그리고 대체 누가 스바루에게 양 속성의 강화를 걸고 있느냐면, 전원이다.

"""최강! 최강!! 최강──!!"""

터져 오르는 함성이 야기하는 고양감, 그것이 양 마법에 준하는 효과를 발휘한다.

──본래, 『워크라이』란 그저 함성에 불과하다.

어떠한 승부에 도전하는 자신을, 아군을 고무하기 위한 단순한 위안이다. 마음의 퇴로를 끊고 용기를 북돋기 위한 마법의 말. ──그것이 이 세계에서 나츠키 스바루를 중심으로 진짜배기 『양 마법』으로서의 효과를 발휘한다.

따라서 플레아데스 전단은──.

"──사랑한다, 다들!!"

나츠키 스바루와 함께 가는, 수천 명의 『초짜』를 무쌍의 군세로 재구축하여 이 제도 결전의 전장을 뒤엎는 새바람으로서 날뛰기 시작했다.

"……믿을 수 없는 것이야."

맹렬히 적진으로 뛰어들어 대비하는 제국병을 분쇄하는 초짜 집단의 파괴력에 질풍마 등에 탄 베아트리스는 할 말을 잃었다.

약동하는 질풍마의 고삐를 쥔 것은 이드라라고 불리던 미덥지 못한 수염 남자로, 그 앞에 베아트리스를 안은 스바루가, 등에 루이를 매단 상태로 꼴사납게 승마 중이다.

그런 깔끔하지 못한 스바루를 우두머리로 삼은 집단이 일으킨, 세계적으로 전례가 없는 기적── 수천 명에 이르는 플레아데스 전단 전원이 『유법』을 획득한 것에 가까운 전투력을 발휘하는 것이다.

"""무적! 무적!! 무적──!!"""

오감이 예민해지고 신체 능력이 폭등하고 육체는 강철처럼 완강해졌으며, 사고력 및 반응 속도가 현저히 상승한 그들은 하나하나가 일기당천의 괴물로 화했다.

그런 규격 외의 전단을 사전 정보 없이 상대한 제국병의 전열은 마치 달군 쇠에 닿은 얼음처럼 맥없이 녹아내려 적진에 거대한 구멍을 뚫었다.

그러나 베아트리스의 놀람은 끝나지 않는다.

"──날려 버리더라도 죽게 두지는 마! 붙어 봤자 못 이긴다고 깨우쳐 줘!"

"""오오──!!"""

""알고 있다고, 보스!"""" "당신이 우리를 구한 거랑 똑같아!!""

이만큼 많은 사람이 목숨을 걸고 부딪치는 전장에서, 선봉을 맡은 우두머리로부터 나온 불살 선언.

그 말을 웃기는 소리라고, 어린애의 헛소리라고 비웃는 자는 없다. 선두에 가는 자신들의 우두머리가 한 말을 실현하고자 그들은 생명이 아니라 전의를 빼앗아서 전장을 지배한다.

펼쳐지는 공격이 잇따라 제국병들을 쓰러뜨리지만, 양산되는 것은 사망자가 아니라 심신 모두 전의가 꺾인 부상자의 무더기였다.

살려 두면 적은 쓰러진 동료를 구원하느라 인력을 쪼갤 것이라는 전술적 판단—— 같은 게 아니다. 그냥 단순히, 나츠키 스바루가 사망자를 낼 용기가 없을 뿐인 이야기다.

그 겁만 많을 뿐인 스바루의 희망이, 플레아데스 전단의 압도적인 힘으로 이루어진다.

"스바루, 어디까지 생각해서 하고 있는 거야?!"

"응? 아, 시끄러워서 미안해! 하지만 이렇게 다 같이 큰 소리를 내며 아자 아자 하자 하고 있으면 엄청 기분이 째지거든!"

"으~ 어처구니없는 것이야!"

공교롭게도 베아트리스도 이 전단의 이상함을 맨 처음 맛본 『장』과 같은 결론을 입에 담았다. 하지만 탓할 이유는 없다. 그렇게 말하고 싶어지는 게 당연하다.

방금 스바루의 대답을 통해 베아트리스는 이해하고 말았다.

——스바루는, 그리고 주위 녀석들은, 아무도 이 상황을 만들어 낸 기적의 가치를 모르고 있다.

그저 있는 힘껏 소리를 지르며 싸웠더니 힘이 솟구친다는, 그런 영문 모를 이유를 무기 삼아 과거 『마녀』 에키드나조차 이론화를 단념한 공상을 실현했다.

그리고 베아트리스는 알 도리도 없는 일이지만, 세계를 모두 내다봐도 그것을 가능케 하는 것은 『작은 왕』의 권능을 지닌 나츠키 스바루뿐이다.

"그래야지……."

"응?"

"그래야지, 베티의 파트너야!"

다른 누구도 할 수 없는 일을 해내는 나츠키 스바루의 품에서 고갈되어 가던 마나를 공급받는 베아트리스는, 이론이니 이치니 하는 것들을 싹 다 내버렸다.

중요한 것은 나츠키 스바루가 여기에 있으며 그를 위해서 자신이 무엇을 할 수 있는가.

"너희처럼 굴러온 돌한테 베티가 뒤처질 수는 없는 것이야!"

"우—! 아우—!"

주위를 호위하는 전단에 오기를 발휘하자 같은 말 위에 탄 루이도 높이 소리쳤다.

못마땅하지만 같은 기분, 같은 생각이 있다면 할 일은 명백하다——. 베아트리스는 플레아데스 전단의 한 명으로서 과도하게 높아지는 자신의 힘에 몸을 맡긴다.

이렇게나 후련한 기분, 어서 에밀리아를 비롯한 다른 사람들에게 맛보여 주고 싶다.

"——엘 샤마크."

그런 갸륵한 마음을 품은 채로 베아트리스는 가차 없이, 적진의 분쇄에 공헌했다.

8

플레아데스 전단의 파죽지세 같은 쾌진격은 본진의 아벨의 귀에도 즉시 도달했다.

물론 그 시점에는 플레아데스 전단의 명칭이 전해지지 않고, 서쪽 방향에서 나타난 집단이 제4정점으로 공격하여 모조리 집어삼킬 기세로 방위선을 붕괴시켰다는 보고에 그쳤지만.

어쨌든──.

"──이거야 원, 비장의 수 등장이라는 것처럼 찾아왔건만, 우리가 활약할 장면을 빼앗기고 말았군. 실로 통쾌해."

용맹한 목소리를 본진에 울리며 그 얼굴에 칼자국을 새긴 미모가 호전적으로 웃었다.

나타난 것은 고귀한 신분에 어울리지 않는, 난폭자가 좋아할 법한 복장을 갖춰 입은 여걸, 볼라키아 제국 유수의 상급백 중 하나──『작열공』 세리나 드라쿨로이다.

반란군 본진에 당당히 발을 들인 그녀는, 이번에는 황제 진영이 아니라 반란군에 가담한 체제의 반역자──. 그리고 아벨이 준비한 비장의 패 중 하나였다.

그런 세리나의 방문에 아벨은 저 멀리 전장을 바라보는 그대로 팔짱을 끼고 물었다.

"네 지원군의 요체는 비룡 부대로 인식하고 있다만?"

"안심해. 나도 우리 군의 최정예가 비룡 부대라는 사실은 바꿀 생각이 없어. 현재 전장의 주목을 모으고 있는 저것들은 예상외의 산물이야."

"너희 세력이 아니란 말인가?"

"다가온다면야 산하에 넣지 못할 것도 없지만 아쉽게도 저자들이 우러르는 것은 한 명뿐인 것 같아서 말이야. 이쪽에는 눈길도 주지 않더군."

대답과 함께 세리나가 훤칠한 걸음걸이로 아벨 옆에 섰다.

그녀는 날카로운 눈매로 아벨의 얼굴을 엿보며, 귀면에 가려진 면모에 눈을 가늘게 떴다.

"설마 얼굴을 가린 자하고는 손을 잡을 수 없다는 말이라도 하겠나?"

"그렇게 따분한 소리나 할 생각은 없어. 화장으로 본심을 숨기는 놈도, 가면으로 민낯을 숨기는 놈도 그게 그거지. 숨기는 이유가 흉터라면 나만큼 화려할 리는 없을 거라고 받아치겠지만."

"이유는 설명하지 않겠지만 이 가면을 쓴 것은 상처 때문이 아니다. 필요하기 때문이지."

"그럴 테지. 필요하지 않은 짓은 하지 않는 주의라는 게 서신에서도 읽히더군. 실제로 이렇게 말을 주고받고서 그 인상이 더 깊어졌어."

허리에 손을 짚은 세리나가 매섭게 웃으며 아벨을 그렇게 평가했다.

귀면의 『인식 저해』 효과는 본래 아벨과 세리나 사이에 있던 면식조차도 가린다. 따라서 그녀는 아벨의 정체를 깨닫지 못하지만, 아벨도 그녀를 높이 평가하고 있었다.

격렬하고 적극적이며, 필요하다면 황제를 물어뜯는 짓도 불사하는 제국식의 화신──. 그런 그녀이기에 이 결전을 위해 가려둔 패의 역할을 맡길 수 있노라고.

"그건 즉, 나 같은 별종은 달리 없다는 평가인가?"

"끌어들이기 위한 재료를 어떻게 준비하느냐는 고민은 필요했지. 하지만 너를 선택한 가장 큰 이유는, 끌어들여서 전쟁의 승산을 올리기 위해서다."

"제도에서 찬밥이나 먹는 내 비룡 부대를 그렇게까지 평가해 줄 줄이야."

어깨를 으쓱한 세리나. 그 속마음은 태도와 정반대로 속이 뒤집히고 있으리라.

드라쿨로이 상급백이 보유한 비룡 부대는 제국 최강이라는 명성이 높으며, 제국의 국풍을 신봉하는 세리나의 긍지의 원천이다. 설령 드라쿨로이령 출신의 인물이 악행을 저지르더라도── 말마따나 황제의 암살 미수에 가담했다 해도 그 역량은 칭찬받아야 마땅하다고 할 정도로.

그렇기 때문에──.

"너는 이번 권유에 넘어왔지. 전장의 하늘을 지배하는 비룡…… 용인인 마델린 에샬트를 따르는 저것들을 물리치고 제공권을 빼앗아 보아라."

"사실은 너의 매력적인 제안만이 권유에 넘어간 이유는 아니지만…… 그걸 이루는 것도 나에게 중요한 일이지. ──저 떠들썩한 지원군에게 볼거리를 빼앗기는 것도 부아가 치밀고."

떠들썩하다고 평한 집단이 날뛰는 전장에 세리나가 눈길을 주었다. 그녀와 같은 쪽으로 시선을 던진 아벨은 귀면 속 눈을 가늘게 좁혔다.

상정 외의 전력, 예상 바깥쪽에서 온 간섭. ──솔직히 자신이 수립한 길을 벗어난다면 설령 전황이 유리하게 돌아간다 해도 환영할 수는 없지만.

"저것들은 제도의 서쪽을 소란스럽게 하던 집단이라더군. 주워듣기는 했겠지?"

"듣기는 했다. 하지만 세력으로서의 목적을 읽을 수 없었고, 마지막에 보고된 위치로 보아도 제때 올 수 없다 판단했기에 전력으로 계산하지 않았지."

"그럼 저것들은 네 예상을 뒤집었다는 소리야. 듣기에 따르면 이 전장에 제때 오려고 밤낮을 가리지 않고 달렸다던데."

"──이치는 이해가 되어도 현실성이 없는 행동이군. 하루에 얼마나 달려야 늦지 않겠나. 늦지 않았어도 결국 이탈자가 너무 많아서 싸울 수 있을 턱이 없어."

당연하지만 집단이 커지면 커질수록 이동만 해도 절대적인 노력이 필요하다.

대군을 유지하는 병참, 보급, 전투와 무관한 시간이 지날 때마다 광분은 식고, 쌓이는 피로는 쉽사리 전의를 앗아가며, 올린 깃발로부터 마음이 떠나간다.

그런 이들을 전장에 데려오는 것은 어지간한 일이 아니며, 그런 이들이 전장에 온다 해도 멀쩡히 전투가 가능할 리 없다.

　하지만──.

　"그럼 너에게는 저게 사기가 낮은 자들의 싸움으로 보이나?"

　세리나가 그렇게 물으면 아벨은 자기 눈으로 본 것을 부정해야만 한다.

　멀찍이 보이는 서쪽 전장, 거기서 날뛰는 집단의 싸우는 모습은 상식을 벗어났다. 저것을 가리키며 자기주장이 절대적이라고 장담하는 건 현실을 보지 못하는 어리석은 자의 망언이리라.

　"이끌고 있는 건 황제 각하의 사생아라는 소문이 도는 『흑발의 황태자』 중 한 명이라더군. 우스갯소리라고 생각했었지만 의외로 진짜처럼 두각을 드러내는 자도 있어."

　"──그렇게 된 일인가."

　"응?"

　멀리 나부끼는 먼지구름을 바라보던 아벨의 눈이 가늘어지고, 사고가 달칵 소리와 함께 맞물렸다.

　자기가 아는 이야기를 했었을 세리나는 아벨의 말에 갸웃거렸다. 하지만 아벨은 그녀의 의문에는 대꾸하지 않고 그저 자기 안에서 움튼 납득에 한쪽 눈을 감았다.

　비정상적으로 높은 사기와 단결력으로 당도할 수 없어야 할 거리를 주파하고, 이 전장에 맹렬히 흙발로 쳐들어온 집단──. 그 배경이 납득이 갔다.

　"──이제야 자기 힘을 제대로 쓸 마음이 들었나."

그렇다면 서쪽 땅에서 결전까지 늦지 않고 도착한 집단의 결속에도 수긍이 간다. 그리고 그것은 틀림없이 수정궁에서 기다리는 가짜 황제도 상정하지 못했을 터다.

그『흑발의 황태자』가 소문에 어울리는 능력의 소유자── 적어도 그렇다고 연기할 만한 작자라면.

"서쪽 전장에 이쪽에서 손을 보탤 필요는 없다. 하지만 여전히 찔러야 할 급소는 제3정점이다. 손을 늦출 생각은 없다. ──드라쿨로이 상급백."

이름이 불린 세리나는 "알고 있어." 하고 끄덕였다.

그리고 그녀는 아벨의 시선이 향하는 쪽, 오가는 비룡이 지배하는 하늘을 쳐다보고는.

"야생의 비룡과 훈련된 비룡 기수와의 차이를, 거칠고 버릇없는 용인을 중용하는 황제 각하의 눈에 보여드리기로 하지."

언급한 황제의 진짜가 옆에 있는 줄은 추호도 모른 채 야성미 서린 웃음을 띠고 장담했다.

9

──자신의 비룡 부대가 가진 실력을 보여 주겠다며『작열공』휘하의 비룡 기수가 하늘로 오른다.

흉포한 본능 그대로 날뛰며 하늘에서 전장을 지배하던 비룡들에게 이성 있는 비룡 기수들의 공격이 닥쳐들고 치열한 전투가 시작되었다.

불운하게도 비룡 대다수는 그 첫 공격에 대응하지 못해 날개가 찢어져 지상에 떨어졌다. 그 사태를 모면한 용들도 연계와 무관한 치졸한 반격에 나섰다가 역습당하는 비극에 처했다.

이것이 야생의 세계라면 불리함을 깨달은 시점에서 비룡들은 하늘에서 도망쳤으리라.

그러나 딱하게도 비룡 무리는 퇴각하지 않는다. 하늘을 사수하며 목숨을 다할 때까지 싸우라고 명령받았다. ──상위종인 용인, 마델린 에샬트에게.

비룡들은 그 명령에 거역할 수 없다. 물론 새 명령이 갱신되면 이야기가 달라지겠지만, 전황을 이해한 상위종이 적절한 명령을 내려 줄 것이라는 기대는 할 수 없었다.

왜냐하면──.

「──나, 메조레이아. 나의 사랑하는 아이의 목소리에 따라 천공에서 오는 바람이 되리라.」

"──아이시클 라인!!"

두 손을 휘둘러 그 손으로 하얀 세계에 얼음의 선을 다시 그은 에밀리아가 도약했다.

그 직후에 조금 전까지 에밀리아가 있던 눈 쌓인 대지를 꼬리가 휩쓸고, 한순간에 지면이 까뒤집히며 눈이 증발──. 구름을 두른 하얀 거체의 소행에 에밀리아는 입술을 깨물었다.

"메조레이아……!"

하얀 비늘에 장엄한 생김새, 지상에 날아 내려온 세계 최강의

생명체『용(龍)』── 그것은 마델린 에샬트가 부른, 그녀에게
조력하는 터무니없는 도우미였다.

그 강대함을 앞두니 천하의 에밀리아도 무심코 마음이 움츠러
들 지경이다.

"하지만 다른 사람들에게로 보낼 수 없어."

용기를 꾹 북돋으며 에밀리아는 다시 그은 얼음의 선상에 얼음
벽을 솟구치게 했다.

그것은 제도 성벽에는 미치지 못해도 하늘을 날고 있는 메조레
이아가 다른 전장에 가는 데 방해할 정도로는 열심히 만든 벽이
었다.

게다가 갇힌 것은 메조레이아만이 아니다. ── 추위도 그러했
다.

"자꾸자꾸 차갑게 할 거거든."

식어가는 공기 ── 주위의 기온을 낮추며 에밀리아는 싸우고
있다.

솔직히 마델린이 메조레이아를 부르고 만 순간, 에밀리아는
꽤 난감했다.

마델린 한 명을 상대하는 것만으로도 야단법석이었는데, 메조
레이아까지 가담하면 더 야단일 것이 눈에 훤했기 때문이다.

그래도 약한 소리는 할 수 없다고 자기 자신에게 용기를 주며
10초 만에 떠올린 작전이 극한의 냉기였다.

"──팩의 발마기(發魔期) 때 같아."

팩의 마나를 발산하는 게 깜빡 늦어져서 불타기 전의 로즈월

저택을 거의 얼음덩이로 만들었을 때가 있었지만, 지금 전장의 온도는 그때에 필적한다.

　인간은 손이 곱아서 무기 따윈 들 수도 없고, 동물도 가족끼리 뭉쳐서 온도를 유지한다. 용도 한도를 넘은 추위에 견디려면 애쓸 필요가 있을 것이다.

　애쓸 필요가 있어 줬으면 좋겠다고 에밀리아는 간절히 빌었다.

　「──나, 메조레이아. 나의 사랑하는 아이의 목소리에 따라 천공에서 오는 바람이 되리라.」

　그런 에밀리아의 기대를 배신하듯이 두꺼운 구름이 낀 하늘 그 자체가 말하는 듯한 착각과 함께『운룡』메조레이아가 강대한 용조(龍爪)를 휘둘렀다.

　그것은 강철에는 미치지 못해도 애써 딱딱하게 굳힌 얼음벽을 쉽사리 깎아냈다. 그 사실에 실망하거나 깜짝 놀라기보다 먼저 얼음덩이가 포탄처럼 에밀리아에게 쇄도했다.

　"에잇! 얍! 엿차! 위험해라!"

　한 발이라도 맞거나 스치기만 해도 치명적이 될 수 있는 용의 공격.

　그것을 에밀리아는 마치 춤을 추는 것만 같은 동작으로 회피하고, 피하지 못할 얼음덩이는 순간적으로 만든 얼음검과 방패로 쳐내어 버렸다.

　이때, 상대로부터 시선을 떼지 않는 것은 플레아데스 감시탑에서『신룡』볼카니카와 직접 싸운 경험 덕분이다.

　용의 힘은 에밀리아 일행의 상상을 아득히 초월하기에, 공격으로 보이지 않는 사소한 동작조차도 터무니없이 위험해질 수 있는 것이다.

"볼카니카 때는, 콧김에 날아갈 뻔했었으니까."

그때 기억이 떠오른 에밀리아는 여기에 있던 것이 자신이라 다행이라고 재인식.

용과 싸우는 요령을 모르면 처음의 뭔가로 깜빡 나자빠져서 짜부가 될 수도 있다. 다만 메조레이아와의 싸움에서 에밀리아가 되짚은 기억은 그것만이 아니었다.

마델린이 부르는 소리에 따라 하늘을 가르며 전장에 내려온 『운룡』 메조레이아—— 용 특유의 터무니없는 전투법은 물론 대단히 문제가 되는 것이.

"메조레이아! 부탁이니까 말 좀 들어 줘! 마델린과도, 싸우고 싶지……."

「——나, 메조레이아. 나의 사랑하는 아이의 목소리에 따라 천공에서 오는 바람이 되리라.」

"으으, 역시……."

목청 높여 호소하는 에밀리아. 그러나 메조레이아는 그 말을 쳐내고 들은 척도 하지 않으며 긴 수염을 찰랑이더니 그 눈으로 지상의 작은 에밀리아를 내려다보았다.

그 시선을 정면으로 받아내고 호리호리한 몸의 모든 신경에 기백을 주입하며, 에밀리아는 찌르르하게 느끼던 사실에 이를 악물었다.

그것은——.

「――나, 메조레이아. 나의 사랑하는 아이의 목소리에 따라 천공에서 오는 바람이 되리라.」

"메조레이아도 볼카니카랑 똑같이, 너무 나이 먹어서 다 까먹고 있어!"

인생에서 두 번째로 조우한 초상적인 존재인 용(龍)――『운룡』 메조레이아도 탑에서 마주한 『신룡』과 똑같이 정신의 죽음을 맞이했기 때문이다.

제2장 『정점만화(頂点萬化)』

1

──『운룡』메조레이아를 덮친 정신의 『죽음』.

발각된 그 놀라운 사실은 에밀리아를 터무니없이 힘든 곤경에 몰아넣고 있었다.

"볼카니카 때는 무찌르는 게 아니라 『시험』을 끝내는 게 목적이었으니까 힘낼 수 있었는데……."

플레아데스 감시탑의 최상층, 1층에서 조우한 『신룡』 볼카니카와의 한 장면은 탑 꼭대기보다 더 꼭대기에 있던 검은 석비── 모노리스에 접촉함으로써 결말이 났다.

에밀리아로서는 아직도 『시험』의 결말이 그래도 되는 것인지 자신이 없지만, 볼카니카는 증거로서 발톱을 주었으므로 애써 자신을 납득시키고 있다.

그렇다고는 해도 볼카니카와의 전투도 기본적으로는 방어 일변도로, 무찌를 마음이 없었던 이유도 있어서 조금도 전투다운 전투가 이루러지지 못했다.

그리고 그것은 상대가 『신룡』에서 『운룡』으로 바뀐 지금도 마찬가지——.

"아냐, 오히려 무찌르는 것 말고는 방법이 없어서 메조레이아가 훨씬 골치 아파!"

말하면서 에밀리아는 그 자리에서 크게 뛰어올라 공중에 있는 하얀 용에게 육박했다.

긴 수염을 날리며 하얀 눈에 무엇을 비추고 있는지 보여 주지 않는 용은, 날아오는 에밀리아에게 날카로운 발톱—— 흔한 도검보다 훨씬 잘 베이는 그것을 덤덤하게 휘둘렀다.

맞으면 에밀리아의 몸쯤이야 간단히 두 동강이 나겠지만——.

"병사님!"

그것을, 에밀리아는 공중에서 또 도약해서 회피했다.

공중에 있는 에밀리아의 발판이 된 것은 도약한 에밀리아와 같이 도약했던 얼음 병사 중 하나로, 스바루와 닮은 얼음 병사가 뻗은 팔을 디딤대로 에밀리아는 뛰었다.

미처 못 피한 얼음 병사가 발톱에 깨지고 그 희생을 용수철 삼은 에밀리아의 발차기가 용에게 닿았다.

"에잇, 얍!"

걷어찬 에밀리아의 발에는 발끝을 뾰족하게 세운 얼음 신발이 신겨 있었다.

발이니까 손이 맵단 소리는 안 들을 거라는, 인정사정 전무한 무자비한 발차기——. 터무니없이 아파 보이는 흉악한 한 방이 무방비한 메조레이아의 뺨을 호쾌하게 차 버렸다.

그러나——.

「──나, 메조레이아. 나의 사랑하는 아이의 목소리에 따라 천공에서 오는 바람이 되리라.」

"하나도 안 먹혔어!"

메조레이아의 커다란 몸뚱이는 얼굴이 힘껏 차여도 꿈쩍도 하지 않았다.

그 직후, 거치적대는 벌레를 쳐내듯이 번뜩이는 날개가 에밀리아에게 맞을 뻔한 것을, 황급하게 얼음벽에서 뛰어내린 얼음병사가 깨지는 대신에 에밀리아를 아래로 피신시켰다.

에밀리아는 얼음이 깨지는 소리에 가슴이 아픈 와중에도 언 지면에 손을 짚고서 반전, 급히 메조레이아의 추격에 대비했으나 용은 허공에 머무른 채로 모르쇠하고 있었다.

"아유! 대체 뭐니!"

에밀리아를 적이라고는 생각하고 있을 터다.

그렇기 때문에 접근하는 에밀리아에게 발톱이나 날개를 때리고, 그 하얀 눈으로 빤히 노려보고 있다. 하지만 볼카니카 때 같은 타협점을 찾아내기가 고역이다.

만약 그 단서가 되는 게 있다면──.

"──마델린! 말 좀 들어 달라니깐!"

"시끄럽짜! 용에게 함부로 말 걸지 마짜!!"

구명줄로 여긴 상대에게 습격당한 에밀리아는 그 자리에서 뒤로 훌쩍 뛰었다.

굳센 팔을 지면에 내리쳐서 얼어붙은 대지를 깨트린 것은 용을 부른 마델린이다. 무기인 비익인(飛翼刀)을 잃었어도 그 괴력은 여유롭게 에밀리아를 괴롭힌다.

다만 하얀 숨을 뱉으며 들은 척도 하지 않고 에밀리아에게 따라붙는 마델린의 움직임은 왠지 모르게 뻣뻣해서, 그 때문에 에밀리아는 아슬아슬하게나마 버티고 있다.

급격히 기온을 낮추는 '팩 흉내' 작전이 조금은 효과를 보이는 걸지도.

"그렇다면——아이시클 라인!!"

"——욱?!"

그 순간, 에밀리아는 금빛 눈을 빛내던 마델린에게 주위의 냉기를 단숨에 집중했다.

제2정점의 전장 전체에 퍼져 있던 냉기가 마델린을 둘러싸고 눈을 증발시키는 용인의 체온을 단숨에 냉각하더니, 피도 얼어붙는 어는점 아래로 그녀를 떠밀었다.

"너, 어……."

"미안해, 마델린. 너하고 좀 더 제대로 대화를 나누는 편이 좋다고 봐. 하지만 들은 척도 해 주지 않을 거라면 지금은 얌전히 있어 줄 수밖에 없어!"

마델린은 온몸을 격렬하게 뒤틀며 동결에 전력으로 저항하려고 했다.

하지만 몸 내부, 심지의 심지까지 싸늘하게 식혀서야 그것이 아주 튼튼하고 기운찬 용인이라도 자유를 빼앗기는 건 피할 수 없었다.

"——아."

피도 살도, 피부도 머리털도 죄다 하얗게 얼린 에밀리아가 마델린을 얼음덩이로 만들었다.

쭉 뻗은 날카로운 손톱이 에밀리아의 가슴에 닿기 직전에 난 결판이었다. 에밀리아는 두 손을 마델린에게 겨눈 채로 움직임을 멈춘 소녀의 모습에 길게 한숨을 쉬었다.

"위, 위험할 뻔했어……."

에밀리아는 안도감에 가슴을 쓸어내리며 얼음덩이로 만든 마델린의 모습에 눈꼬리가 처졌다.

이겼네 졌네, 기쁘네 분하네 하는 기분은 들지 않는다. 하지만 아주 약간 부조리하게, 살짝 화나는 점이 있었다.

"메조레이아! 오지 않아서 엄—청 고마운데, 어째서 마델린을 도와주려고 하지 않아?! 둘 다 조금도 협력하지 않고."

마델린이 얼음덩이가 되는 것을 지켜보던 메조레이아. 에밀리아는 그쪽을 돌아보고 화냈다.

마델린이 불러서 메조레이아가 하늘에서 나타났을 때, 에밀리아는 자신이 더 힘겨운 궁지에 몰릴 것을 각오했다. 하지만 막상 확인해 보니 마델린과 메조레이아는 전혀 협력하지 않고, 한쪽이 움직이면 한쪽이 쉬고, 교대하며 에밀리아와 싸웠다.

지금도 마델린이 어는 모습을 메조레이아가 외면했다. 물론 함께 덤비면 아주 골치 아팠겠지만, 그건 그거고 이건 이거다.

"그런 식이라면 당신도 나한테는 못 당하거든! 무슨 말 하는지 모르겠으면 싸우는 건 그만하고 그냥 돌아가!"

에밀리아는 얼굴에 힘을 주고 아직 여력이 있다는 투로 메조레이아를 을렀다.

사실은 마델린을 얼려 두는 데 힘이 필요해서 방금 말한 것처럼 메조레이아를 쓰러뜨릴 만한 힘이 남아 있다는 느낌은 전혀 없다.

하지만 메조레이아가 놀라서 도망칠지도 모르기에 에밀리아는 스바루나 오토를 본받은 새빨간 거짓말을 떠들었다.

「──나, 메조레이아. 나의 사랑하는 아이의 목소리에 따라 천공에서 오는 바람이 되리라.」

그런 에밀리아의 거짓말에도 메조레이아의 낮고도 굵직한 목소리의 대답은 변하지 않았다.

에밀리아는 그것이 어쩐지 무척 분하게 느껴졌다. 거짓말이 통하지 않았기 때문이 아니라 마델린이 얼어 버렸는데 메조레이아의 답변이 변하지 않았기 때문이다.

마델린과 메조레이아, 둘이 실제로 어떤 관계인지는 알지 못한다. 하지만 도와 달라는 부름에 달려왔으니까 분명 서로를 소중히 여기고 있을 텐데.

그렇게 에밀리아가 서운함에, 가슴의 마수정을 꼭 잡은 순간이었다.

「──나, 메조레이아. 나의 사랑하는 아이의, 목소리, 에.」

"……어라?"

「사랑하는 아이의, 목소리에…… 목소리에, 따라…….」

무슨 말을 해도 같은 말만 반복하던 메조레이아의 태도가 무너졌다. 말을 더듬기 시작하고, 걷어차여도 멀끔하던 얼굴을 찌푸리며 용이 하늘에서 허우적대기 시작했다.

"갑자기 왜 그래?! 머리 아파?"

용의 갑작스러운 이상에 에밀리아가 남보라색 눈을 일렁이며 놀랐다.

갑자기 화내며 날뛰기 시작해도 곤란하지만, 이런 식으로 괴로운 티를 내도 걱정이 든다. 조마조마하게 공중에서 몸부림치는 용을 지켜볼 수밖에 없다.

그런 불안을 품은 에밀리아의 머리 위에서 메조레이아의 움직임이 갑자기 멈추었다.

「―――.」

괴롭게 머리를 흔들던 용이 갑자기 조용해져서 에밀리아 쪽을 보았다. 그 하얀 두 눈과 마주 본 에밀리아는 "아." 하고 숨을 새어나왔다.

지금, 처음으로, 메조레이아하고 똑바로 마주 보았다고 느꼈기 때문이다.

그것은 즉, 메조레이아가 또렷한 의식을 되찾은 증거로―――.

"겨우 얘기를―――."

「―――말했을 텐데, 인간.」

그때까지와 다른, 눈 아래의 에밀리아를 응시하는 용의 한마디. 그 소리에 온몸을 얻어맞은 에밀리아는 몸을 굳혔다. 무섭다거나 위험하다는 등의 이유가 아니라.

그 목소리에 담긴 감정이, 직전까지 겨누던 것과 판박이―――아니, 완전히 동일하다고, 그럴 리가 없는데도 그렇게 느꼈기 때문이다.

그렇게 놀라서 경직한 에밀리아에게 용이 말을 이었다.

「용은 너하고 나눌 말이 없짜.」

"마델——."

눈앞의 괴변에 압도되어 한순간 움직이지 못한 에밀리아.

그런 에밀리아를 향해 용은 입을 벌리고 숨을 토했다. ——그 것이 하얀 빛이 되어 세상을 물들인 것은 『운룡』이라는 존재의 진수.

용의 힘에 확고한 의지가 깃들었을 때의 공포가 에밀리아에게 로 가차 없이 쏟아졌다.

2

서쪽에서 전장에 개입한 전단, 그 존재의 영향은 곳곳에 파문 을 일으켰다.

물론 전단의 영향을 가장 크게 받은 것은 직접적인 공격을 받 은 제4정점의 수비대다. 하지만 그곳을 제외하고 가장 영향을, 그것도 혜택을 받은 것은 제3정점의 공격대였다.

본래 지크르 오스만이 이끄는 제3정점 공격대는 제도 루프가 나가 비장한 수였던 『마정포』를 헛발로 날리기 위해 버리는 패 가 될 예정이었다.

실제로 죽음을 각오하고 반란군의 선두를 달리던 지크르는 유 일하게 개인적인 판단으로 사선상에서 빼놓은 『슈드라크의 민족』이외의 모두를 희생시킬 작정이었다.

그러나 사실은 그렇게 되지 않고, 버림리는 패였던 공격대가 생존하면서 계획이 뒤틀림에도 본진의 아벨은 곧바로 예비 전력을 투입──머리 위로 비룡이 바람같이 날아간다.

"──저것이, 세리나 드라쿨로이 상급백의 비룡 부대."

돌덩이 인형과의 난전 도중, 군도를 휘두른 지크르가 애마 레이디의 말 위에서 중얼거렸다.

백색과 적색으로 반반씩 칠해진 드높은 창궁에서는 야성과 이성, 다른 성질을 무기로 삼은 비룡들끼리 충돌하며 종횡무진의 전투가 펼쳐지고 있다.

머릿수로 앞서는 것은 『비룡장』 마델린 에샬트를 따르는 비룡무리지만, 질로 압도하는 것은 비룡 기수를 태우고 세련된 기술을 선보이는 비룡대의 날개.

그때까지 적으로만 가득하던 하늘의 전황이 곧바로 반반으로, 그리고 우세로 돌아선다. 하늘의 세력도 변화를 목도하는 와중에도 지크르의 염려는 다른 쪽에 있었다.

"베아트리스 양이 무사하면 좋겠지만……."

희미하게 빛나는 머리카락을 화려하게 돌돌 만, 드레스 차림의 어린 소녀──. 그 소녀야말로 밀어닥치는 마정포의 일격을 몸 바쳐 막아 죽어야 했을 지크르 부대의 생명을 구원한 은인이었다.

한 번 눈으로 확인한 여성을 지크르가 잘못 보지는 않는다.

따라서 베아트리스는 생명의 은인이며, 사랑스러움 이상의 축복을 가져다 준 구세주였다.

"부디, 무사하시기를──!!"

그 마정포를 지우는 데 아무 대가도 치르지 않았으리라 생각할 만큼 지크르도 멍청하지는 않다. 그렇기에 가장 큰 수훈상을 받아야 할 그 소녀가 무사하기를 빌었다.

──얼마 남지 않은 행운이 전부 그 소녀에게로 가라며.

한편, 최전선에서 공로자의 무사함을 비는 지크르와 비슷하게, 마정포가 쏜 백광의 부자연스러운 소실을 누가 만들어냈는지 타리타는 목격했었다.

"물러나라는 말에, 전장을 내다보고 있던 것이 다행이었습니다만……."

제도를 지키는 성벽과 일체화하여 막아선 『강철인』 모그로 하가네── 적이 초래한 피해에서 회복한 지크르는 타리타 쪽 슈드라크에게 후방에서 원호하라고 지시했다.

그것이 설마──.

"우리만이라도 구하려고 했었을 줄이야. 슈드라크도 얕보였군그래."

옆에 선 미젤다의 분노가 섞인 목소리. 그것은 타리타도 인식하는 사실과 일치한다.

제도의 수정궁은 진짜 황제인 아벨이 살던 성이다. 그런 그가 마정포를 몰랐을 리가 없고, 부자연스러운 지시를 내린 지크르 역시 그 정보를 들었을 것이다.

슈드라크를 물린 것은 분명 지크르의 독단이리라.

얕잡아본 것이 아니라 여성을 소중히 존중하는 『호색가』다운 배려——.

"——하지만 저도 언니와 같은 기분입니다. 지크르의 배려는, 달갑지 않습니다."

호전적인 미젤다와 같은 결론에 이른 타리타는 입술을 단단히 다물었다.

지크르와 마찬가지로 『슈드라크의 민족』에게도 양보할 수 없는 주의와 신조가 있다. 그렇기에 타리타는 손에 든 활을 굳세게 부여잡았다.

"이 불만은, 지르크의 얼굴을 직접 보고서 전하기로 하겠습니다."

"후, 좋은 대답이야. 저대로 지크르나 자말에게 좋은 장면을 빼앗기는 건 성질이 나니 말이다. ——들었겠지, 동포여!!"

의족을 요령 있게 대지에 박고 도끼칼을 걸머진 미젤다가 동료들에게 말을 건넸다.

줄을 지은 슈드라크 전원이 미젤다의 말에, 타리타의 결단에, 자신들도 같은 기분이라고 눈매로, 표정으로, 솟구치는 패기로 응답했다.

그렇게 의기충천하며 슈드라크의 집단도 모그로 하가네가 수호하는 제3정점의 공방 최전선으로 쳐들어가려던 순간——.

"——아무래도 의욕은 충분한 집단 같네."

차갑고 메마른 목소리에 타리타와 미젤다가 돌아섰다.

타리타는 반사적으로 활시위에 화살을 메기고, 미젤다도 몸을 낮추어 대비했다. 그 정도로 상대의 출현은 느닷없어서『슈드라크의 민족』으로서도 경계를 높일 대상.

 그러나 그런 그들의 경계는 나타난 상대의 모습을 보자 바로 풀렸다.

 천천히 풀을 밟고 슈드라크의 집단 뒤에서 다가온 것은 분홍색 머리를 바람에 날리는 잘 아는 얼굴의 소녀였다. ──단, 그것은 정확하지 않다.

 왜냐하면 타리타 쪽이 아는 그 얼굴의 소녀와 나타난 소녀는 다른 사람이므로.

 "──? 어쩐지 이상한 눈초리인걸. 어디서 왔는지 이상해? 그거라면 비룡에서 뛰어내렸을 뿐이야."

 "아, 아니요, 저희가 놀라고 있는 것은, 그쪽하고는 다릅니다."

 "그렇다면 뭐기에 그래?"

 "──네 얼굴이, 우리가 아는 소녀와 판박이라 그렇다."

 집중되는 슈드라크의 시선에 분홍머리 소녀가 갸우뚱했다. 그런 소녀의 의문에 미젤다가 그렇게 대답하자 소녀는 연홍색 눈을 가볍게 홉떴다.

 그러더니 "그래." 하고 짧게 숨을 내뱉었다.

 "그, 같은 얼굴의 아이하고는 잘 지내고 있었어?"

 "적어도 우리는 마음에 들었었다."

 연홍색 눈의 물음에 미젤다가 엄숙히 끄덕이며 대답했다.

 우리, 라고 일동을 대표하는 발언이었지만 타리타도 그 말에 이견은 없다. 그리고 눈앞의 소녀의 내력에도 슈드라크의 전원이 짚이는 바가 있었다.

말을 했었던 것이다. 나츠키 스바루가. ──그녀에게는 쌍둥이 언니가 있다고.

타리타가 아는 소녀의 얼굴과 쏙 닮은 그 쌍둥이 언니는 "그래." 하고 한 번 더, 비슷하게 중얼거린 뒤에 말했다.

"그렇다면 람과 당신들은 잘 지낼 수 있겠어."

말하면서 걸어오는 그녀는── 람을 위해서 트인 길을 당연한 듯이 다가오는 소녀의 말에 타리타는 망설임 없이 끄덕였다.

"네, 그러기를 바랍니다. 상황은?"

"대략적으로 알고 있어. 지금 여기에, 꽁무니 빼려는 여자가 없다는 것도 말이지."

"────."

"남자는 걸핏하면 '네가 걱정된단─다' 느니 '물러나 있게─나' 느니 그러는데, 가르쳐 주자. ──쓸데없는 참견이라고."

"동감입니다."

슈드라크의 면면을 본 람의 주장에 타리타도 입 끝에 웃음을 매달고 동의했다.

걱정도 배려도 염려도, 전장에 나가면 불필요한 참견, 불편한 친절.

왠지 실감에 찌든 람이 지팡이를 드는 것에 맞추어 타리타도 다시 적을 향해 돌아섰다. 그러는 람을 중간에 두고서 타리타의 반대쪽에 선 미젤다가 웃었다.

야성미 어린 웃음을 띤 그녀는 람의 옆얼굴에 깊이 끄덕이고
말했다.

"만나는 건 처음이지만, 확신했다. ——너도 렘과 똑같이, 내
가 사랑하는 전사인 것을."

3

쿠웅. 뼛속까지 울리는 충격과 함께 내장에 무게 추가 걸린다.

그런 비상식적인 감각이 한 번 두 번, 세 번 네 번 이어져서 늘어
나는 족쇄가 자유를 빼앗고 천천히, 무릎 아래가 수렁에 빠져가
는 착각에 지배되어 갔다.

그것을 떨쳐내고자 수렁에서 발을 뽑듯이 몸을 뒤틀고——.

"수법이 너무 솔직해. 카프마 녀석은 그걸로 어떻게든 됐을지
도 모르겠는데, 나는 정면으로 자네 무대에 어울려 주지 않는다
고."

다음 순간, 가증스러운 쉰 목소리가 등 뒤에서 들리고, 무의식중
에 손등치기를 날린다. 하지만 굳센 팔은 허공을 갈랐다. 대신에
무시무시한 작열이 어깨에 발생하고 목에서 비명이 폭발했다.

"아, 가, 그, 끄아아악——!"

쳐다보니 왼쪽 어깨에 붉은 손자국이 찰싹 생기고, 그것이 푸
스스 소리를 내고 있었다.

독이라고 판단하자마자 망설임 없이 손자국을 깨물고 환부째
로 살을 뜯어냈다. 최악의 식감과 맛을 이에 남기며 중독된 살을

뽑어내고 치유 마법을 최대로 발휘한다.

깊게 푹 파인 어깨 상처가 피의 증기를 뿜으며 무시무시한 기세로 복구를——.

"최선의 수이긴 한데, 너무 막 나가는구면."

가필의 콧잔등에 정면에서 날아온 발차기가 꽂혔다.

왜소한 체구의 노인이 날린 차기 같지 않은 위력에 목이 번쩍 쳐들리고, 코가 부러진 가필은 크게 몸을 젖히며 날아갔다. 온몸이 땅바닥에 내던져져 꿍침한다.

강건한 가필의 목이 아니었으면 머리가 뜯겼을지도 모를 발차기였다.

하지만 머리와 몸통은 붙어 있다. ——그렇다면 아직 싸울 수 있다.

"……나 원, 잘 안 죽는다는 건 그것만으로도 무기일세. 너무 성가셔, 자네."

"시꺼, 영감님……. 이제, 시작이라고……."

부러진 코에 손을 짚고 둔탁한 소리와 함께 원래 위치로 바로잡는 가필. 『악랄옹』 오르바르트 덩클켄이 그 기막힌 회복력에 탄복했다며 손목 언저리가 없는 소매를 흔들었다.

——제국사에 남는 일대일 대결이라고 누구나 인정했을 카프마 일루쿠스와의 일전. 그에 이어 시작된 오르바르트와의 싸움은 가필을 일방적으로 몰아붙였다.

무수한 상처를 새겼음에도 시들지 않는 가필의 투지. 그러나 맞상대하는 괴노인의 눈초리는 차갑게 식어서 상대에게 건네는 찬사와는 무관한 한마디.

"너무 자네한테만 매달릴 수도 없거든. 아무래도 내가 빠져나온 벽 쪽이 영 찜찜해. 귀찮은 녀석들이 튀어나온 모양이라 안 돌아가면 위험할 것 같더만."

"귀찮은 녀석이라고⋯⋯?"

"귀 바짝 세우면 들리지 않냐. 설마 다 늙은 나보다 귀가 어둡진 않지?"

귀에 손을 붙인 오르바르트의 말에 가필은 시야가 좁아졌던 자신을 자각했다. 시킨 대로 하기는 부아가 치밀지만, 귀를 곤두세우니 오르바르트의 말이 사실임을 알 수 있다.

확실히 많은 사람의, 그것도 상식에서 벗어난 힘을 간직한 이들의 발 구르는 소리가 대지를 울리며 이 전장의 공기를 뒤바꾸려던 것이 전해져서——,

"아니, 진짜 그러기냐. 내 앞에서 무방비하게 굴다니 왜 이리 용감해?"

그 순간, 오르바르트가 던진 작약(炸藥)이 가필의 머리 좌우에서 폭발했다.

굉음과 붉은 빛이 작열을 수반하며 번지고 폭염이 가필을 머리부터 집어삼켰다.

"이걸로 조금은——."

타오르는 화염에 오르바르트가 시력을 집중한 직후였다.

"카, 아아아아앗——!!"

자신을 집어삼킨 폭염을 연막 삼아 가필이 돌격했다.

일부러 빈틈을 보이면 오르바르트가 그에 편승할 것은 알고 있었다. 그런 오르바르트 본인의 공격을 이용하여 가필은 뻗은 두 팔을 상대에게 후려갈기고——.

"젊구먼, 애송이."

"——웃."

"제아무리 자네라도 목이 날아가면 죽겠지?"

그 순간, 아래에서 날아온 공격에 두 팔이 팔꿈치 지점에서 부러지고 눈이 홱 돌아간 가필 앞에서 노인의 몸이 반한다. 차가운 죽음의 선고가 목에 꽂히는 감각에 가필은 죽음에서 도망치려 뒤로——.

"——가슴이다."

무아지경에 들린 목소리의 지시대로 꺾인 팔을 가슴 앞에서 마주쳤다.

"음." 하는 쉰 목소리가 희미하게 신음하는 것과, 강철이 깨지는 파쇄음이 연쇄했다. 쳐다보니 가슴 앞에서 맞댄 팔과 팔 사이에 내지른 칼날이 산산이 깨지고 있었다.

그것은 가필의 가슴 중심, 심장으로 날린 오르바르트의 찌르기.

가까스로 막은 칼끝이 가슴에 살이 박힌 채로 가필의 몸이 뒤로 물러났다.

반응이 조금만 더 늦었더라면 가필의 심장이 뽑혔을 것이다. 제아무리 강한 회복력이 있어도 심장을 빼앗겨서는 살 수 없다.

목소리에 따르지 않고 목을 노린다고 맹신했으면 그냥 죽었으리라.

그 사실을 알고 있어도——.

"······빌어먹을."

"욕하다니 섭섭한걸. 적어도 고맙다는 말은 들을 줄 알았는데."

혀를 차는 가필의 등을 뒤쪽에 선 누군가가 받쳤다.

아예 체중을 힘껏 실어 버리니 받치는 상대의 손에서 쓴웃음이 전해진다. 그 점이 더더욱 밉살스럽게 느껴져서 가필이 피투성이 콧잔등에 주름을 잡았다.

무릇 남을 싫어하는 재주가 없는 가필이지만, 눈앞의 오르바르트는 싫어하는 부류의 인간이다. 그리고 가장 싫어하는 인간이 뒤에 서 있는 상대였다.

앞뒤로 싫어하는 인간에게 둘러싸여서 가필 사상 최악의 상황이다.

"저 영감을 때려눕히거든, 다음은 니놈이야······."

"그건 더더욱 애먼 화풀이지. 하지만 여기에 온 게 나라서 운이 좋은 셈일걸? 너도 지금 모습을 람에게 보여주긴 싫잖아?"

"크릉······."

아픈 구석을 찔린 가필의 목이 힘없는 신음을 흘렸다.

그런 대화를 주고받는 두 사람에게 정면에서 "저기 말이다." 하고 말이 날아왔다.

"일단 거기 땅바닥에 그은 선에서 이리로 넘어온 녀석의 목숨은 없다고 말했다만?"

"그거 실례를, 노인장. 다만 그 충고는 듣지 못해서 말이지. 여하튼 하늘로 와서."

머리 위를 가리키며 하는 대구에 오르바르트가 힐끗 하늘로 시선을 주었다.

무기력한 노인으로 보이는 저 시늉도 상대를 방심시키기 위한 괴노인의 술수일까. 그것을 씁쓸하게 경계하면서도 가필은 부러진 팔을 치유하며 가슴에 박힌 칼날을 뽑았다.

"니가 이렇게 튀어나왔단 소리는……."

"람은 다른 전장에 갔어. 물러나라고 말해도 들어먹질 않아서 말이지."

"……말해 두겠는데, 마법 없이 니가 도움이 될 만한 상대가 아니라고."

"물론 결정타는 너겠지. 다만 다행히 내가 여기에 온 것도 의미가 있을 것 같거든."

낯익은 화장을 한 얼굴이 아니라 낯선 민낯을 드러낸 남자──로즈월 L. 메이더스가 앞으로 나서서 『악랄옹』과 대치한 가필의 옆에 섰다.

그리고──.

"──나도 이전에 시노비와 생사를 다툰 경험을 활용할 수 있겠어."

적에게 지지 않을 만큼 악랄한 웃음을 깊이 새기며 파란 쪽 눈을 남기고 윙크했다.

4

　──용(龍)의 숨결이 토해진 순간, 에밀리아는 자신의 '죽음'을 환시했다.

　오기를 굳게 다지며 어떤 상황이라도 희망을 잃어서는 안 된다.

　그런 마음가짐으로 버티던 에밀리아에게 그것은 충격적인 사태였다.

　"──아."

　서둘러 움직여야 한다고, 머릿속에서 작은 에밀리아가 외치고 있다.

　하지만 오른쪽과 왼쪽, 어느 쪽으로 움직여야 할지 몸이 반응해 주지 않는다. 평소라면 아무 생각도 하지 않아도 몸이 움직이는데, 그럴 수가 없다.

　그 이유는 오른쪽에도 왼쪽에도, 앞에도 뒤에도 피할 곳이 없다고 마음이 느꼈기 때문이다.

　"아이시클 라인."

　그렇기에 에밀리아는 도망치는 게 아니라, 막는── 아니다. 받아 흘리는 쪽을 선택했다.

　자기 몸 앞에 두꺼운 얼음벽을 만들고 비스듬히 기울인 그 위로 빛을 미끄러뜨린다. 그것이 가능한가 불가능한가가 아니라, 못하면 끝이란 마음으로.

　과랄에서는 프리실라가 있었다. 이번에는 에밀리아 혼자다.

　그때와 똑같이 할 수 있을지는 모르겠다. 하지만 똑같은 일을 해야 한다.

"──힘내, 나!"

단단히 버텨 서서 몸 앞에 얼음벽을 생성하고, 그 손에 얼음검을 꼭 부여잡는다.

얼음검은 부적 대신, 숨결을 보검으로 베어낸 프리실라를 흉내 내는 미신이었다.

「사라져짜, 인간──.」

모든 것을 담아서 버티고 선 에밀리아에게 『운룡』의 숨결이 토해졌다.

그 목소리와 말, 다양한 것에 대한 의문을 싹 잊고 이 순간에 전력으로 대비했다. 그리고 한 박자도 두지 않고 하얀 빛이 얼음벽째로 에밀리아를 집어삼킨 순간──.

"──어?"

에밀리아는 빛에 얼음검을 부딪치려다가 눈을 휘둥그레 떴다.

토해진 빛이 에밀리아에게 적중──하지 않고, 아주 살짝 옆으로 빗나간 것이다. 그럼에도 엄청난 바람과 충격파에 에밀리아의 은발과 옷이 찢어질 지경이다.

그에 버티면서 에밀리아는 무슨 일이 일어났나 싶어 메조레이아를 보았다.

숨결을 토한 메조레이아가 머리를 슬쩍 위로 돌리고 있다.

직전에 마음을 고쳐먹은 것……은 아니다. 그냥 억지로, 그 목의 방향이 틀어진 것이다. ──용의 얼굴 옆에서 부딪친 비익인의 충격으로.

"저건, 내가 저기 멀리 던져 버렸던……."

비익인은 마델린이 애용하는 무기로, 그녀와의 전투 도중에 되던지는 데 실패한 에밀리아의 손으로 깜빡 저 너머로 날아가 버렸을 터였다.

그것이 메조레이아의 얼굴에 맞았기에, 에밀리아는 "설마." 하고 눈을 크게 떴다.

"혹시 내가 던진 게 이제야 돌아왔어?"

"하하하하하! 그건 엄청 꿈이 있어서 멋진 상상이네요! 하지만 아쉽게도 틀렸어요! 저쪽에 꽂혀 있던 걸 제가 발로 차서 날렸을 뿐이거든요!"

"꺄아?!"

기적적인 우연인가 생각하던 에밀리아가 기세등등한 목소리에 화들짝 놀랐다.

황급히 에밀리아가 돌아보니 목소리의 상대는 바로 옆에 쭈그려 앉아서 "흠흠." 하며 에밀리아가 잡고 있던 얼음검을 빤히 바라보고 있었다.

"이거, 꽤 미려하게 만들어져서 멋진데요. 저도 기왕 가지고 다닐 거라면 적당한 명검이 좋다고 생각 중인데 겉보기뿐이라면 후보에 올려도 될 정도예요."

"으, 으음…… 고마워?"

"아뇨아뇨. 그걸 말하자면 저야말로 고맙다고 말하게 해 주세요."

이런 상황에서 칭찬받을 줄 모르던 에밀리아가 반사적으로 감사를 표하자 그 목소리의 주인── 파란 머리를 뒤로 묶은 소년이 명랑하게 웃었다.

그는 굽히고 있던 무릎을 펴서 그 자리에 일어나서더니 선언했다.

"푸른 하늘을 가르는 하얗고 붉은 빛! 어느 쪽으로 가야 할지 고민하면서도 달려와 보니 기다리는 것은 거대한 용과 아름다운 여성! 과연 저! 뽑기 운이 너무 강하다 생각하지 않나요!"

"어어, 음?"

"너무 강하다 생각하지 않나요!"

반짝거리는 눈빛으로 거듭 물으니 에밀리아는 꼭 대답해야 한다는 기분이 들어 "엄─청 강하다고 생각해." 하고 대꾸했다.

에밀리아의 그 답변에 소년은 만족스럽게 방긋 웃음이 깊어지며 맞장구쳤다.

"그렇죠!"

그리고 에밀리아 옆에서 한 발짝 앞으로, 『운룡』의 시야로 들어섰다.

그것을 위험하다고 만류하려던 에밀리아는 말을 망설였다. 압박감이다. 그러나 그것은 거대한 용이 초래한 것이 아니라, 눈앞의 작은 등에서.

그, 상황과 어울리지 않게 명랑한 소년이 초래한 것으로──.

"마침내 찾아온 대무대! 자자, 여러분, 보시라!『푸른 뇌광』세실스 세그문트의 화려한 장면! 눈도 깜빡이지 마시라, 놓쳤다가는! 평생 후회할 것이올시다──!!"

초월자인 용을 앞두고도 한 걸음도 물러나지 않으며 소년──
세실스 세그문트는 위풍당당하게 야단법석 떨며 선언했다.

5

──제도 공방전을 장식하는 전장 중에, 이미 이계라고 불러
야 할 광경으로 변화한 두 지역.

한 곳은 하늘 저 너머에서 온 『운룡』이 웅대하게 날개를 펼치
고, 그 피해의 확대를 막고자 하얗게 설경으로 물들인 제2정점.

그리고 다른 한 곳이, 벌겋게 붉은 화염으로 물든 하늘── 그
중심을 구성하는 소녀의 힘으로, 온갖 생물의 생존이 위태로워
질 만큼 가혹한 환경으로 화한 제1정점이다.

"────."

그 몸을 아지랑이처럼 일렁이며 붉은 하늘에서 춤추는 『구신
장』 중 한 명, 아라키아.

『정령 포식자』라는 힘의 본성을 유감없이 발휘하는 그녀의 손
으로 세계는 변질되어 제1정점은 섭리 밖의 힘을 가지지 못한 이
들의 생명을 갉아먹는 지옥이 되었다.

그렇게까지 해서 세계를 붉은 화염으로 덧칠한 아라키아, 그
녀가 바라는 소원은 하나뿐.

"나는, 공주님을── ."

──반드시, 되찾겠어.

그것이 아라키아가 이렇게 전장에 임하는, 으뜸가는 동시에

유일한 이유다.

거기에는 제국 일장으로서의 충성심이나 애국심, 최강의 존재인 『구신장』으로서의 자부심이나 자존심, 종족으로서의 분노나 불만, 자신의 공명심 같은 잡념이 하나도 존재하지 않는다.

다른 『구신장』들이 가진, 싸우는 이유나 간직한 신념.

그런 강함을 지탱하는 고상한 근거가 하나도 없으며, 그럼에도 볼라키아 제국의 최고 전력으로서 군림하는 것이 제2위인 아라키아였다.

하지만 그것은, 그녀의 출신――『정령 포식자』라는 사실을 감안하면 당연한 것.

강함을 요구받으며 그 강함을 타인을 위해서 쓸 것을 강요받는 생물. 그런 성질로 조성된 존재가 『정령 포식자』이며, 아라키아도 예외가 아니다.

――정령이란 온 대지에, 온 하늘에 존재한다.

그런 정령을 포식하고 힘을 흡수하여 자신과 일체화하는 『정령 포식자』――. 그것은 자연을 흡수하는 거나 마찬가지인 폭거이며, 필연적으로 크고 작은 다양한 영향이 생긴다.

불의 정령을 흡수하면 체온이 상승하고, 바람의 정령을 흡수하면 몸이 안에서 찢어질 위험성이 있다. 물의 정령을 흡수하면 혈액의 순환이 위태로워질 우려가 있으며, 땅의 정령을 흡수하면 대지와 자신의 구별을 잊어 인간의 몸을 상실할 가능성조차 있었다.

실제로 그런 부작용이 원인으로 인간이 아니게 된 실패작은 숱하다.

옛 시대, 온갖 존재를 매료하여 말 못하는 대정령조차 포로로 삼은 『마녀』와 대항하기 위해서 만들어진 이 존재는, 독기를 감지하는 오니족과 똑같이 싸우기 위한 생물이다.

그 『마녀』가 죽어 본래 역할을 상실한 『정령 포식자』였지만, 그 힘을 이용할 수 있다고 생각해 부활시키려 시도한 것이 볼라키아 제국의 일파.

아라키아도 그런 시도 중에 희귀한 재능을 인정받은 한 명에 지나지 않았다.

희귀한 재능이란, 『정령 포식자』에게 필요한 두 소양—— 다시 말해 정령을 흡수해도 망가지지 않는 육체와 정령을 흡수해도 인간으로 있을 수 있는 정신이다.

정령의 힘을 빌리는 정령술사나 예속시키는 성왕국의 신전기사와 달리, 힘을 얻기 위해서 정령을 포식할 필요가 있는 『정령 포식자』는 항상 심신이 붕괴할 위험과 함께하고 있다.

한 번이라도 흡수한 정령에게 심신이 패배하면 인간의 육체를 잃거나, 정령과 동화하여 인간이 아닌 차원의 존재로 정신이 변이한다. 그렇다고 해서 자아가 너무 강하면 정령의 힘과의 친화성을 저해하므로 『정령 포식자』에게 기대되는 능력을 발휘할 수 없다.

그 때문에 『정령 포식자』에게는 희박한 자의식과 자아가 요구됨과 동시에, 정신을 정령에게 흡수당하지 않기 위한, 절대 준수해야 할 '지주'가 부여된다.

'지주'는 흡사 알에서 깬 병아리가 처음 본 상대를 어미 새로 알고 따르는 각인 효과처럼 기능하며, 『정령 포식자』의 본능에 깊이 뿌리 내려 근간을 구성한다.

 『정령 포식자』의 절대적인 힘은 그 지주를 위할 때만 행사되며, 『정령 포식자』의 미숙한 정신은 그 지주의 존재로 점유된다.

 말하자면 지주야말로 『정령 포식자』의 존재 의의이며, 세상 전부인 것이다.

──배신하려는 야심도 없이 지주에게 자신의 모든 것을 바쳐 봉사를 맹세하는 『정령 포식자』.

 무수한 희생 끝에 유일한 성공 사례가 된 소녀는 귀중한 능력을 지닌 존재로서 당시의 황제였던 드라이젠 볼라키아에게 바쳐졌고, 드라이젠은 그것을 자신의 피를 이은 딸 중 한 명에게 젖형제로서 내렸다.

 과연 드라이젠이 무슨 생각을 하고 그 소녀를 자식에게 양도했는지는 알 수 없다.

 딱 하나 할 수 있는 말이 있다면, 그 소녀는 『정령 포식자』의 힘의 부활을 꾀한 일파가 바란 대로 기능하여 드라이젠의 딸을 확실하게 자신의 지주로 정했던 것.

 그리고 무엇보다──.

──『정령 포식자』로서 아라키아는 『마녀』와의 싸움이 요구되던 과거 시대의 어떤 동류들보다 강력한, 손쓰지 못할 존재로 완성되었다는 것이다.

6

상식을 비웃듯이 과열되어 가는 세계. 호흡만 해도 폐가 타며, 몸속에 흐르는 혈관이 열로 팽창하고, 말라 가는 눈을 적시기 위한 눈물조차도 증발한다.

시시각각 생명을 갉아먹는 환경이며, 어설픈 능력자로는 아라키아의 눈 색을 확인할 수 있는 거리까지도 접근이 불가능하다. 어떤 생명이든 구별 없이 개변되어 가는 세계에 따라가지 못하고 뒤처져 메마르고 쇠약해져서 죽어간다.

그 때문에 붉은 하늘이 내려다보는 대지에는, 세계를 개변하는 중핵인 아라키아를 제외하고 요르나 미시구레와 프리실라 바리에르 단 두 명만이 서 있었다.

그런 두 사람이라도 슬금슬금 생명을 갉아 먹히는 감각은 피할 수 없다.

"──웃."

소리와 함께 네 개째 비녀가 부서지자 요르나가 상실감에 뺨을 굳혔다.

『혼혼술』의 효과로 요르나에게 바쳐진 헌상품들이 그 생명을 대신 감당한다. 덕분에 말 그대로 괴물급의 고수인 아라키아와 싸우면서도 요르나에게 육체적인 손상은 없으며 움직임에도 악영향이 일절 없다.

단──.

"저의, 이 가슴의 고통을 제외하면 말이지요."

요르나의 생명을 대신 감당하는 것, 그 자체가 선물에 담긴 사랑의 증명이다.

비녀는 결코 딱히 빼어나게 세공한 물건도, 값비싼 물건도 아니다. 그저 요르나의 비호를 받은 도시의 주민들이 자신의 뿔이나 비늘, 몸의 부위를 이용해 바친 물건들.

거기에 있는 것은 경애와 신뢰뿐이다. 따라서 가격은 매길 수 없다.

"비녀가 부서졌나. 조금 전에는 귀걸이, 조금씩 깎여 나가고 있군, 어머니."

깨진 파편을 손가락 틈으로 떨어뜨리는 요르나 옆에 프리실라가 붉은 드레스 옷자락을 나부끼며 착지했다.

눈부시게 빛나는 『양검』을 들고 아름다운 옆얼굴에 대담무쌍한 표정을 지은 프리실라. ——딸의 그 언동에 요르나는 살짝 눈을 가늘게 떴다.

"말해 두겠습니다만, 사랑하는 아이들에게 받은 선물을 그저 생명 대용품의 잔여수처럼 꼽는 것은 불쾌하답니다."

"수없이 인생을 갈아타고 오랜 시간을 살아온 어머니께서 귀여운 말씀을 하시는군. 선물 하나도 준 적 없는 소녀에게는 사랑하는 아이라고 부르기 껄끄럽나?"

"＿＿＿＿."

"장난도 받아주지 않나. ——그렇다면 바라는 대로 현실적인 이야기를 해 주지."

맨살을 드러낸 하얀 어깨를 으쓱인 프리실라가 시선을 정면으로 돌렸다. 그 자세와 말에 요르나는 "현실적, 이라고요?" 하고 눈썹을 찡그렸다.

그 물음에 프리실라는 살짝 끄덕이며 답했다.

"앞으로 얼마나 더 저것하고 겨룰 수 있느냐는 거지."

프리실라의 붉은 두 눈이 하늘을 보았다. ──그 직후, 지상의 요르나와 프리실라 두 사람을 노리고 소나기처럼 물줄기로 된 창이 쏟아졌다.

"──읏."

이를 악문 요르나는 매섭게 떨어지는 물의 창에 몸을 숙였다.

사출된 물의 창 한 자루 한 자루는 손가락 하나 굵기로 압축되었지만, 그렇게 압축된 위력까지 손가락 하나라고 얕볼 수 없음이라.

고밀도로 압축된 물에는 지나가는 길에 있는 것을 가차 없이 관통하고 구별 없이 가르는 위협성이 깃들어 있어 스치기만 해도 팔이나 다리가 날아갈 수 있는 치명적인 일격이었다.

방대한 수량으로 과격하게 대지를 갈랐나 싶으면, 이렇게 대처하기 어려운 섬세한 기술을 아낌없이 휘두른다. 어느 쪽이든 위험하다는 점 말고 일관성이 없다.

"──윽, 프리실라!"

요르나는 몸을 숙이고 쏟아지는 물의 창을 회피하는 데 모든 신경을 쏟으며 『양검』을 이용해 물줄기를 베는 프리실라의 이름을 불렀다.

붉은 검광이 하늘에서 뛰논다. 춤추는 것만 같은 프리실라의 검술은 넋을 잃을 정도로 우아하다.

그러나 그것이 아라키아의 공격을 완전히 막고 있느냐면, 그렇다 할 수는 없다.

조금 전 그녀가 요르나의 몸에 걸친 장식품이 얼마나 남았는지를 언급했듯이 프리실라도 이 싸움 중에 그 미모를 꾸미는 보석과 장식들이 깨졌다.

앞으로 얼마나, 라는 제한 시간은 요르나에만 국한된 말이 아니었다.

"소녀의 팔다리를 날려서라도 말이냐. ──추악한 희망에 홀렸구나."

풍만한 가슴 중심을 관통한 일격에 프리실라의 목걸이의 보석이 터졌다.

생명을 대신한 보석의 말로에 눈길도 주지 않는 프리실라의 붉은 두 눈이 보는 대상은 하늘에 있는 아라키아의 모습뿐.

다만 그렇게 아라키아의 모습을 바라보는 프리실라의 옆얼굴을 쳐다본 이 순간의 요르나는 자기 눈을 의심했다. 한순간 그 붉은 눈동자에 스친 감정이 믿기 어려워서.

그것은──.

"후회하고 있나요, 프리실라. ──아라키아 일장의 모습에."

"허튼소리를. ──이 세상은 전부, 소녀에게 편리하게 이루어져 있다."

요르나의 물음에 콧방귀를 뀐 프리실라가 몸을 앞으로 기울이고 달려 나갔다.

어머니를 버려 두고 결별한 젖형제에게 돌격하는 모습은 두 사람을 엿보지 못하게 하려는 심정이 숨어 있는 것처럼도 보였다.

　"후회하고 있는 건, 저도 마찬가지일까요."

　프리실라와 아라키아 사이에 어떤 만남과 이별이 있었는지 요르나는 모른다.

　알 수도 있는 입장이었지만, 그것을 알 기회는 목숨과 함께 잃었다. 요르나의 전생은 프리실라를 낳을 때의 난산에 버티지 못한 채 목숨을 잃었기 때문이다.

　그 후에는 『선제의 의식』이 거행되어 볼라키아의 황족이던 딸 —— 프리스카 베네딕트 또한 싸움에 패해 목숨을 잃었다.

　그것이 요르나의 전생, 산드라 베네딕트가 아는 딸의 한평생일 터였다.

　하지만 시간은 흐르고 어떤 운명이 맞물렸는지 요르나는 프리실라와 재회했다.

　피차 산드라도 프리스카도 아니라, 요르나와 프리실라로서의 재회지만 본래라면 있을 수 없어야 할 기적이 일어나서 어미와 자식은 붉은 지옥을 함께 거닌다.

　——그렇다. 함께 거니는 것이다.

　"——사랑한답니다."

　중얼거림이 새어나오고 요르나의 눈이 앞에 달리는 프리실라의 등을 살며시 좇았다.

　다음 순간, 프리실라가 걸머진 『양검』의 참격이 쇄도하는 천변만화의 자연 현상, 불과 물을, 번개와 바람을, 흙과 빛을, 모든 것을 싹 쓸어 날려 버렸다.

"이건……."

살짝 의표를 찔린 숨결을 목소리에 실은 프리실라가 붉은 눈을 깜빡였다.

그리고 그녀는 무언가를 깨달은 것처럼 보검을 쥔 것과 반대쪽 손을 살며시 자기 얼굴의 눈매로 뻗었다. 눈꺼풀을 어루만지는 손끝. 그러나 위화감을 느낄 수는 없었으리라.

요르나는 알고 있다. 그것이, 물리적인 영향을 수반하는 불꽃과는 다른 것임을.

──그, 요르나의 사랑하는 아이에 대한 애정이 구현화한, 눈동자를 불태우는 유대의 불꽃은.

"────."

붉은 보검을 들고 꼿꼿이 선 프리실라의 왼쪽 눈에 불이 붙어 있다.

그것은 마도 카오스프레임의 주민들에게 베풀어진 요르나의 비호의 증거. 『혼혼술』의 부여로 지켜야 할 대상에게 요르나의 힘 일부가 나뉘는 비술.

본래 싸울 힘과 방도를 갖지 못한 아이들에게로, 그 아이들을 지키기 위해서 부여하는 요르나의 비술이며, 전사에게는 부여할 수 없다는 제약이 존재하는 힘이었다.

하지만 여기에 그 예외가 발생한다.

싸울 힘과 방도를 가지고 볼라키아의 황족만이 휘두를 수 있는 보검을 들었으나, 힘의 크고 작음과 상관없이 요르나가 지키고 싶다고 비는 '사랑하는 아이'의 자격을 충족한 존재──.

"──이제야 소녀를 자기 자식이라 인정할 마음이 들었나, 어머니."

"맹랑한 소리를. 단지 조급해하는 등을 바라만 볼 뿐인 못난 어미가 될 수 없는 거예요. 그대가 가겠다면 저도 같은 지옥을 가야지요."

프리실라 홀로 그 앞으로 보낼 생각은 없다.

그런 요르나의 답변에 프리실라가 콧방귀를 뀌고 옆에 선 요르나의 각오를 허용했다. 그 증거로 요르나는 자신의 얼굴에 위화감을 느끼고 살며시 손을 얹었다.

위화감의 원인은 자신의 눈매──. 아마도 거기에 프리실라와 똑같이 불꽃이 깃들어 있으리라.

자격 없이 다룰 수 없는 『혼혼술』, 그 사용자가 두 명, 서로 조건을 충족하여 서로의 혼을 보완한다. 본래라면 절대로 일어날 수 없는 현상이 일어나 있었다.

그리고 그것을 목도하고──.

"……어째서."

가느다란 목소리가 새어나오고 저주하듯이 지상에 시선이 내려온다.

하늘에 머물러 있는 아라키아가 가만히 프리실라와 나란히 선 요르나를 노려보고 있었다. 그녀는 자기 얼굴에, 왼쪽 눈을 가린 안대에 손을 얹었다.

그리고 잡아 뜯듯이 그 안대를 벗었다.

"어째서, 어째서 어째서, 어째서, 당신에게 공주님의!"

분노를 드러낸 아라키아가 안대 아래, 빛이 없는 붉은 눈을 보였다. 보이지 않는 그 눈에 요르나를 비추고 아라키아는 붉은 두 눈으로 요르나에게 외쳤다.

그 눈에 불꽃을 깃들이고 프리실라로부터 『혼혼술』의 은혜를 받는 요르나에게로.

그 눈에 불꽃이 깃들지 않은 채 프리실라의 은혜를 받지 못한 아라키아가.

"공주님은, 나의……."

"착각하지 마라, 아라키아. 설령 네 소망이 통한다 해도, 백 번 양보해 네가 소녀의 것이지 소녀가 네 것이 되는 게 아니다."

"──웃."

"그리고 소녀가 누군가에게 백 번이나 양보할 일은 없다."

단언하는 프리실라의 시선에 아라키아가 자그맣게 숨을 집어삼켰다.

하지만 그런 프리실라의 매섭기까지 한 선언에 항의하는 작은 소리가 끼어들었다.

그것은──.

"어머니, 어이하여 소녀의 머리를 때렸지?"

"말을 그런 식으로 하면 못쓰지요. 저는 제 자식을 그렇게까지 오만방자하게 키운 기억은 없답니다."

"애초에 어머니께 키워진 기억이 없는데."

"그렇다면 드디어 그 기회가 돌아온 셈 치지요."

그렇게 말한 요르나는 프리실라의 머리를 꽁 때린 곰방대를 내리고 느릿느릿 고개를 저은 뒤에 아라키아를 올려다보았다.

그녀의 두 눈에는 변함없는 분노와, 방금 막 목격한 행위에 대한 희미한 동요가 있었다.

그것을 포착한 요르나는 지옥 속에서 곰방대를 입에 물더니, 담배 연기를 빨아들였다.

그리고 살짝 후련하게, 상황에 어울리지 않는 자세다 싶어도 웃고선 말했다.

"이제야 저를 봤군요, 아라키아 일장. 마땅히 해야 할 교육을 못한 것은 제 부덕함, 프리실라와 함께 속죄할 기회가 왔답니다."

"무슨 소릴……."

"쉽게 말해──."

당혹함이 말에 실리고, 요르나는 그 말을 들으면서도 담배 연기를 뱉었다.

입술에서 넘실대는 연기를 자신에게 두르고 딸이 보내는 믿음에 눈동자를 불태우며 요르나 미시구레는, 과거 산드라 베네딕트였던 한 어머니는──.

"──자식 교육을 대충 하는 부모는 없지요. 각오하도록 해요, 어린 계집애들."

그렇게 억척스럽게 선언한 것이었다.

——토드 팽은 특별히 자신이 주의 깊다고도 주도면밀하다고도 생각하지 않는다.

오직 '당연함'을 추구한 결과, 떠오르는 빈틈을 전부 막고, 취할 수 있는 수단은 가능한 한 총망라하고, 되도록 일을 비관적으로 생각해 실책을 줄인다.

그런 일까지 해도 상대가 자신의 생각이 미치지 않은 작전이나 행동, 비장의 수를 준비했을 경우 손도 발도 못 쓰고 맥없이 당할 것이다.

그 정도가, 자신이 타고난 능력과 현실의 타협점이라고 분별하고 있다.

다행히 여태까지 그런 존재와 맞닥뜨린 적 없고, 혹은 맞닥뜨려도 결정적인 적대를 피해 왔기에 자신은 오늘까지 살아남아 왔다.

단——.

"——요즘 따라, 운이 진짜 안 좋아."

요즘 한두 달가량, 짧기 그지없는 시간을 돌아본 토드는 자기 신세를 한탄했다.

아쉬운 소리를 하기 시작하면 제도에서 동쪽 땅으로 가는 파병 집단에 편입된 것. 그것 때문에 약혼자 카츄아와 따로 떨어졌다 싶었더니, 최악의 물건을 줍고 말았다.

야영지 근처 강에 흘러가던 세 남녀——. 여자 두 명 쪽은 몰라도 남자 쪽은 오늘까지 토드에게 쏟아진 그 모든 불운의 원흉이라고 말해도 지장이 없다.

앞서 말한 대로, 토드는 자신이 '특별' 하다고는 전혀 생각하지 않지만, 그 남자는 그 부분의 걸쇠가 없다. ——범용하고, 또한 비정상적이었다.

그게 위험하다. 그렇기에 기회만 닿으면 기를 쓰고 죽이려고 했다. 그게 불가능하다고 알자 즉시 필살의 방침을 포기, 관여되지 않고 멀리하는 쪽을 택했다.

바람막이 삼던 자말을 희생해서 포로 신세의 아라키아를 구한 것도 그 일환——. 그런데 속셈은 빗나가고 토드는 제국 전체가 말려드는 중대사 한복판에 남겨졌다.

모든 게 다, 정말로 모든 게 다 잘 풀리지 않는다.

이 모든 불운의 시작을 그 역병신이 야기한 것처럼 느껴진다. 그러니까 최소한 이 정도의 의도는 잘 풀리길 바랐는데——.

"——실수했군, 실수했어. 방금 그걸로 한꺼번에 해치울 생각이었는데."

적진 깊이 잠입해서 기습을 노린 선제 공격.

첫 번째 일격으로 무장한 병사를 처리한 뒤, 남은 적을 주시하며 투덜거렸다.

상대는 세 명—— 여자 두 명에 곱상한 남자가 한 명. 멀쩡한 전력인 병사를 처음에 정리했지만, 최선의 결과라고는 생각하지 않는다. 오히려 성과는 최소한에 그쳤다고 인식했다.

토드가 본래 담당 지역을 떠나 적진에 쳐들어온 것은 이 제도 결전에서 성가신 활약을 하던 존재—— 정보전에서 비범한 능력을 발휘하는 적을 처리하는 것이 목적이었다.

이만한 대규모 전투에서는 정확한 정보 취급이 생명줄이다.

솔직히 견고한 방벽과 일기당천의『구신장』을 거느렸음에도 머릿수만이 장점인 반란군을 밀어내지 못하는 가장 큰 이유는 이 생명줄의 활약 때문이라고, 토드는 생각 중이었다.

"전장에 있는데 아이고 여자고 어디 있겠냐고 대답하는 거야 쉽지만, 그러다간 제도 주민이 너무 손해 볼 소리군. 그리고 그 주장은 너무 편한 소리 아닌가?"

주고받을 필요가 없는 말을 주고받으면서, 토드는 세 적을 품평했다.

청년과 소녀들, 세 명 중 누가 표적으로 삼아야 할 생명줄인지는 확신하지 못했다. 딱 봐도 전장에 어울리지 않는 것은 소녀들이지만, 있어서는 안 될 존재가 전장에 있다는 사실은 토드가 원하는 근거를 의심케 하는 요인이기는 하다.

"단순히 전장에 남겨진 비전투원이라면 당신의 방금 논리도 통하긴 할 거야. 그런데 전장에서 일하는 녀석을 비전투원으로 인정할 순 없지."

다만 정면에서 토드와 마주한 곱상한 남자의 눈이 토드에게 강한 경계심을 주었다.

무력하다는 의미로는 소녀들과 별반 차이가 없는 분위기지만 눈매가 이상하다. 자기 목숨을 태연히 도구로 삼는 부류의, 빈틈

없는 눈빛이 갸름한 얼굴 뒤에 숨어 있다.

한편, 남자 쪽에 지나치게 주목하다가 소녀들에 대한 경계를 풀어서도 안 될 일이다.

소녀 중 한쪽은 묘하게 배짱 있는 눈빛이고, 무기를 들고 있는 쪽의 소녀는 자세에 흐트러짐이 없다. 위치 잡는 걸 보면 사람을 죽인 경험이 분명히 있다.

제국에서 살인 경험이 있는 소녀는 드물지 않다. 즉, 방심하지 못할 적이다.

"글쎄다. 단지 내 감이 말하고 있어. 당신들이 이 전쟁에서 나쁜 짓을 하고 있는 가장 큰 원인이야. 그리고 내 감은 이렇게도 말하고 있군."

각자가 모두 토드의 경계를 부르는 상대들뿐.

대화하면서 토드의 빈틈을 엿보며, 혹은 만들려고 획책하는 낌새가 있는 것도 좋지 않다. ──누가, 최우선 대상인지 결정타는 모자라지만.

"──당신들도, 시간을 주지 않는 편이 좋은 상대라고."

전원, 죽여 둬야 할 표적이라는 것. 그것이 토드의 확고부동한 결론이었다.

8

──오토 스웬은 때때로 자신의 실수를 저주할 때가 있다.

나츠키 스바루와 렘 두 사람이 행방을 감추고 이렇게 볼라키아 제국에 오는 처지가 된 사태가 으뜸이지만, 그 밖에도 반성할 점은 수두룩했다.

직전에 페트라가 타이른 점에 관해서도 크게 반성할 필요가 있는 사태였다.

——『언령의 가호』를 이용해 이 제도 결전의 전장을 지배한다.

큰소리치는 한편으로 페트라의 도움을 받으며 결행한 이 방침은 호의적인 시선이나 자만심을 빼도 전장의 형세를 일변시켰다. 오토의 청각을 페트라의 양 마법으로 확대한 합체기는 시시각각 변화하는 전장의 상황을 완벽하게 포착하여 항상 정보를 최신으로 갱신한다.

물론 모인 정보를 적절하게 운용하지 못하면 돼지 목에 진주지만, 인격은 몰라도 능력적으로 아벨은 오토의 기대에 부응해 멋지게 잘 활용했다.

따라서 이번 전장에서 오토의 공헌은 헤아릴 수 없지만——.

"필요한 것은 나츠키 씨와 렘 씨를 데리고 돌아가는 결과뿐. ……물론 희생 없이."

어차피 볼라키아 제국에서의 활약은 루그니카 왕국에 가져갈 수 없다.

그렇다면 이 여행의 최선은 한식구의 희생 없이 스바루와 렘을 데려가는 것뿐이다. 그러기 위해서 가진 패를 전부 쓰려다가 무모하다며 페트라에게 혼났다.

그걸로 크게 반성했다고 여겼지만, 부족했다.

부족한 실수의 대가가 눈앞에 나타난, 도끼를 든 제국병의 존재였다.

"——실수했군, 실수했어. 방금 그걸로 한꺼번에 해치울 생각이었는데."

자루 긴 도끼를 쥔 제국병의 목적은 정보를 운용하는 아벨이 아니라 그 정보를 취득하는 오토 일행을 처리하는 것. 결과가 동일하다면 더 허술한 쪽을 노린다.

이치에 맞는 사고방식이다. 오토도 입장이 반대라면 같은 짓을 했을 것이다.

"전장에 있는데 아이고 여자고 어디 있겠냐고 대답하는 거야 쉽지만, 그러다간 제도 주민이 너무 손해 볼 소리군. 그리고 그 주장은 너무 편한 소리 아닌가?"

말을 던지며 상대를 품평하는 남자를, 오토도 비슷한 느낌으로 관찰했다.

주된 의문은 둘. 남자가 어떻게 오토의 『언령의 가호』의 채널을 회피해서 여기에 왔느냐는 것과, 어떻게 오토 일행의 위치를 특정했느냐는 것.

아마도 두 의문은 같은 이유가 답이리라고 추측한다.

남자가 가진 모종의 특수성이 오토의 채널을 회피하여 여기에 이르게 한 것이라고.

"단순히 전장에 남겨진 비전투원이라면 당신의 방금 논리도 통하긴 할 거야. 그런데 전장에서 일하는 녀석을 비전투원으로 인정할 순 없지."

대화를 통해 그 실마리를 찾고 싶었지만, 처음 분석대로 남자는 철저했다.

많은 말을 하지 않는 것이 자신을 지키는 방법임을 이해하고 있다. 제국에 많은, 압도적인 무력으로 상대를 찍어 누르는 부류의 상대가 아니라 교활한 자세로.

"글쎄다. 단지 내 감이 말하고 있어. 당신들이 이 전쟁에서 나쁜 짓을 하고 있는 가장 큰 원인이야. 그리고 내 감은 이렇게도 말하고 있군."

이런 적은, 만만치 않다. ──자신이 약하다고 생각하는 상대는 위협적이었다.

그 바람에──.

"──당신들도, 시간을 주지 않는 편이 좋은 상대라고."

자루가 긴 도끼를 쳐든 남자가 정면으로 달려들었다.

그 공세에 오토는 이를 갈며 처음 일격을 회피하는 데에 모든 신경을 쏟았다. 쏟고서, 또한 자세를 잡았다. ──최소한의 대비로 어디까진 남자와 붙을 수 있을지 생각하며.

9

──페트라 레이테는 역경에 놓일 때마다 자신의 단련 부족을 분하게 여긴다.

어린 나이를 이유로 진영 내 동료들이 응석을 받아줄 때가 많은 페트라지만 그 입장에 안주하고 미숙함을 받아들이면 안 된다고 자신에게 명령하고 있었다.

만약 이것이 저택에서 보내는 일상 중에, 메이드로서 일하다가 일어난 실패 때문이라면 이렇게까지 심각하게 여길 필요도 없을지 모른다.

그러나 상황에 달린 거라는 그런 식의 방심은 이윽고 큰 실패로 이어진다.

항상 긴장해야 한다고까지는 말하지 않겠다.

하지만 언제든 기대받은 성과를 내야 한다. 그것이 페트라의 평소 사고방식이며, 최소한 그런 자세로 있고 싶다는 미숙한 자기 딴의 이상(理想)이었다.

그렇기에——.

"——당신들도, 시간을 주지 않는 편이 좋은 상대라고."

도끼를 들고 달려드는 제국병에 대해서 떨리는 팔다리를 참으며 고개를 들었다.

치미는 눈물로 젖어 가는 시야 끝자락에는 여전히 사나운 화염에 불타며 검게 탄 시체가 된 전령병의 모습이 보이고 있었다.

만약 창졸간에 오토가 손을 잡아끌어 주지 않았으면 자신도 똑같이 목숨을 잃었을 것이다. 그 사실은 페트라의 영혼에 금이 가게 함과 동시에——.

"페트라! 7번!"

"——읏."

그렇게 자기 이름을 부른 오토에 대한, 거대한 신뢰가 되어 페트라를 움직였다.

이름에 뒤이은 번호는 사전에 협의했던 장치를 기동시키는 신호——. 찰나, 페트라의 마음에 불안이 스친다. 연습은 계속 해 왔다. 실전에 강하다는 자신감도 있다.

나머지는——.

"——스바루."

스친 불안을 걷어차듯이 마음에 둔 사람의 이름을 부르고 이를 앙다물 뿐.

"——지와르드!"

그렇게 영창한 페트라의 손끝에서 하얀 빛 한 줄기가 발사되었 다.

그것은 양 마법에서 드문 공격 마법이며, 지나가는 길에 존재 하는 것을 관통하는 빛의 창——. 물론 그것은 일류 술자가 행사 했을 경우이며, 미숙한 페트라는 그 기준에 미치지 않는다.

페트라의 지와르드로는 생물을 죽이기는커녕 화상을 입히는 게 고작이다.

하지만 그거면 된다.

손끝에서 발사된 빛이 향하는 곳은 달려드는 남자——가 아니 라, 그 대각선 뒤의 땅바닥에 설치된, 오토의 장기인 불의 마석 을 이용한 함정이었다.

화력이 부족한 페트라의 지와르드가 노리는 바는 함정에 불을 붙이는 것.

운반한 마석에 한도가 있고 색적을 위해서 몇 번이고 장소를 바꾸었기에 함정의 숫자는 철저하다고는 말할 수 없다. 그래도 음습할 만큼 주도면밀한 오토의 함정은 적의를 드러냈다.

남자의 등 뒤에서 열기를 띤 마석이 붉게 달아오르다가 폭발을 일으킨다.

　그것은 남자의 주의를 뒤로 끌어, 달려드는 빈틈을 엿보던 소녀의 기폭제가 되었다.

　"우라아아아——!!"

　미디엄이 손에 든 만도를 휘두르며 상대에게 뛰어들었다.

　페트라와 신장이 크게 다르지 않은 금발 소녀지만, 페트라와는 다른 용맹성과 함께 과감히 돌격하며 도끼를 든 상대의 팔을 베려고 했다.

　"쯧."

　보기 좋게 시선을 유도당해서 혀를 찬 남자가 손목을 틀어 미디엄의 일격을 반사적으로 도끼로 쳐 냈다. 쌍방의 첫 공격이 무산되고 처음부터 다시——.

　"더! 더더! 더더 간다!!"

　시작할 줄 알았더니, 미디엄은 물러날 마음이 전혀 없었다.

　상대의 공격이 만도가 튕겼는데도 그 기세를 타며 빙글 회전해 공격을 날린다. 그것을 상대가 피하면 속도에 몸을 실어 또다시 회전해 공격을 날린다.

　마치 불어난 강물처럼 기세가 그치지 않는 검무——.

　"4번!"

　"넵."

　눈을 빼앗기려던 페트라의 어깨를 오토가 두드리며 다음 지시를 날렸다.

신호가 떨어지면 아무 생각 없이 지정된 지점에 마법을 쏜다. 그것이 오토와 나눈 약속이며, 그 지시만은 무슨 일이 있어도 꼭 지킨다고 페트라는 결심했었다.

"지와르드!"

또다시 발사된 마법이 이번에는 아까보다 가까운 지점의 땅바닥을 폭발시켰다.

어쩌면 남자는, 미디엄이 말려들까 봐 페트라가 공격을 거둘 거라 여겼을지도 모른다. 그러나 어림없는 생각이다.

"필요하다면, 미디엄 씨까지 말려들게 할 겁니다."

"나중에 꼭 치유 마법 걸 테니깐."

"우오오오오! 잘은 모르겠지만 나는 멈추지 않아!"

몇 미터 옆에서 폭발이 일어나든 말든 미디엄의 기세는 계속 거세질 뿐이었다.

냉혹할지도 모르지만 오토의 판단에 페트라도 찬동했다. 세 사람이 다친 곳 없이 벗어날 수 있으면 이상적이지만 중요한 것은 세 사람이 다쳐도 살아남는 현실이다.

그 발상 속에 페트라는 오토의 지시에 따라 다음 함정을 기동시키려고——.

"——뭐야. 하는 생각은 똑같나."

폭음 너머에서 중얼거린 남자의 목소리에 페트라의 온몸에 소름이 쭈뼛 돋았다.

그것은 의미는 알 수 없어도 의도는 짐작할 만한, 꺼림칙한 말이었다.

"2번!!"

페트라가 느낀 전율, 그 정체를 조금 더 상세하게 깨달은 오토의 외침에 페트라는 사고를 일체 방기하고 반사적으로 따라서 —— 발밑의 함정에 불을 붙였다.

"————."

그 순간, 무음으로 느껴지는 세상 속에서 페트라는 자신이 기동한 것이 '아프니까 쓰고 싶지 않네요.' 하고 오토가 말을 덧붙였던 긴급 피난용 장치였음을 알아챘다.

발밑에서 넘치는 빛과 충격파가 둘의 몸을 위로 날렸다. 반사적으로 다가오는 팔이 끌어당기자 페트라는 자신이 오토에게 껴안겼음을 이해했다.

순간적으로 페트라는 자신을 껴안은 오토를 양 마법으로 강화했다. 수련이 부족해서 위안거리 정도의 효과지만, 오토라면 없는 것보다는 나은 그 힘을 유용하게 활용할 것이다.

그대로 튀어오른 둘의 몸이 땅 위에 떨어졌다. ——그때였다.

쿵, 하고 거센 폭음이 한 박자 늦게 페트라가 일으킨 폭발에 겹쳤다. 그것은 직전까지 페트라와 오토가 있던 곳에서 작렬한 치명적인 폭풍.

아마도 처음 기습에서 두 전령을 태워 죽인 그 화염이었다.

"도끼로……."

페트라 일행을 베어 죽이려는 척하며, 진짜 공격은 뒤에 숨겨두었던 그 화염이었다.

결코 정면으로 싸우는 것을 명예로 여기지 않는 남자의 술수.

그것이 사전에 함정을 설치한 오토의 수법과 겹쳐서 저 남자의 중얼거림으로 이어진 것이리라.

"으윽!"

그 직후, 페트라를 껴안은 오토의 몸이 땅바닥에 부딪히고 딱딱한 감촉을 구르면서 거리를 벌린 두 사람은 즉시 추격에 대비해 남자 쪽으로 돌아섰다.

그러나 이어지는 남자의 공격은 없다. 대신에 남자는 작게 콧방귀를 뀌었다.

"거기랑, 거기. 그리고 거기다."

중얼거린 남자가 고개를 빙 돌리고, 그 뒤에 생긴 일에 페트라는 눈을 크게 떴다.

남자가 시선을 보낸 곳에서, 잇따라 지면이 폭발을 일으켰다. 처음에는 6번, 그 뒤에 9번과 1번, 잇따라서 5번과 8번으로, 장치가 자꾸자꾸 폭로된다.

"어, 어째서?! 어째서 마석이⋯⋯."

"⋯⋯설마, 정령?"

장치의 위치가 간파당한 것도, 그것을 폭파한 방법도 알지 못해 곤혹스러워하는 페트라 옆에서 오토가 뺨을 굳히며 불길한 추측을 언급했다.

정령술사라면 그건 스바루나 에밀리아와 똑같다.

페트라에게 여러 의미로 애정이 깊은 두 사람과 같은 종류의 인간이라고, 눈앞의 남자를 인정하고 싶지 않은 기분이 강하지만——.

"하지만 정령 같은 건 어디에도……."

"따르게 하는 방법이야 딱히 하나가 아니지. 먹히기 싫으면 따르라고 협박하는 수단도 있어."

"어?"

"복수하려는 건 아니지만, 귀를 기울이지 않는 편이 좋을 것 같네요."

이해할 수 없는—— 아니, 하고 싶지 않은 남자의 발언에 오토가 목소리에 혐오를 담았다. 그것이 진솔한 답변인지 아니면 빈틈을 만들기 위한 흰소리였는지는 알 수 없다.

다만 분명하게 단언할 수 있는 부분이 있었다.

"저, 당신이 싫어요!"

"나도 같은 의견!"

최대한의 분노를 담은 페트라의 외침에 호응하며 작은 그림자가 날았다.

남자의 배후로 돌아가 공격할 틈을 재던 미디엄이었다. 그녀는 남자가 장치를 폭파해서 일어난 연기에 숨어 만도로 등짝을 노렸다.

참고 참던 미디엄의 일격은 남자에게 곧게 날아가고——.

"너희 셋에서, 제일 읽기 쉬운 게 당신이야."

"——아."

"제국식이라 구역질이 나."

몸을 옆으로 기울여 내리친 만도를 완전히 피한 남자가 회전하고 도끼를 휘두른다. 잔혹한 도끼날의 궤도에 눈을 부릅뜬 미디엄의 목이 있고──.

"미디엄!"

페트라의 길게 끌리는 비명도 허무하게 도끼는 미디엄의 가느
다란 목으로 날아갔다.

10

──미디엄 오코넬은 매사를 깊이 생각하지 못한다.

엄밀히는, 미디엄도 여러 가지로 생각할 때는 있다.

오빠인 플롭 오코넬은 늘 걱정이고, 동시에 신뢰도 하고 있다.
성곽도시에서 끌려갔다는 소식에 가슴이 터질 정도로 놀라고 걱
정했지만 자신도 몸이 줄어들고 그랬으니 이를 알면 오빠도 허
둥지둥 당황하리라.

그러므로 걱정도 신뢰도 쌤쌤이라고 생각했었다.

"동생아! 우리는 머리로 생각하기보다, 마음으로 생각하는 편
이 훨씬 나은 정답을 뽑을 성싶어. 특히 너는 그런 분위기가 있으
니까 기억해 두도록!"

꽤 오래전에 오빠가 한 그 말은 미디엄 안에서 소중한 이정표
로서, 줄어들기 전의 가슴과 줄어든 뒤의 가슴 양쪽 모두에 간직
하고 있다.

마음으로 사물을 생각하면 영 조리가 맞지 않거나 엉뚱한 발언
으로 이어지기 십상이라 미움받을 때도 있다. 특히 아벨 같은 사
람은 그런 것을 아주 싫어하는 듯하다.

하지만 오빠가 하는 말은 대단하다. 실제로 미디엄은 그 방식으로 잘해 왔다.

"역시 오빠는 대단해!"

물론 그걸로 전부 다 잘 돌아간다면 자기 몸이 작아지는 일도, 오빠가 렘과 함께 수도로 끌려가는 일도, 스바루가 저 너머로 날아가는 일도, 카오스프레임이 무너져 버리거나 에밀리 일행이 우왕좌왕하는 일도 없었을 것이다.

전부 다 잘 풀리는 것은 아니다.

그렇지만 미디엄이 일으킬 수 있는 행동의 범주에선, 제일 좋은 일이 일어나는 방식이다.

그렇기에 배후에서 가한 기습이 실패하고 빈틈투성이 목에 도끼가 부딪히는 순간, '아, 죽었네.' 하고 생각하면서도 미디엄은 당황하지 않았다.

그것은 최선의 행동을 했으니까, 할 일을 완수했으니까, 이걸로 졌으면 어쩔 수 없으니까 후회는 없다, 같은 감각에 가깝다.

물론 죽는 것은 싫고 오빠와 재회할 수 없는 것도 괴롭고 렘과 스바루 같은 새 친구들을 구하지 못하는 것도 무척 아쉽다.

"미디엄!"

필사적인 페트라의 목소리도 들려서 더더욱 아쉬움이 그칠 줄 모른다.

하지만 미디엄은 마음으로 매사를 생각하며 자신이 취할 수 있는 최고의 수를 놓았다.

그리고 나서 찾아오는 결과는, 표현은 안 좋지만 천운에 달린 문제──. 그 천운이 오지 않는다면 목숨을 빼앗기는 게 세상의 법도이며 볼라키아의 방식이었다.

그러나──.

"──────."

날카로운 소리가 울려 퍼지고 자신의 목을 날렸어야 했을 도끼 날이 불똥을 튀겼다.

미디엄은 희미하게 감도는 쇠 냄새를 맡으며 튕겨진 도끼를 시야 끝자락에 확실하게 포착했다. 그리고 마셨던 숨을 크게 내뱉었다.

"역시 오빠는 대단해. 나, 이 방식으로 한 번도 안 죽었어."

"──오오, 그거 많이 부러운데. 난 아예 셀 수도 없거든."

오빠에게 배운 방식이 또다시 자신의 목숨을 구해 주었다. 그렇게 큰소리치는 미디엄에게, 그녀의 목숨을 앗아갔어야 했을 도끼를 쳐 낸 인물이 대답했다.

미디엄의 목숨을 구한 것은 튕긴 도끼와 비슷하게 두꺼운 날의 청룡도──. 그것을 쥔 것은 참으로 해괴한, 미디엄의 눈으로는 넋 놓고 고평가를 내릴 복장의 친구.

여기서 때맞추어 나타나다니, 너무 멋있어서 깜짝 놀랄 판국이다.

"당신은⋯⋯."

확실하게 죽여야 했을 미디엄을 놓친 남자가 끼어든 인물을 보며 불쾌한 듯이 입술을 움직였다.

그런 남자에게 끼어든 떠돌이── 칠흑의 투구로 얼굴을 가린 인물이 갸우뚱하며 말했다.

"살판 난 와중에 미안한데, 실례하마. 어디가 제일 위험한가 생각했었는데, 등잔 밑이 어둡다는 게 딱 이거군. 나 참, 한 치 앞이 너무 깜깜해서 진짜 못 살겠어."

비전투원을 처리할 작정이던 제국병의 몸에 조용한 경계가 깃든다.

단, 그것은 토끼 상대로도 최선을 다하는 사자의 자세가 아니라, 토끼가 다른 것으로 둔갑하는 것을 경계하는 사냥꾼의 자세였다. 그 모습을 보고 떠돌이──알은 어깨를 으쓱였다.

그리고──.

"코앞이 깜깜한 건 감당이 안 돼. 여하튼 별도 안 보이니까."

이 자리의 싸움에 참전을 표명했다.

제3장 『정점난마(頂点亂麻)』

1

"──아벨이라고 했나. 『황태자』의 소문을 퍼뜨린 것은 너지?"

제도 공방전 도중, 반란군 본진에서 전장이 된 하늘을 바라보던 세리나 드라쿨로이의 질문에 아벨은 천천히 귀면으로 가린 얼굴을 들었다.

원군으로 참가한 세리나의 비룡대의 활약으로 제공권은 단숨에 반란군 쪽에 기울었다.

물론 『운룡』이나 『정령 포식자』까지도 비룡으로 떨어뜨릴 수 있는 것은 아니지만 필요한 것은 딱 하나의 구멍, 견고함을 자랑하는 제도의 성벽 한 곳에만 구멍을 뚫으면 충분하다.

그것이 야기하는 붕괴가 승리의 요인을 끌어올 거라고 아벨은 지시를 내리는 중이었다.

"그런 내가, 네 잡담에 어울릴 여유가 있는 것처럼 보이나?"

"한낱 잡담으로 잘라내면 섭섭하군. 그리고 나는 네 서신에 넘어가서 황제 각하를 배신한 여자거든? 조금 더 정중히 대해도 벌받지 않을 텐데."

"하찮은 범속 같은 말을 하는군."

"속물까지는 아니어도, 속된 것도 좋아하는 성미라서. 아까 반응도 신경 쓰여서 말이지."

하늘에서 시선을 뗀 세리나가 어깨를 으쓱이고 아벨의 눈치를 살폈다.

그녀의 흥미를 끈 것은 서쪽에서 나타난 예정 외의 원군——그에 대해 아벨이 보인 섣부른 반응의 진의였다.

"각하의 아드님이라는 『흑발의 황태자』 말인데, 그 소문을 퍼뜨린 것은 너일 테지. 그리고 그 황태자란 한창 신나게 날뛰고 있는 그 집단의 대표이지 않나?"

"즉, 너는 전장에서 난리 치고 있는 저것들이 황제의 사생아라는 건가?"

"아니지, 실례. 그건 표현상 그렇다는 거지. 『흑발의 황태자』가 정말로 각하의 아드님이라고 나는 생각지 않아. 아마도 각하께 아드님은 없을 테니까."

세리나는 아벨의 말에 고개를 가로젓고 자신만만하게 대답했다. 그 확신에 찬 대답에 아벨이 눈썹을 모으자, 그녀는 "누가 뭐래도." 하고 말을 이었다.

"각하는 황비를 맞이하지 않았고, 여자를 안았다는 이야기도 전무해. 이전에 나도 유혹해 본 적이 있지만 완전히 무시당했지. 이건 강력한 근거잖아."

"——제정신인가?"

"물론, 진심이지."

"나는 진심이 아니라 제정신이냐고 물었다."

근거로 삼기에는 다소 납득하기 어려운 이유를 들먹여서 아벨의 눈이 매서워졌다.

세리나는 볼라키아 제국에서도 손꼽히는, 높은 능력과 야심을 평가할 만한 인재다. 그렇기 때문에 이 결전에서도 중요한 전력으로 꼽았지만 방금 대답을 보면 일고할 여지가 있다.

그러나 그런 아벨의 험악한 눈초리에 세리나는 "잠깐." 하고 한 손을 들었다.

"방금 그건 농담이 아니지만, 어디까지나 가장 큰 근거라는 소리일 뿐이야. 각하께서 내게 유혹되지 않은 점은 분하기도 하지만 동시에 암시하는 바도 있어."

"———."

"각하는 여자에게 흥미가 없어. 더 분명하게 말하자면, 자식을 만들 뜻이 없지."

침묵하는 아벨 옆에서 세리나는 "안 그래?" 하고 말을 이었다.

"여자를 탐하라고는 하지 않겠지만, 각하께서는 자제분을 만들지 않으셨어. 적어도 현시점에선 한 분도. 하지만 만약 각하께서 남색가였다 해도 자식을 만들 뜻만 있다면 만들 수야 있지. 가능성은 둘. 씨가 없거나……."

"의도적으로 자식을 만들고 있지 않다."

"그렇게 되지. 어느 쪽이든 『황태자』 같은 게 있을 것 같지 않아. 그러니까 사생아라는 이야기는 근본부터 미심쩍어. 그 미심쩍은 소리가 이만한 내란을 일으켰으니 우리 나라의 정체성이 참 통쾌하다 해야겠지만."

세리나는 살짝 볼을 일그러뜨리며 진심으로 유쾌하다는 웃음을 그렸다.

아벨은 그 태도에도, 그녀가 세운 추측에도 아무 언급을 하지 않았다. 특별히 세리나도 아벨의 의견이 필요한 것은 아니다.

그녀 같은 인종은 타인의 긍정이 없어도 자기 생각을 긍정할 수 있기 마련이다.

즉, 그녀가 원하는 것은 아벨의 긍정이 아니라──.

"너는 무슨 의도로『황태자』의 존재를 꾸몄지? 이 싸움에서 이쪽이 승리한 뒤, 빈 옥좌에 누구를 앉히고 제국을 어떻게 할 생각이지?"

"어째서 너는 그것을 나에게 묻나?"

"그『황태자』가 진짜…… 각하의 사생아는 아니고, 이 거대한 내란을 견인하는 너의 진짜 핵심이라고 생각하기 때문이야. 전후, 너와 그『황태자』가 결탁하면 제국의 미래를 누구에게 물을지는 명백하지 않나."

이어진 세리나의 야심적인 대구에 아벨의 입에서 "하." 하고 숨소리가 새어나왔다.

동시에 자기 얼굴을 가린 귀면── 그『인식 저해』의 효과를 칭찬했다. 이것이 없었으면 그 표정을, 검은 눈에 스친 감정을 밖에 누설할 뻔했다.

정체도, 본심도, 숨긴 채로 남을 수 없을 뻔했다.

"뭐가 우습지? 내가 틀린 말을 했나?"

"웃은 것이 아니다. 오히려 네 통찰에는 감탄 중이지. 다만 결론이 다르면 과정 또한 크게 벗어난다는 것뿐이다. 그럴 수밖에 없긴 하지만."

"음……."

아벨의 지적에 세리나가 불만스럽게 입술을 뒤틀었다.

하지만 말한 바대로 그녀의 통찰력에는 감탄했다. 아벨의 목적이 옥좌의 탈취라면, 가짜『황태자』를 옹립하고 실권을 잡는 게 목적이라고 생각하는 건 자연스러운 발상이다.

그러나──.

"의심하지 않아도 그자에게 옥좌를 줄 생각은 없다. 네 견해는 틀렸다."

"그럼, 내 추측은 전부 빗나갔다?"

"전부는 아니지. 네 말대로『흑발의 황태자』의 존재를 퍼뜨린 것은 전장에서 날뛰고 있는 저자를 찾아내려는 속셈이었다. 단지 비중이 다르지."

"비중?"

"저자를 공식 무대로 끌어내는 것과 수중에 두는 것의 비중 말이다. 후자는 별반 중요하지 않아. 어차피 저자의 어리숙한 심성은 타인의 희생을 용인하지 못해."

갸우뚱하며 이해가 미치지 않는 당혹감을 품는 세리나.

그러나 아벨도 하나부터 열까지 그녀에게 설명할 의무는 없다. 일단 그녀가 원하는 답, 전후의 우려에 관해서는 해소해 주었을 터다.

경우에 따라서 세리나는 여기서 아벨의 목을 친 뒤, 그것을 들고 수정궁으로 가서 이 반란을 끝내는 것조차 가능하다.

그 싹은 뽑아냈다. 아벨 안에서 약간의 속앓이를 희생해서.

"주저도 용서도 내버리고, 그 어리숙함을 최대한 이용하여라. 그것이야말로 네 본분이지 않겠나. 나츠키 스바루."

세리나가 『황태자』라고 부르고, 지금도 서쪽 전장을 어지럽히고 있을 인물.

입술에 실은 이름의 주인은 아벨의 기억 속에서도 모습이 좀처럼 안정되지 않는다. 민낯과 여장, 나아가서는 어린아이의 모습으로, 기억 속에서까지 정신 사나운 상대다.

가만히 있지를 못하고, 던져진 상황 속에서 우왕좌왕하고, 어리숙과 풋내를 드러내며 뛰어다니는 스바루의 모습을 떠올린 아벨은 입술을 강한 혐오로 일그러뜨렸다.

──아니, 그것은 증오라고 바꿔 말하는 편이 적절할지도 모를 격정이었다.

"──웬놈이냐!"

본진 방어를 명령받은 수비병이 갑자기 경계하며 소리를 질렀다.

그 목소리에 아벨과 세리나가 돌아보니, 본진 입구에 나타난 한 인물이 무기를 뽑은 수비병에게 포위당하는 상황이었다.

그것은 호리호리한 몸의 곱상한 남자로, 아무것도 들지 않은 두 손을 보이며 실실 경박하게 있었다.

"──무기를 내려라. 그자에게 위험은 없다."

그 상대의 정체에 아벨이 수비병들에게 무기를 거두라 명령했다. 그래도 그들은 경계를 풀지 않고 "하지만······." 하고 말과 표정을 흐렸다.

"설령 날붙이를 들려준다 해도 아무것도 못한다. 말재주나 부리는 것밖에 못하는 광대다."

"얼—라라, 말씀이 너무하시네. 저 상처받았다고요?"

겨누는 무기를 내리라는 아벨의 말에 도움받은 남자가 불만스러운 표정을 지었다. 그 남자의 태도에 아벨 옆에 선 세리나가 의아한 눈길을 보냈다.

그것은 낯선 상대가 아니라 낯익은 상대에게 보내는 의심의 눈초리——.

"어째서 네가 여기에 있지? 너는 『별점쟁이』인——."

"——우비르크, 랍—니다. 잘 부탁드립니다, 드라쿨로이 상급백. 하긴."

이름을 밝힌 남자—— 우비르크가 묘하게 단정한 중성적인 얼굴로 요염하게 미소 지었다.

제도의, 그것도 수정궁에 틀어 박혀 있어야 할 우비르크는 잠시 끊은 뒷말을 최대한 뜸 들이고, 뜸 들이고, 뜸 들인 뒤에 선고했다.

그 말은——.

"——『대재앙』 뒤에도 당신이 살아남았을 때의 얘기지—만요?"

2

　——『대재앙』이라고 선고된 말에 아벨은 검은 눈을 가늘게 떴다.

　그 말을 언급한 장본인, 우비르크의 표정은 미소를 머금고 그 깊은 속내를 내비치지 않았다.

　부드럽고 붙임성 좋으며 누구에게나 변함없는 태도로 대하는 남자다. 그 자세는 그가 처음 아벨 앞에 모습을 드러냈을 때부터 변하지 않았다.

　뒷공작이나 협력자의 존재라곤 일절 없이, 성의 알현장에 나타났을 때하고 하나도.

　『별점쟁이』라고 자기소개하며 이 볼라키아 제국에 쏟아지는 여러 흉사를 맞힌 우비르크는 어떤 사건을 내다보더라도 만사에 자기감정이 흔들리지 않는 남자였다.

　마치——.

　"——이렇게 여기서 나와 대치하는 상황조차 네놈에게는 훨씬 이전부터 보았던 사건에 지나지 않나?"

　"무슨 그런 말씀을. 그건 아무리 그래도 과대평가라고 해야죠. 저는 그렇게까지 대단한 존재가— 아니라고요."

　"허튼소리밖에 하지 못한다면 그 혀를 잘라내는 것도 불사하겠다만."

　"이거—야 원, 무섭네, 무서워. 여전히 위장이 쪼그라드는 기분이에요."

우비르크가 빈약한 어깨를 으쓱이고 먼지만큼도 부담 없이 큰 소리쳤다. 그 토대에 아벨이 콧방귀를 뀌자 옆에 있던 세리나가 "모를 노릇이군." 하고 입을 열었다.

　그녀는 두 손을 든 우비르크와 아벨의 옆얼굴을 번갈아 보며 말했다.

　"본 얼굴이야. 저자는 수정궁을 드나드는 『별점쟁이』…… 황제 각하께서 곁에 두는 얼간이 중 한 명일 텐데. 그자하고 면식이 있나?"

　"참으로 유감이지만."

　"흠. 일이 다 끝날 때까지 풍파를 일으킬 생각은 없었는데, 이건 캐물어야 할 상황인가? 도대체 그 귀면 뒤에 숨은 네 민낯은 누구냐고."

　세리나가 이지적인 빛이 깃든 날카로운 눈매로 아벨의 정체에 의문을 품었다.

　원래부터 그 점에서는 크나큰 의문이 있었을 터다. 이 제국을 뒤흔드는 거대한 내란에서 감쪽같이 반란군의 지휘관 자리를 차지한 존재——. 민낯을 숨기고 있는 점도 포함해 그 속내를 헤아릴 수 없다는 의미로는 우비르크와 비등비등할 것이다.

　하지만——.

　"그 의문에 답하는 것은 지금 우선할 일이라고는 못하겠군."

　"힘으로 가면을 벗기는 수도 있어. 나도 실력에 자신이 있는 몸이라서."

　"그만둬라. 이건 충고다."

"호오, 나한테 충고라."

아벨의 대꾸에 세리나의 눈이 꿈틀거리며 호전적인 빛깔을 띠었다.

그 매서운 태도로 『작열공』이란 호칭을 차지한 것이 세리나 드 라쿨로이——. 여태까지 받은 모욕과 조롱, 그 전부를 불태웠기에 그녀는 이 자리에 있다.

그런 그녀의 신조에 아벨의 대답은 충분하고도 남을 만큼 저촉하는 열량이 있었다.

"잠깐잠깐잠—깐! 진정하시죠! 그냥 이렇게 얼굴을 보였을 뿐인데 그렇게 불꽃 튀는 분위기가 되는 건 대체 뭐예요?"

"잠자코 보고 있으면 힘쓸 것 없이 네놈이 이 싸움의 공로자가 될지도 모른다만."

"저는 그런 건 바라지 않는단 말이죠. 여기서 두 분 중 한쪽이, 혹은 양쪽 다 쓰러지는 건, 하물며 계기가 저라면 배길 수 없—어요."

"——모를 노릇이군."

우비르크가 험악해지는 두 사람 사이에 손을 뻗으며 비교적 초조하게 말했다. 우비르크의 그 반응에 세리나가 재차 같은 의문으로 돌아갔다.

그녀는 바로 자기 허리에 찬 검의 칼자루를 손으로 만지작거리며 한쪽 눈을 감았다.

"황공하게도 빈센트 볼라키아 황제 각하의 측근이라면 네가 할 역할은 반란군을 지휘하는 나와 이 남자에 대한 공격일 테지.

내버려 두었으면 이 남자는 죽었어. 그건 너에게 환영할 일 아닌가?"

"멋대로 나를 죽이지 마라. 네놈이 죽는 길도 있지 않나."

"미안하지만 나는 지금 이 『별점쟁이』와 얘기하는 중이야. 중간에 끼어들지 마."

"_____."

자기 주체로 이야기를 진행하고 싶어 하는 세리나의 면박에 아벨은 일단 참견을 그만두었다. 그렇게 세리나가 다시 우비르크를 바라보자 그는 얼떨떨한 표정을 짓고 말했다.

"필요한 일이라고는 해도 옆에서 보면 제―법 흥미 깊고 오묘한 장면이었네요. 이크크, 그렇게 무서운 표정 짓지 말아 주십쇼. 저는 빈손이에요."

"빈손은 방심할 이유가 되지 않아. 내가 칼자루에서 손을 치울 이유를 신속히 대라. 알고 있겠지만 나는 무저항의 상대를 베는 것도 주저하지 않는다."

"――벨 수 없어요. 당신은 저를."

어조가 서서히 매서워지다가 끝에는 공갈이 되었던 세리나의 말. 직전까지 쩔쩔매던 표정이던 우비르크가 단 한마디로 그 말을 부정했다.

"_____."

도발로도 받아들일 수 있는 선언에 세리나는 격분하지 않고, 검도 뽑지 않았다.

그저 분노 이상으로 그녀의 가슴을 점유한 것은 우비르크라는 존재에 대한—— 아니, 『별점쟁이』라는 생물에 대한 정체 모를 섬뜩함과 일말의 불안이 아니었을까.

"……너는, 여기서 죽여 두어야 하는 게 아닐까?"

"아아, 그렇게 심한 말씀을. 저는 크게 상처받았어요. 어떻게 생각하시죠?"

"나도 종종 세리나 드라쿨로이와 비슷하게 생각했다. 하지만 그럼에도 여전히 이 남자는 오늘까지 살아남았지. 그것이 현실이다."

누구를 상대로도 변함이 없다는 말은 누구의 역린을 건드릴지 알 수 없다는 뜻이다.

임기응변을 모르는 우비르크는 이 볼라키아 제국에서 숱한 역린을 건드리다가 여러 사람의 분노를 유발하고, 때로는 칼을 겨눠졌다.

그럼에도 불구하고 오늘까지 우비르크가 살아남은 것은——.

"별의 뜻이시죠. 오오, 우비르크여…… 아직 죽기에는 이르구나, 일러— 하는."

장난기 서린 우비르크의 태도는 고결한 세리나에게 혐오의 감정을 품게 했다.

그러나 아무리 우비르크의 말이 익살스러워도 사실은 결코 바뀌지 않는다.

우비르크는 죽지 않는다.

그 생명을, 그가 언급한 별—— 이 세계를 두루 조롱하는 『관람자』의 비호하에 두어 보증된 것이라고 말하듯이.

"———."

그렇게 생각하는 심중, 밀어 담은 열기의 주장을 느낀 아벨은 숨을 내뱉었다.

우비르크나 다른 『별점쟁이』에 대한 아벨의 개인적인 예상은 사소한 문제다. 중요한 것은 이렇게 우비르크가 아벨의 눈앞에 나타난 것.

온갖 사태에 『별』을 거론하는 이 광대가 아벨 앞에 나타난 것은——.

"한 번은 내려온 무대, 끌려 내려왔다는 쪽이 적절할까— 싶습니다만, 한 번 더 올라 볼 생각은 있으십니까?"

우비르크가 아벨에게 물었다.

무시당한 세리나에게는 미안하지만 그녀에게 세심하게 설명해 줄 마음은 없다. 무엇보다 그 물음은 아벨에게 실로 부아가 치미는 것이었다.

"말해 두지만 나는 한 번도 네놈이 말하는 무대에서 내려왔다고 생각하지 않는다."

제안한 우비르크의 근본적 착각을 팔짱을 끼고 정정한다.

옥좌에서 쫓겨나고 머나먼 동쪽 땅으로 내몰린 아벨은 수없이 곤경에 처했다. 그러나 그 전의는 한 번도 꺾이지 않았다.

하물며 자신이 이루어야 할 역할을 잊은 적도, 놓으려 생각한 적도 없다.

"네놈은 알 수 없겠지, 『별점쟁이』. 한 번도 무대에 오른 적이 없는 네놈은."

"──귀가 따가운 말씀, 이─십니까?"

"그것조차도 네놈은 알 수 없을 거다."

우비르크는 그럴싸한 말과 표정을 내세우며 아벨과 이야기를 맞추려고 한다. 하지만 거기에 감정이 수반하지 않는 우비르크의 말에 아벨의 진의를 이해한 어감은 없었다.

그리고 그것이 우비르크의 한도라고 아벨은 이미 단념했다.

따라서──.

"그때가 가깝다. 네놈이 발을 뗀 것도 그런 이유일 테지."

"그건 실제로 그런데요……. 제가 올 줄 아셨나요?"

"허튼소리를. 나는 네놈하고 다르다. 1초 뒤를 추측하긴 해도 확신하지는 않지. 너는 맹신이라고 하는 편이 더 적절할지도 모르겠다만."

"─────."

아벨의 말에 우비르크의 표정이 미세하게 변화했다.

희미하게 떨린 눈썹 움직임은 그가 좀처럼 보이지 않는 어두운 감정에 유래한 것이었다. 분노인지 불쾌감인지, 어느 쪽이든 드문 반응인 것은 확실했다.

그걸로 풀릴 만한 싸구려 속앓이란 공교롭게도 아벨 안에 존재하지 않았지만.

"그래서 어떻게 할 거지? 일단 각하의 측근은 확실해. 목을 치고 수급을 보내 볼까?"

"그걸로 황제에게 영향은 주지 못할 거다. 기왕이면 직접 명령하고 싶었다는 불쾌감은 줄 수 있을지 모르겠지만, 그게 끝이지.

그보다도."

"그보다도?"

자세한 사정은 알지 못하면서도 아벨과 우비르크의 대화가 결론에 이르려는 것을 알아챈 세리나가 갸우뚱했다.

아벨은 물결치는 갈색 머리카락을 어깨 위로 찰랑이던 그녀에게 말을 잇기 전 한 박자 띄웠다.

그리고 다시 그녀의 눈을 본 뒤에 선고했다.

"너에게 중대한 임무를 맡기지. 이 전장에서, 너 말고는 성공시킬 수 없는 역할을."

3

쌓이는 하얀 눈을 박차며 그림자가 전장을 종횡무진 내달린다.

얇게 얼음이 깔린 지면은 여기저기 미끄럽다거나, 추위를 넘어서 극한(極寒) 상태의 기온은 살을 에는 것 같다거나, 적은 이 세계에서 가장 강한 생물이라거나 하는 모든 사정을 팽개치고.

번개 같은 속도로 달린다. 방해되는 명제 전부를 걷어차며 웃어넘기고 내달린다.

「너, 너, 너어어어——!」

"아하하하하하! 그러니까 '너'가 아니라 이름을 댔잖아요! 절대로 잊으면 안 될 주연 배우의 배역명을! 자자, 목청 높여 불러주면 응답하겠습니다, 대환영……."

「세실스 세그문트──!!」

"그래요, 그거!"

기쁜 웃음이 갑자기 흐릿해지고 다음 순간에는 짚신 바닥이 『운룡』의 볼에 꽂혔다. 파열하는 소리와 함께 화려하게 머리가 튕겨 나가고 하늘에 뜬 메조레이아의 거체가 크게 흔들렸다.

그 광경을 만든 것이 자신보다 훨씬 키가 작은 소년이라는 사실에 에밀리아는 놀랐다.

"저 아이, 굉장해……."

용의 숨결을 막아 에밀리아를 구하고, 당당히 자기 이름을 밝힌 소년── 세실스는 용을 상대로 한 발짝도 물러서지 않으며 터무니없는 속도로 전장을 휘저었다.

하도 빨라서 눈으로도 좇지 못한 에밀리아는 눈이 팽팽 돌 지경이었다.

그리고 그것은 세실스가 달라붙은 메조레이아도 똑같았다.

「──읏! 너 따위가! 용의! 용의 적이!」

공중에서 날개를 펄럭인 『운룡』이 발톱을, 꼬리를 마구잡이로 휘둘렀다.

그것은 에밀리아가 만든 얼음벽을 발판으로 힘차게 뛰어다니는 세실스를 노린 공격이지만, 용의 공격이 맞는 것은 소년의 잔상뿐이고 정작 본체에는 스치지도 않았다.

그러기는커녕 세실스는 벽을 때리는 꼬리에 올라타서 용의 등으로 달려 올라가더니──.

"에잇에잇에잇에잇에잇!"

「──아아아아!」

발이 여러 개로 늘어난 듯한 속도의 발차기가 메조레이아의 비명을 터트렸다. 그대로 세차게 날개를 펄럭이며 공중에서 뒤집힌 용의 거체가 지상에 추락했다.

"떠, 떨어뜨렸어……!"

어마어마한 굉음과 땅울림에 눈이 깔린 지면이 뒤집히며 비산했다. 그 찬바람을 뒤집어쓰며 눈을 동그랗게 뜬 에밀리아는 두 손을 메조레이아에게 겨누었다.

"지금이라면 메조레이아를 무찌르고……."

"이크, 안 되죠. 거기에는 제동을 걸겠어요."

"응?"

조금 치사하단 생각은 했지만 에밀리아는 메조레이아 위로 얼음덩이를 떨어뜨리려고 했다. 세실스가 그 눈앞에 슥 들어와 코끝에 손가락을 들이대며 제지했다.

소년은 눈을 끔뻑인 에밀리아의 코끝을 손가락으로 콕 찌르더니 말했다.

"잘 들으세요? 지금은 당신이 위험한 순간에 제가 아슬아슬하게 구출한 흐름이잖습니까. 그리고 시작된 용과의 일대일 대결…… 여기서 당신이 할 일이 뭘지는 아시죠? 그래요, 제 승리를 믿으며 기특하게 기도하는 것입니다! 그게 공주님의 역할이에요."

"으음……. 하지만 나는 공주님이 아닌걸? 임금님은 목표로 하고 있는 중이지만……."

"공주님이라는 것은 말이 그렇다는 거고요. 정확히는 구해 준 영웅인 저에게 홀딱 반하는 이야기의 꽃이라는 존재. 아름다운 당신에게는 딱 맞는 배역이라 생각하지 않나요?"

"아, 미안해. 나, 벌써 누구를 좋아할지 정했거든."

"아, 그래요? 그럼 어쩔 수 없죠. 하던 일 마저 하세요."

엄청 빠르게 말을 쏟아냈음에도 에밀리아는 그냥 넘겨서는 안 될 부분을 놓치지 않았다. 그리고 세실스도 금방 이해하고 물러나 주었다.

물러나 주었기에, 에밀리아도 사양하지 않고 다시 메조레이아에게 손을 내밀었다.

"에잇!"

지면에 떨어진 메조레이아를 노리고 거대한 얼음덩이가 하늘에서 곧게 떨어졌다.

그것이 하늘을 보며 대지에 누운 메조레이아의 배에 꽂히고, 굉음이 울려 퍼졌다. 용의 낮은 신음을 들으며 에밀리아는 "한 번 더." 하고 다음 공격을 준비했지만.

"실례합니다."

그 직후, 준비하던 에밀리아의 발이 채이고 "아윽." 하는 비명과 함께 몸이 훌쩍 들리며 그 자리에서 뽑아내는 듯한 기세로 이탈.

다음 순간, 에밀리아와 세실스가 있던 곳에 강한 바람이 회오리치고 용이 지면에 전달한 충격이 대지째로 그 지점을 둥그렇게 도려냈다.

그곳에서 한 발짝만 더 늦게 피했더라면 죽을 뻔했다.

"역시 상대가 용씩이나 되면 쉽게 풀리지 않아서 초 단위로 활약할 순간이 오는걸요. 요즘 피라미 배역 상대만 해서 욕구불만이 쌓였으니까 딱 좋네요."

"고, 고마워, 구해줘서."

"아뇨아뇨, 별말씀을 다! 이미 정인이 있는 미인이라면 연기 방침을 바꿀 뿐. 혼인식 자리에는 꼭 불러 주세요!"

안아 들어서 아슬아슬한 순간에 구해 준 세실스가 에밀리아의 감사에 활짝 웃었다.

엄밀히는 아직은 정인이 아니라 정인이 될지도 모르는 사람이지만, 그 부분은 지금 자세하게 이야기할 여유가 없다. 중요한 것은——.

"써, 세실스!"

"써라? 그렇게 말씀하셔도 뭘 써야…… 오오!"

지면에 내린 에밀리아가 그 자리에 손을 짚더니, 갸웃하려던 세실스가 눈을 빛냈다. 그런 그의 시야에서 지면에서 자라난 것은 얼음의 검, 창, 도끼 등 다양한 무기였다.

얼음으로 무기를 만들어 내는 아이스브랜드 아츠가 세실스의 정면으로, 메조레이아까지 가는 길 앞에 줄지은 무기로 포장했다.

"이건 참으로 장관! 좋은데요, 멋져요! 본심을 말하면 제 손에는 그에 어울리는 뛰어난 명검이나 마검 종류밖에 들고 싶지 않은데……."

"그럼, 안 돼?"

"아뇨, 남한테 말한 것도 아닌 저만의 규칙이었으니 몰래 변경하죠! 이 자리는 용 상대로 무기를 붕붕 휘두르는 편이 화려하겠고요!"

말하면서 세실스가 작은 몸의 팔을 힘껏 뻗어 좌우에 있는 얼음검을 두 자루 뽑았다. 그러자 곧 에밀리아는 "아." 하고 실수를 깨달았다.

얼음검은 에밀리아가 만들었다. 그래서 에밀리아는 차갑게 느끼지 않았지만 그렇지 않은 세실스에게는 지나치게 차가울지도 모른다.

"그러고 보니 프리실라도 차갑다는 말은 안 했지만……."

"안심하시길. 그쪽 관련의 불편은 유법으로 메꾸니까 저도 전단 사람들도 괜찮아요! 뭐, 저는 보스 쪽에 말려들면 제 가락이 안 나와서 혼자 빠져나가 본래 상태로 대응하고 있습니다. 그러니 제가 특별히 스페셜한 것은 사실입니다만!"

"스페셜……."

들은 적이 없는 단어가 잇따라 튀어나오자 에밀리아는 무심코 되새김질했다.

이 감각, 마치 스바루와 말을 나눌 때 같은 부자연스러움——거기까지 생각한 순간, 에밀리아는 '혹시' 하고 깨달았다.

"저기, 세실스! 당신의 그 말은, 스바루에게 배운 것 아니야?"

"스바루 씨요? 아뇨, 죄송합니다만 아닌데요. 제가 이런 단어를 배운 것은 보스인데, 보스의 이름은 스바루 씨가 아니어서요."

"그래, 아니구나……. 지레짐작했나 봐."

세실스의 답변에 에밀리아는 혹했던 만큼 의기소침했다. 하지만 굴하고 있을 때가 아니라며 금세 자기 뺨을 때리고 마음을 다잡았다.

그리고 세실스와 비슷하게 얼음창을 손에 쥐었다.

"기분을 전환해서…… 같이 메조레이아와 싸우자!"

"그 기분 전환 실로 멋지네요. 그러고 보니 아직 성함도 듣지 못했습니다."

"나? 나는 에밀리아……가 아니라 에밀리! 에밀리!"

"오호라, 사정이 있음직한 낌새! 하지만 이 자리에서는 산통 깨는 소리는 하지 않는 게 좋겠다 생각하니 그러도록 하죠, 에밀리 씨. 곧장 한 가지 부탁해도 될까요?"

"부탁? 나한테?"

"네. ──저 용을 상대하고 있을 때, 저걸 치워 주서도 될까요?"

세실스가 이름을 주고받은 에밀리아에게 전장 구석을 가리키고 부탁. 그가 손가락으로 가리킨 방향을 쳐다본 에밀리아는 "아." 하고 입을 벌렸다.

그사이에──.

"그러면 부탁하겠어요, 에밀리 씨. 저는 제가 할 일을…… 그것도 화려하게 이 세계의 주연 배우밖에 할 수 없는 일을 하고 오죠!"

그런 말을 남긴 세실스는 에밀리아의 대꾸를 기다리지 않은 채 땅을 박찼다.

눈이 비산하며 두 자루 얼음검을 쥔 세실스의 몸이 용을 향해 일직선으로 달렸다. 돌진하는 소형의 위협에 메조레이아의 비늘도 즉시 위기를 감지했다.

「기고만장, 하지 마짜──!」

쩌렁쩌렁 울리는 노성이 터지고 메조레이아가 몸통을 짓누르고 있는 얼음덩이에 발톱을 박았다. 찰나, 작은 산처럼 거대한 얼음덩이는 1초도 못 버티고 그 전체에 무시무시한 기세로 금이 가다가 단숨에 깨졌다.

얼음의 무게 추가 사라지니 메조레이아는 즉시 몸을 돌리며 지면에 숨인 후 날아오는 세실스에게 공격을 날리려고──.

"야압!!"

메조레이아의 콧잔등에 에밀리아가 위로 훌쩍 던진 창이 직격했다.

날카로운 얼음 창끝은 메조레이아의 비늘에 한 치도 박히지 않았으나 상당한 충격으로 용의 머리를 튕겨서 세실스에 대한 공격을 지연시켰다.

거기서, 투창과 거의 다를 바 없는 속도로 세실스가 뛰어들었다.

"눈 깜빡임 금지, 놓치지 않게 주의! 배배 꼰 칭찬이든 뭐든 오시라!"

경묘하게 말을 주워섬기는 세실스가 든 얼음의 쌍검이 하얀 빛이 되어 분출했다.

경쾌한 소리와 함께 비늘을 얻어맞아 좌우로 정신없이 튕기는 『운룡』이 그 검무에 눈길을 빼앗기고, 자유를 빼앗기고, 반격의 기회를 빼앗긴다.

아직 작은데도 세실스의 기량은 무심무시하다.

에밀리아는 자신이 몸 쓰는 법도 무기 다루는 법도 조금은 할 줄 안다고 여겼지만, 세실스와 비교하면 어린애 장난이다. 어쩌면 플레아데스 감시탑에서 마주친 레이드만큼 무지막지하고 강한 어른이 될 아이일지도 모른다.

"하지만 레이드처럼 심술궂어지지는 말아 줘."

검의 실력은 몰라도 레이드는 엄청 심술궂었기에 성격은 그리 되지 않기를 바란다.

그런 소원과 함께 에밀리아는 메조레이아를 유인하는 세실스를 흘깃거리며 황급히 그 싸움에서 조금 떨어진 지점으로 갔다.

아까 세실스가 에밀리아에게 건넨 부탁이 점점 가까워진다.

에밀리아가 달려간 곳에 있던 것은——.

"——마델린! 자고 있을 때가 아니야! 일어나서 메조레이아를 설득해 줘!"

하얗게 얼음 속에 갇혀 꿈쩍도 하지 않는 마델린 에샬트. 이를 품에 안은 에밀리아는 자신이 얼린 상대에게 필사적으로 호소한 것이었다.

4

지면에 주먹을 붙이고 떨리는 무릎을 혹사하며 일어선다.

묵직하게 몸 중심부까지 울리는 타격에 내장은 누가 휘저은 양 비명을 지른다.

열상이나 타박상 정도는 발바닥에서 빨아올린 대지의 힘을 의지해 억지로 치유했다. 그러나 상대가 구사하는 정체 모를 기술은 그런 무식한 방어를 뚫고 들어온다.

그 태도가 가증스럽고, 그 심성이 밉살맞아도, 적은 제국 최강으로 불리는 자들의 일원.

상식을 초월한 단련 끝에 완성된 그 기술은 우직한 가필을 가차 없이 우롱했다.

하지만 경험이나 연륜 부족을 핑계로 무릎 꿇고 있을 수는 없다.

요령 있는 짓은 아무것도 못하는 가필에게 요구받은 것은 승리뿐. 그것 이외의 답은 선택할 수 없고, 무엇보다——.

"니 옆에서 무릎 꿇고 있을 수 있겠냐."

악다문 이를 갈며 고개를 든 가필이 으르렁거렸다.

그 자의식에 지탱받은 가필의 옆얼굴에, 옆에 선 인물이 쓴웃음 지었다. 화장을 지우고 익살스러운 광대 의상도 벗어던진 로즈월 L. 메이더스가.

"——전에도 시노비랑 붙어 봤단 소리는 그냥 듣고 넘어갈 수 없구먼."

그렇게 중얼거린 노인, 오르바르트가 신경 쓴 것은 직전에 나온 로즈월의 발언이었다.

손목이 없어진 오른팔의 소매를 흔들며 호호할아범 같은 복장에서는 상상이 가지 않는 기예들을 펼치는, 제국에서 살아가는 시노비의 정점.

그 동작도 언동도, 허약하게 보이는 외견조차도 상대를 죽음으로 몰아넣기 위한 무기로 삼는 『악랄옹』이 두 사람을──아니, 시노비와 싸운 경험을 논한 로즈월을 노려보았다.

"시노비와 붙었으면 목숨이 안 남는 게 기본이거든? 자기가 당해서 미처 못 죽였으면 마을에 보고가 전해져서 상대가 죽을 때까지 다음을 보내는 게 규칙이야. 그런데 자네는 어떻게 살아 있는겨?"

"그 부분은 약간 복잡해서 말이지. 아무래도 내가 만난 시노비들도 사정을 떠안고 있던 모양이더군. 정확한 표현인지는 모르겠지만 탈주 시노비라는 거지."

"마을에서 탈주한 시노비, 그것도 한동안 나오지 않았는데?"

오르바르트가 긴 백미(白眉)를 쓰다듬으며 로즈월의 주장에 이의를 제기했다.

마을의 사정, 시노비의 사정, 모든 것을 파악하고 있다는 듯한 발언이지만 실제로 그럴 것이다. 책무 때문이 아니라 살아가는 방도로서 장악한 대상을 파악한다.

──그것이 오르바르트 덩클켄이라는 시노비의 처세술이다.

"그 한동안이란, 40년쯤 전에도 적용되나?"

"아앙?"

어깨를 으쓱인 로즈월의 말에 오르바르트의 쉰 목소리가 높아졌다.

같은 의문은 가필에게도 생겼다. 그보다는 지금껏 나온 발언이 전부 허풍일 가능성이 크다고, 기가 차는 배짱에 한숨지었다.

로즈월의 나이를 군이 물어본 적도 없지만 기껏해야 서른 살 안팎──. 에밀리아나 베아트리스가 아니니까 40년 전에는 태어나지도 않았을 터.

이 중대 국면에 오르바르트 상대로 장난을 치다니 무슨 곡예를 부리냐고──.

"──대강 샤스케와 라이조 아녀? 자네가 말하는 탈주 시노비."

"호오."

"4, 50년 전에 마을에서 빠져나가 살아 있는 녀석들이라면 그 형제 정도라서. 다른 놈들은 처리했고, 『쌍수라(雙修羅)』 말고 후보가 없단 말이지."

가필이 장난이라고 단정 지은 이야기에 오르바르트는 그럴싸한 답을 끄집어냈다. 노인의 짐작에 로즈월은 한쪽 눈을 감았다.

노란 쪽 눈이 요사하게 오르바르트를 마주 보고 말했다.

"글쎄, 정답 여부를 답할 의무가 있을까?"

"없지. 상대의 마음에 걸림돌을 만들어 두는 것도 종이 한 장 차이의 사투에선 효과적……. 자네, 시노비의 재능이 있을지도 모르겠어."

"찬사는 고맙지만 사양하지. 내가 바라는 재능도 걷고 싶은 길 도, 40년보다 훨씬 전부터 결정됐어."

"카카캇카! 그러냐, 그래. ──그럼 어쩔 수 없지."

고개를 가로저은 로즈월이 오르바르트의 찬사를 내쳤다.

가벼운 기색으로 웃어넘긴 직후, 오르바르트의 모습이 흐릿해졌다.

"──윽."

목에 미풍이 닿은 가필의 목이 낮게 울었다.

그 목덜미, 피부와 닿을까 말까 한 위치에서 오르바르트가 지른 치명적인 발차기의 충격이 산란된다. ──로즈월이 끼워 넣은 기묘한 형상의 무기로 인해.

"방금 대화의 흐름에서, 내가 아니라 이 친구를 노릴 줄이야."

"적은 줄여야지. 그것도 죽일 수 있는 쪽부터. 정석 아니여?"

겉모습을 배신하는 오르바르트의 각력과 날카로움은 단련할 대로 단련한 가필의 목이라도 무사히 끝나지 않는 위력을 숨기고 있다. 그 무모한 비교를 하지 않고 막은 것은 로즈월이 가진 특징적인 단점── 아니, 찌르기용 무기였다.

『필가차』라고 불리는 그것은 서쪽 나라 카라라기에서 탄생했다는 희귀한 무기로, 가필도 보는 것은 처음이다. 그 희귀품과 사용자에게 목숨을 구원받았다.

잇따라 두 번이나 연적의 도움을 받았다는 속이 타는 굴욕과 맞바꾸어서.

"오, 오오오오오!"

굴욕에 속이 탄 순간, 가필의 오른팔이 바람을 죽이며 쳐올렸다.

노리는 대상은 당연히 막힌 발을 축으로 공중에 머무르고 있는 괴노인이었다. 피할 곳이 없는 공중, 몸통을 후려쳐 전투 불능으로 몰아넣겠다고.

"어이쿠야."

그러나 굳센 팔이 적중하기 직전, 오르바르트는 기이하게 교묘한 몸놀림으로 몸을 틀어 로즈월의 필가차에 걸린 발끝만으로 비스듬히 아래로 뛰었다.

내지른 주먹 아래로 숨듯이 피한 오르바르트가 땅을 기는 자세로 거리를 벌렸다. 곧바로 가필은 추가타를 가하려 발을 내디디려다가——.

"일단 진정하지."

"크릉!"

뛰어들 예정이던 몸이 허리춤에서 턱 걸려서 기세가 꺾였다.

하지만 진실로 기세를 꺾은 것은 멈춰 선 가필의 코끝을 스치듯이 가로지른 검은 칼날이며, 멈추지 않았으면 관자놀이 부근이 꿰뚫렸었다.

"떨어지는 순간, 뒤로 돌린 손으로 사각에다 던진 비수야. 회전을 먹여 선회시켰을 뿐인 잔재주지만 시노비는 이런 쪽 기술의 보고……. 하물며 상대는 이 길의 정점이지."

"좁은 데서 꼭대기라며 으스대고 있으면 손가락질하며 비웃지. 시노비의 정점 따위야 자랑할 만한 것도 아니여."

로즈월의 해설에 오르바르트가 빗나간 공격을 개의치 않으며 소리 없이 웃었다.

자신을 빼놓은 두 사람의 대화와, 세 번이나 로즈월에게 구원받은 현실이 가필을 지독하게 비참한 기분에 젖게 했다. 카프마와의 전투로 벽을 한 겹 넘어선 반응이 있었다.

그것조차도 무슨 실수였다고, 착각이던 게 아닌가 싶어서——.

"──가필, 강함의 종류를 오해하지 말도록 해라."

"아……?"

"너는 강해. 그러니까 상대는 네 영역에서 싸우기를 피하려고 하지. 그걸 위한 농간질인 것만 알면 네가 품은 약함 대부분은 사라질 거야."

로즈월이 고개 숙인 가필에게 말을 건네며 필가차를 한 자루 더 뽑았다.

두 손에 찌르기 무기를 든 그 모습은, 가필이 아는 궁정마도사로서의 로즈월이 아니라 일개 전사로서 행동할 각오를 옆얼굴에 띠고 있었다.

한순간의 당혹함 뒤에, 가필도 그 태도의 진의를 이해할 수 있었다.

로즈월은 이 상황에서도 마법을 쓰지 않는 제약을 지켜야 한다.

마법을 쓰면 그를 통해 로즈월의 정체가 들통 날 우려가 있다. 그러면 이건 제국의 내란이 아니라 왕국과 제국의 싸움으로 발전할 수 있다.

다시 말해──.

"내가 할 수 있는 건 끽해야 지원……. 제국 일장과의 싸움에서 핵심은 너야, 가필."

"────."

"상대가 안 좋은 건 사실이고말고. 너는 솔직하고 정직한 인물이니까. 그렇다면 그 부족함을 메꾸기 위해서 내가 대처하지. 나는……."

"──성격이 고약하지."

상대의 말을 가로챈 가필에게 로즈월이 쓴웃음을 지었다.

"그래, 나는 성격이 고약하거든. 믿음직하지 않나?"

"핫! 뚫린 입이라고."

로즈월의 윙크에 이를 딱 부딪친 가필이 솟구치는 전의에 뺨을 일그러뜨렸다.

그러자 그 모습을 바라보던 오르바르트가 깊은 한숨을 쉬었다.

"……이걸로 2 대 1, 귀찮아지기 시작했구먼."

"아앙? 뭔 소리 지껄여. 2 대 1이라면 아까부터 그랬잖아."

"그건 아니지. 그냥 상대가 둘이라고 해서 무조건 2 대 1이라곤 못 해."

가필의 의문에 그리 답한 오르바르트가 이를 보이며 웃었다.

그 순간, 왜소한 노인에게서 어마어마한 투기가 넘실대고 가필의 온몸에 소름이 쭈뼛 돋았다.

그때──.

"──근데 2 대 1이라도 질 마음은 없거든, 내가."

노인의 웃음이 한순간 흐릿해지고, 또다시 그 모습이 시야에서 사라졌다.

이 『악랄옹』은 좌우만이 아니라 하늘과 지면 아래도 선택지에 속한다. 그 가능성의 선택에 가필은 신경을 곤두세우고──.

"──가랑이 아래다."

들린 목소리가 시키는 대로 가필이 몸 절반을 뺐다.

찰나, 흙 아래에서 일어난 괴노인과 눈이 마주치고──.

"오, 아아아아아아아!!"

함성과 함께 주먹이 내리꽂히고, 오르바르트가 그에 맞추듯 무릎을 번쩍 올려 찼다.

시든 나무 같은 노인의 다리가 단련된 가필의 주먹과 정면으로 충돌, 발생한 충격파가 대지를 타고 금을 일으키며 장렬한 파괴가 전장에 전파된다.

처음으로 공격이 『악랄옹』에게 닿고 진정한 의미로 시노비와의 사투가 시작되었다.

5

──히어로는 늦게 온다.

그런 일종의 클리셰가 있지만, 스바루는 그것이 싫었다.

엄밀히는 원래부터 싫던 게 아니다. 그저 이세계로 날려 와서 이쪽 세계에서 여러 경험을 한 결과, '웃기지 마!' 하고 생각하게 되었다는 쪽이 옳다.

이것이 픽션 세계라면 클리셰는 이야기를 북돋는 데에 필요하리라.

하지만 실제로 이 동란의 세계를 살아가는 스바루가 보자면, 분쟁을 결말로 이끄는 영웅이나 영걸, 이야기의 주인공 행세하는 주연 배우의 출연은 빠르면 빠를수록 좋다.

사실 주연 배우는 문제 해결보다 문제를 일으키는 쪽이 더 많지만 그건 됐다.

아무튼 히어로란 속공으로, 문제의 뿌리부터 뽑아 주는 게 베스트다.

"그런데 우리의 도착이 제일 늦다니 한심스러워!"

새빨간 질풍마 등에 타고 고빗사위에 접어든 뒤에 등장한 자신의 굼뜬 속도가 분했다.

싫다 싫다 생각했었는데, 늦게 오는 히어로와 같은 짓을 하고 말았다. 그렇게 지각 버릇이 붙은 히어로와 같은 입장이 되자 이해한 사항이 있다.

등장이 늦은 히어로가 제일 활약하는 것은, 분명 히어로 본인도 늦은 것이 무지무지 분하기 때문이다. 자신이 늦은 만큼 소중한 동료나 지키고 싶은 사람이 위험한 처지에 놓인 것이 분하다. 그렇기에 늦게 온 히어로는 분발하는 것이다.

그러니까 여기서 스바루도 전력으로, 분발해야 한다.

"하자, 베아트리스!"

"엘 샤마크!"

품속에서 소녀가 영창하고, 생성된 검은 구름이 잇따라 성벽을 지키는 제국병들의 머리를 감쌌다.

그것은 상대의 시야를 빼앗고 싸울 힘을 삭감―― 수준이 아니다. 구름을 머리에 뒤집어쓴 병사들이 빼앗긴 것은 시력이 아니라 싸우려는 의지 그 자체였다.

""오오오오, 랴아아――!!""

그렇게 발이 멈춘 집단을 무턱대고 돌진하는 플레아데스 전단이 분쇄한다.

무방비한 그들의 무기를, 갑옷을 때려 부수고 팔다리 한 짝 정도를 못 쓰게 한 뒤에 다음 적으로. 그것이 전단의 기본 전술이며, 보스인 스바루가 품은 불살 정신의 표명이었다.

불살에 관해 동료들에게 단단히 호소한 것은 아니다.

그런데도 최대한 사람이 죽지 않는 방법을 선택했다. 그러는 것이 가장 나츠키 스바루의 마음을 평온하게 하고, 동시에──.

"──나는, 볼라키아 제국이 싫어."

싸우는 것을, 죽고 죽이는 투쟁을, 전사이기를 강요하는 제국에 대한 화풀이였다.

"슈바르츠, 성벽에 도달한다. 이대로 제도에 돌입할지, 아니면 다른 정점에 지원으로 돌아설지 판단이 필요하다."

줄지은 제국병의 접근을 불허하며 네 개의 팔로 잇따라 적을 날려 버리는 구스타프. 강한 것만이 아니라 전단의 브레인이기도 한 그의 말에 스바루는 정면의 성벽을 노려보았다.

제도를 둘러싼 성형 성벽, 그 정점을 탈취하는 것이 전황을 유리하게 만들 테지만──.

"구스타프 씨는 어떻게 생각해?! 공격해야 할까, 더 공격해야 할까!"

"본직은 판단하지 않는다. 단지 고려할 수 있는 이득과 손해를 제시하겠다. 제도에 들어가 수정궁에 다다르면 결판을 앞당길 수 있다. 다른 정점에 지원으로 돌면 피아의 피해를 우리의 힘으로 줄일 수 있다. 이상이다."

"고민되네! 무지무지 고민되지만 결정했어!"

싸우고 있는 중에도 냉정한 구스타프. 그의 지적에 스바루는 고민에 빠졌지만 결단을 내렸다.

"구스타프 씨는 깃발 들고 있는 히아인과 절반 데리고 다른 전투의 지원! 바이츠! 나머지 절반을 반으로 나누어 여기서 유지! 맡긴다!"

"——본직은 이해했다."

"맡겨 둬, 형제! 한 배에 탄 생각으로!"

"한 배에 타는 건 당연하지, 도마뱀……! 네 부탁이다, 나도 듣지……."

스바루가 내린 결단에 지명된 이들이 잇따라 대답했다.

구스타프가 제시한 선택지, 양쪽 모두를 취한다는 사치스러운 판단. 그것도 각자의 전장에 전력을 나누어서 가야만 하는 노릇이지만——.

"——우리라면, 할 수 있어!"

스바루의 선언에 전단 구성원들의 사기가 더욱 높아진 것을 알 수 있다.

그래야 그 지옥 같은 섬에서 함께 싸우고 이 땅에 도착한 동료들이다.

"슈바르츠, 우리는 어쩌지?!"

"당연히! 우리는 이대로 벽 너머로 당당히 엔트리해야지!"

질풍마의 고삐를 잡고 스바루를 전단의 선두에 세우고 달리던 이드라가 웃었다.

그 웃음에 스바루도 마주 웃어 주고, 눈앞의 성벽을 손가락으로 가리키며 외쳤다.

"해치워, 탄자! 너만 믿는다!"

"──슈바르츠 님은, 빈말이 능숙하세요."

스바루의 성원을 받아 키모노 옷자락을 들어 올린 탄자가 민첩하게 빠져나갔다. 날렵하게 땅을 박차고 성벽으로 나아가는 소녀야말로 스바루와 기묘한 인연으로 맺어진 플레아데스 전단의 핵심.

왜냐하면 그녀가 바로 플레아데스 전단에서 최강의 어태커이기 때문이다.

"하아앗──!!"

탄환처럼 날아간 탄자가 공중에서 회전하고 나막신을 신은 발이 성벽에 꽂혔다.

한 박자, 그 직후에 견고한 성벽을 때려 부수고 탄자의 모습이 그 너머로 뚫고 지나갔다. 충격파가 균열을 만들고 성벽의 제4 정점, 그 전체에 금이 퍼졌다.

"따라가 따라가 따라가 따라가아아──!!"

""오오오오──!!""

호령을 내리는 스바루와 함께 플레아데스 전단이 기세를 유지하며 성벽과 부딪쳤다.

전단 한 명 한 명의 공격이라기보다 이미 플레아데스 전단이라는 한 생물이 된 일격이 탄자가 만든 구멍을 밀어젖히자 한계를 넘은 성벽이 끝내 붕괴했다.

꽝음, 그리고 어마어마한 분진, 파괴당한 성벽의 잔해 위에서 압도적인 파워를 발휘한 플레아데스 전단과 스바루가 "야호!" 하고 떠들며 잠깐 춤추었다.

"저 성벽을 가뿐하게…… 너무 터무니없는 것이야……."

"──그것이 플레아데스 전단이에요."

눈앞의 광경에 놀라는 베아트리스에게 분진 속에서 날아 내려온 탄자가 대답했다.

거의 표정 변화가 없는 소녀지만 기모노 옷자락을 터는 이때만큼은 아주 살짝 자랑하는 눈치로도 보였다. 평소 특별히 동료 의식을 보여주지 않지만, 플레아데스 전단의 일원이라는 자각은 있는 것이다.

다만 그런 탄자의 태도에 베아트리스는 발끈한 표정을 지었다.

"너, 표정이 건방져……!"

"건방지다고 말씀하셔도, 태어날 때부터 이런 얼굴이라서요."

"표정은 다른 것이야! 표정은 만들 수 있는 것이라고!"

"우─! 아─ 우─!"

말 위의 베아트리스가 새치름한 탄자를 내려다보며 낯을 붉혔다. 그러자 등에 매달린 루이도 베아트리스 편을 들 듯이 떠들기 시작했다.

그런 소녀들의 난리에 스바루는 "잠깐잠깐, 진정해!" 하고 소리쳤다.

"싸우지 마! 우리는 팀! 동료! 하나의 『합』!"

"합……?"

"알겠습니다, 슈바르츠 님."

"으으음, 인 것이야."

귀에 익지 않은 말에 갸우뚱거리는 베아트리스와, 귀에 익은 말에 고개 숙이는 탄자.

검노고도의 지식과 경험이 차이를 가른 반응이지만, 그것이 더더욱 베아트리스의 심기를 불편하게 한 듯해서 스바루는 다음 말에 고민했다.

그러나 거기서 스바루가 중재를 시작하기보다 먼저──.

"네 이놈, 각오해라──!"

무너진 성벽이 일으킨 분진에 섞여 몰래 다가온 제국병이 검을 쳐들고 달려드는 것을 스바루는 "으에?" 하고 얼빠지게 지켜보았다.

전단의 선두, 말 위에서 지시를 내리는 스바루를 보스라고 간파한 적병이 기사회생의 일격을 날린다. 그것은 곧게 스바루에게 빨려들고──.

"우아우!"

순간, 뒤에서 스바루를 끌어안은 힘이 세지고 찰나 만에 시야가 변화했다.

무슨 일이 일어났는지는 명백. ──순식간에 적병 배후로 스바루 일행이 전이한 것이다.

"뭐, 뭐야……? 우웩."

고삐를 쥔 이드라가 갑작스러운 상황에 정신을 못 차리고 내장의 불쾌감에 무심코 구역질했다. 스바루도 기억이 있는 이 힘은 등에 매달린 루이가 지닌 이능이었다.

그리고——.

　"샤마크."

　"뭣?! 크…… 끄악?!"

　베아트리스의 영창이 제국병에게 구름을 씌우고 움직임이 멈춘 상대의 발을 탄자의 하단 쓸어 차기가 호쾌하게 후렸다. 한순간에 연계를 펼친 둘은 말 위와 아래에서 시선을 주고받더니.

　"훌륭했습니다."

　"너도 꽤 나쁘지 않은 움직임이었어."

　방금까지 보이던 험악한 분위기에서 돌변, 서로를 인정하고 있었다.

　"뭐, 여아끼리 마음을 터놓는 건 좋은 일이지. ……근데 루이! 갑자기 하지는 말아, 이드라 속이 완전히 뒤집혔잖아! 죽었다 살았지만!"

　"아—우!"

　"으음, 좋은 대답이다! 이드라는 심호흡! 아마 이게 처음이자 마지막은 아닐 테니까."

　"노, 노력은 하겠어……."

　루이가 지닌 전이의 힘이 있으면 갑작스러운 사태라도 하나쯤은 피할 수 있다.

　필요하다면 이드라가 아무리 토하려 해도 주저 없이 이용할 작정이다.

　"애초에 나도 두세 번씩 연속되면 버틸 수 없을 테고…… 구스타프 씨! 히아인! 바이츠!"

마음을 다잡은 스바루의 부름에 무너진 성벽을 눈앞에 둔 동료들이 돌아보았다. 그 하나하나, 낯익은 얼굴의 눈을 똑바로 응시하며 당부한다.

"부탁할게!"

"본직은 직무를 다할 뿐이다. 너도 그러도록."

"좋았어! 플레아데스 전단, 우격다짐으로 당당히 개선한다아아아!"

"슈바르츠, 여기는 사수하겠다……. 옥좌를 빼앗고 와라……!"

믿음직한 동료들에게 각자의 담당지를 맡기고, 스바루는 뒤통수로 이드라의 가슴을 두드렸다. 스바루의 신호에 호흡을 정돈한 이드라가 질풍마의 고삐를 당겼다.

그렇게 질풍마는 잔해 더미를 넘어서 스바루 일행이 제도 루프가나에 입성했다.

"아무래도 늦게 온 우리가 일등이었던 모양이군."

성벽 내부, 제도의 가도를 둘러보며 꺼낸 이드라의 말에, 스바루도 정연하고 규칙적인 시가지를 바라보며 끄덕였다. 실로 꼼꼼하고 신경질적인 도시 구조다.

"도시의 대표가 어지간히 신경줄 가는 녀석이겠지."

만약 본인의 귀에 들어가면 몇백 년이나 전에 지어진 도시의 건조 책임까지 질 수 있겠느냐고 반론이 나올지도 모르겠지만, 상대가 부재중이어서야 그것도 무리다.

그러므로 일방적인 감상을 논하며 플레아데스 전단이 제도로 몰려들었다.

그 목표는———.

"스바루! 어떻게 할 것이야!"

"슈바르츠 님, 어찌시겠나요?"

"우아우!"

"물론 뻔하지! 노려라, 제도의 수정궁! 꼭대기에서 거만하게 앉아 있는 황제 각하의 정면에, 안녕하냐고 인사해 주겠어!"

한꺼번에 쏟아진 소녀들의 질문에, 아울러서 대답하는 스바루.

베아트리스도 탄자도, 그리고 루이도 스바루의 답변에 끄덕이는 가운데, 지척에서 보는 처지가 된 이드라만이 조용히 중얼거렸다.

"전장에 어린아이 넷을 동행…….. 역시 나한테 전사의 재능은 없었나 봐."

그것은 참으로, 제분소 아들내미밖에 말 못할 감상이었다.

6

———그렇게 플레아데스 전단이 제도 루프가나 돌입에 성공한 것과 같은 시간.

제도 최심부에 있는 수정궁, 피처럼 붉은 융단이 깔리고 배후의 벽에 검에 꿰뚫린 늑대의 국기가 게양된 옥좌의 방, 그곳에 한 남자의 모습이 있었다.

볼라키아 제국을 다스리는 정점——— 현제 빈센트 볼라키아.

잘 갈린 칼날 같은 냉혹한 아름다움을 지닌 황제는 목덜미에 칼을 겨누는 무리가 대거 밀어닥치더라도 낯빛 하나 바꾸려 하지 않았다.

　그 이유는 절망도, 낙담도 아니다.

　옥좌의 황제는 알고 있다. ──최초로 누가 이곳에 도착할지를.

　"그것도 네놈이 둘러친 열 겹 스무 겹의 실이 엮어내는 결론인가?"

　갑자기 옥좌의 방에 울린 것은 황제에게 겨누기에는 너무나 불손한 말이었다.

　그러나 그것을 꾸짖을 충신의 모습도, 무례한 자의 목을 칠 병사의 모습도 그곳에는 없기에 난입자의 방자한 발소리는 거리낌 없이 울려 퍼졌다.

　그렇게 있어야 할 자가 없는 옥좌의 방에, 더욱 불가해한 사항이 한 가지.

　만약 그 자리에 다른 이가 있으면 눈살을 찌푸렸을 사실. ──아니, 어쩌면 눈살을 찌푸리지도 못했을까.

　왜냐하면 그 사실을 인식하기에는, 인식 저해의 영향을 넘어설 근거가 필요하기에.

　과거, 옛 시대의 황제로부터 우의를 나눈 부족에게 보내진 하사품.

　이 세상에서 가장 두려운 존재를 죽이기 위해서 만들어진 『오니족』을 본뜬 가면은, 그 뒷면에 숨겨진 사실로부터 외경 때문에 눈을 돌리게 만든다.

따라서 귀면을 쓴 인물의 음색이 황제의 목소리와 완전히 동일하다는 사실은 쉽게 깨달을 수 없다.

그렇게 황제와 같은 음색을 지니고 황송하게도 옥좌의 방을 당당히, 마치 제 것인 양 활보하는 존재가 홀로 볼라키아 황제 앞에 나타난다.

그것은──.

"의외로 감개도 솟지 않는군. 쫓겨난 옥좌를 이렇게 밑에서 올려다보아도."

한 번은 떠날 수밖에 없던 옥좌로 귀환한, 정당한 황제의 차분한 개선이었다.

7

이변을 깨달은 벨스테츠 폰달폰이 옥좌의 방에 돌아왔을 때, 수정궁에서 가장 존중받아야 할 방의 문은 단단히 닫혀 있었다.

그 문 앞에는 자취를 감추었던 중성적인 미모의 청년이 한 명. 그는 다가오는 벨스테츠를 깨닫자 친근하게 손을 살랑살랑 흔들었다.

"들어오지 말라고 분부하시더군요. 저와 같이 멍하니 기다리죠, 재상 각하."

"──우비르크 님. 안에 있는 것은."

"전 심술쟁이가 아니니 진실을 전해드리죠. 황제 각하가 계십니다. 진짜와 가짜 모두 다, 찬─찬히 대면하고 있는 바죠."

"……알 수가 없군요."

상상이 가는 답변이기는 했지만, 실제로 그런 대꾸를 들으니 벨스테츠는 턱에 손을 짚었다.

벨스테츠의 반응에 우비르크는 "알 수 없다?" 하고 갸웃했다.

"뭐가 받아들이기 어렵죠? 진짜 각하를 여기로 모셔 온 방법 말인가요? 그거라면 전 별의 속삭임에 인도받아서……."

"전장에서도 화살이 쏟아지지 않는 길을 택해 걸을 수 있다. 병사들이 바로 옆에서 칼부림을 벌이든 말든 그 검격은커녕 핏방울도 닿지 않는 곳을 골라 다닐 수 있다. 그랬었지요."

"네, 그렇게 된 일—입니다. 그게 다는 아닙니다만."

혜실 웃은 우비르크가 숨기려는 시늉도 없이 수긍했다.

어이없는 이야기지만 우비르크의 이상성은 벨스테츠도 그 눈으로 확인한 적이 있다.

우비르크는 말 그대로 칼과 화살이 빗발치는 상황을 유유히, 생채기 하나 나지 않고 거닌 적도 있었다. 별의 속삭임에 따랐다는 것이 우비르크의 주장이지만 그것이 사실인지 아니면 초인적인 전투력을 숨긴 그의 허언인지 벨스테츠는 구별할 수 없었다.

분명하게 할 수 있는 말이 있다면, 그것이 별의 속삭임이든 우비르크 본인의 실력이든 간에 상식을 초월한 힘이 그를 둘러싸고 있다는 점.

그리고 그것이 유용하기 때문에 진짜 빈센트 볼라키아도 가짜 빈센트 볼라키아도 우비르크를 놓으려고 하지는 않았다.

모든 것은——.

"머잖아 올 『대재앙』을 막기 위한 인도자로서."

"얼—라라, 저의 인간성을 평가해서가 아니라?"

"인간성을 평가받아 수정궁에 소집된 자라면 그야말로 고즈 일장 정도뿐이겠지요. 그 이외의 인물은 모두 능력을 인정받았기 때문. 이 사람도 예외가 아닙니다."

개인에 대한 애착 따위, 국가 운영의 관점에서 보면 무시해야 할 날벌레 소리에 불과하다.

그것이 벨스테츠의 생각이고, 양쪽 빈센트 볼라키아에게도 마찬가지라고 확신을 품고 말할 수 있다.

좋고 나쁨이나 호오의 문제가 아니라, 필요성의 관점에서 논할 의제다.

"그 점을 본인도 인정하기에 당신도 지금 옥좌에 앉은 각하와 이 사람의 모략을 못 본 척했던 것이 아니었습니까?"

"혹시 제 행동을 배신이라고 생각하십니까? 그—건 까다로운 데요. 여하튼 배신하려면 먼저 믿음을 받아야 하죠. 저를 믿고 계셨는지?"

"아니요, 전혀."

"그렇죠? 말하고서 상처받지만요."

이마에 손을 짚고 상처받았다면서도 유쾌한 내색의 우비르크. 그것이 여유인지 다른 무엇인지 벨스테츠는 그의 표정이 무너지는 장면을 본 적이 없다.

여태까지는 그것을 불쾌하다고까지 여기지 않았지만, 이 순간은 처음으로 눈에 거슬려 보였다.

수정궁에서 추방되어 황제의 자격을 포기했다고 단념한 진짜 빈센트 볼라키아—— 그를 문 너머로 데려가고 자신은 결정적인 자리에서 치워둔 지금으로서는.

　"한 가지, 재상 각하의 의문에 답변드리겠습니다만…… 저는 입장을 바꾸지 않았어요."

　"——입장, 이라면?"

　적인지 아군인지, 어느 쪽이라고 큰소리칠 생각이냐며 벨스테츠가 캐물었다. 그러자 우비르크는 가슴 앞에 손을 마주쳐 공기가 터지는 소리를 내더니 말했다.

　"물론 『대재앙』을 물리치고 볼라키아 제국의 안녕이 유지되기를 바라는 자로서."

　"——그러기 위해서 문 너머의 대치가 필요하다는 겁니까."

　"네, 그렇죠. 그래요. 저는 전부 그걸 위해 해 왔어요. ——이 심장의 고동도, 폐를 부풀리고 쪼그라뜨리는 호흡도, 위로 아래로 오가는 피의 흐름도, 전부 다."

　마주친 손을 자신의 가슴에 붙인 우비르크의 말에 벨스테츠는 침묵했다.

　변함없는 웃음, 흔들림 없는 태도, 그러면서 어딘가 귀기가 감도는 우비르크의 눈빛은 벨스테츠의 눈에는 이성적이며, 진심인 것처럼 보였다.

　그 이성과 진심이 흉성 너머를 엿본 게 아닌지는 확실하지 않지만.

　"——각하, 당신은 어쩌시겠습니까."

벨스테츠는 우비르크가 지키듯이 막아선 거대한 문, 그 너머에서 대치하고 있을 두 황제—— 그중 자신이 추방한 상대를 떠올리며 중얼거렸다.

이 목을 치고 넋을 불태우고 어떠한 잔학한 처형을 맛본다 해도 벨스테츠는 상관이 없다.

빈센트 볼라키아가 제국사에서도 손꼽히는 현제인 그가 진정으로 황제이고자 한다면 상관이 없다.

그렇기에——.

8

"엉덩이와 말이 가벼운 남자군. 신의를 하늘에 의탁한 『별점쟁이』란 믿을 게 못 되겠어."

"원래부터 그자의 충성심에 기대할 구석은 없지. 충의를 이유로 석차를 메꿀 거라면 오늘까지의 볼라키아를 유지하기란 불가능하다. 물론."

"————."

"숨긴 야심의 공과를 묻지 않은 까닭에 일어난 전략이라면, 내가 이렇게 궁전의 바닥을 밟을 기회가 멀어진 것도 필연이라 할 수 있겠지만."

아벨은 피처럼 붉은 융단을 밟고서 단상의 상대를 응시하며 말을 이었다.

이 자리에 아벨이 나타난 시점에서, 그것이 누구의 주선인지는 논의할 필요가 없다. 이물이라는 특성을 규명하여 『관람자』의 의향의 실현에 심혈을 기울이는 우비르크는 반면 바깥을 거니는 데에 타의 추종을 불허하는 존재다.

아벨은 그에게 인도받아 제도 결전으로 혼잡한 전장에서 당당히 여기까지 당도했다.

그것은 일종의 비밀 병기——단, 조건이 충족되지 않는 한 결코 누구의 뜻대로도 되지 않는 금기의 병기다. 그 조건을 충족하기란 극히 어려운 일이었지만, 성공했다.

이렇게 한 번은 쫓겨난 옥좌의 방을 다시 밟은 것이 그 증거.

지금까지의 책모와 자복은 이 기회를 탈취하기 위해서 있었다고 해도 과언이 아니다.

"――――."

응시하는 옥좌에 앉아 질문을 받는 그 남자의 얼굴은 수없이 봐 온 것.

자신의 얼굴이다. 그저 친밀하다거나 그런 이치는 초월한 지점에 있다.

타인에게는 빈센트 볼라키아 그 자체로 보일 얼굴이지만, 정작 그 얼굴을 가장하는 방도를 체득한 남자를 오랜 세월 아는 아벨에게는 수준 낮은 가면으로만 보인다.

하지만 수준은 낮아도 가면은 가면이다.

쓴 가면은 민낯을 가리고 그 본심을 그늘에 숨기는 역할을 다한다. 따라서 아벨은 시선이 아니라 말에 질문을 실었다.

그것도 얼버무릴 여지가 없는, 곧게 박히는 질문을.

"──벨스테츠와 결탁하여 나를 추방하고 소망은 이루었나?"

아벨이 말한 질문은 아는 이가 들으면 격분했을 내용이었다.

이 수정궁의 한 방에서 발단한 추방극, 그 여파는 이미 제국 전토로 번져 지금도 성벽을 둘러싸고 부딪치는 제국병과 반란군은 쉴 새 없이 목숨을 잃고 있다.

제도에 사는 백성도, 그 승패에 자신의 생명을 맡기고 있는 형국이다.

그런 와중에 아벨의 질문은 무슨 느긋한 소리냐는 비방을 피할 수 없는 내용이었다.

하지만 아벨은 굳이 말했다. 낭비를 일절 좋아하지 않고, 여기에 이르기까지 많은 권모술수를 부린 반역자가 굳이 말한 이유는 필요했기 때문이다.

이다음의, 가짜 빈센트 볼라키아와의 대화에서, 아벨── 아니, 진짜 빈센트 볼라키아가 무엇을 추구해야 할지 결정하기 위해서.

그리고 망설임치고는 길고, 사색이라기에는 과히 짧은 시간 뒤에──.

"──아니, 아직이다. 아직도 짐이 바라는 결과는 얻지 못했다."

질문한 음색과 완전히 동일한 음색으로, 거짓 황제는 진실된 황제에게 대답했다.

"_____."

그 대답에 아벨 또한 한순간의 시간이 필요했다.

망설임이라고도 사색이라고도 못할 그 시간을 사이에 두었던 아벨은 한 호흡의 간격을 만들었다.

　그리고——.

　"아직도, 바라는 바는 얻지 못했다 했나."

　그렇게 뇌까리며 두 눈을 감았다. ——날 때부터 붙인 습관을 거스르며.

　"————."

　아벨은 결코 두 눈을 동시에 감지 않는다. 항상 한쪽 눈을 뜨지 않으면, 눈을 깜빡인 뒤에 생명이 남지 않는 제국을 다스리는 황제로서 대비가 지나치게 부족하다.

　훈련과 자각으로, 잘 때에도 한쪽 눈을 뜨며 의식을 반쯤 각성시켜 두는 아벨에게 두 눈을 감는 암흑의 방문은 몇 년 만이라는 수준이 아니다.

　아벨은 그 행위와, 그 행위를 한 사실 자체를 자신의 의사 표명으로 삼았다.

　다시 말해——.

　"——기만이군."

　이 옥좌의 방에 발을 디딘 뒤로 아벨의 목소리에도 눈빛에도 분노나 실망 같은 감정은 섞여 있지 않았다. 그것은 자신을 배신하고 등을 찌른 거나 마찬가지인 상대를 앞두고도 마찬가지. 강철의 자제심이라고도 해야 할 그것이 그렇게 만들었다.

　철저하게 감정을 배제한 아벨의 목소리에 이 순간 처음으로 색이 섞였다.

자신을 가장하는 얼굴의 상대에게, 숨기기를 그만둔 경멸의 색이.

"＿＿＿＿＿."

그 말에 옥좌를 덥히는 가짜 황제는 침묵을 지켰다.

지킨다. 그 침묵으로 지키는 것이, 하찮은 긍지라면 그나마 구제할 여지가 있었지만.

"나를 옥좌에서 쫓아내고, 사태를 안 고즈 놈을 처리하고, 도망 후의 내 방책을 앞질러서 지우려 획책한 끝에, 마도의 소멸에 한 몫했지. 확대되는 불씨는 전토로 불이 번져 모반자의 역심이 닿지 않을 금역인 제도에 끝내 무례한 흙발을 허용했단 말이다."

"옥좌에 있던 것이 자신이라면 그렇게 되지 않았다?"

"애당초 내가 옥좌에서 비키지 않았으면 이번 그림은 그릴 수 없기 마련이다. 그 결과, 네놈이 부른 화재는 제국을 태웠다. 단."

거기서 일단 말을 끊은 아벨은 자신의 얼굴을 가린 귀면에 손을 뻗었다.

그리고――.

"――지금 당장 불을 끌 방법도 있지."

말하면서 그 얼굴에 붙은 가면을 벗어 바깥공기에, 상대의 시선에 민낯을 드러냈다.

이쪽을 내려다보는 용모, 한 치의 차이도 없는 똑 닮은 얼굴끼리 두 황제가 마주 본다. 진짜와 가짜, 다른 사람은 그 차이를 분간할 수 없는 구도로.

"＿＿＿＿＿."

총명한 남자다. 아벨의 행동과 말, 그 의도는 명료하게 전해졌으리라.

일이 여기에 이르면 자신의 불리함도, 그 계획이 성취하기 어려움도 충분히 알고 있다. 저항해 봤자 방법이 없는 조리의 파도가 수립한 책모를 쓸어낼 때다.

응시하던 장애, 저항할 『대재앙』이 둘 다 동일하다면 그것도 자명했다.

따라서——.

"내가——."

있어야 할 곳으로 돌아가겠다고 결정을 선고하려 했다.

저항하기 어려운 칙령을 내리고 이 어리석은 동기로 시작된 싸움에 결판을 내려 했다.

바야흐로 그 직전이었다.

"——각하."

그 한마디가 아벨의 뒷말을 막았다.

그 모습으로, 음색으로 내서는 안 될 단어다. 자신보다 높은 상대에게 겸양하다니 있어서는 안 될 입장이라는 자각을 상실한 어리석은 한마디다.

그 말을 들은 순간, 아벨의 말이 한 박자 늦어졌다.

그것은 어쩌면 이 수정궁에서 두 번째로, 아벨—— 아니, 빈센트 볼라키아가 가진 의도가 배신당한 치명적 순간이었을지도 모른다.

첫 번째에는 옥좌에서 쫓겨났다. 그리고 이 두 번째에는——.

"_____."

그 틈새에 파고들듯 가짜 황제가 옥좌에서 일어섰다.

무거운 엉덩이를 떼고 안 그래도 내려다보는 것 같던 고저차가 살짝 더 벌어졌다. 그러나 그 인상은 눈 깜빡할 새에 지워지고 아무래도 상관없어졌다.

왜냐하면——.

"——반상을 내려다보는 것, 그 한 점에서 실수했다."

그렇게 고하는 모습이 단숨에 거리를 좁혀 아벨의 눈앞에 육박했다.

9

——제도 루프가나의 수정궁에서 진짜와 가짜, 두 황제가 숨결이 닿는 거리로 다가선다.

그 순간, 제도 공방전 곳곳에서 동시 다발적으로 변화가 발생한다.

그것은 각각 다른 생각과 신의로 발생한 것이었지만, 딱 하나, 어느 장면에서도 공통되던 점이 있다.

어느 변화도 무엇 하나 바람직한 일이 아니었다는 점이다.

"——엘 후라."

손에 든 지팡이를 휘둘러 메마른 공기가 팽팽하던 전장에 바람을 일으킨다.

평소라면 최소한의 노력으로 적확하게 상대의 목울대를 가르는 데에 주력하는 마법. 다만 이 전장의 적에게는 그것이 유효타가 되지 못한다고 람은 실감 중이었다.

무리를 이루어 막아서는 것은 생명이 있는 것 같지 않은 돌덩이 인형들이었다.

자의식 같은 것 없이 접근하는 상대를 기계적으로 요격하는 그것들은 인간형이긴 하지만 무릇 인체의 급소랄 만한 곳이 존재하지 않는다.

목을 떨어뜨리든, 팔다리를 자르든, 남은 부위를 무기로 삼아 적에게 달려든다.

따라서 람이 특기로 삼는 전술은 효과를 발휘하지 못한다.

그러나 그렇다고 대적할 수 없다며 손을 놓을 만큼 귀여운 아가씨로 있을 수는 없다.

"쏴라——!!"

무리를 노려보는 람의 걸음에 호응하여 마찬가지로 전선을 밀어붙이는 것은 갈색 피부의 싸우는 여인들의 대열——『슈드라크의 민족』이 활을 들고 밀어닥치는 돌덩이의 정체에 일격을 날린다.

람은 그 화살 하나하나에 자신의 바람을 휘감아 문제를 억지로 쓸어 냈다.

바람을 두른 화살은 속도와 회전이 가해져 돌인형에 직격한 순간, 화살촉이 파고든 곳에서 바람을 작렬시켜 발생한 관통력이 인형을 산산조각 냈다.

위력이 죽지 않은 화살은 그대로 배후의 돌인형에게로 연쇄적으로 꽂혀서 같은 파괴를 야기하여 피해를 확대한다. 화살 하나로 복수의 돌인형을 잡는 파격적인 전과.

그에 더해서——.

"후라."

속삭이는 듯한 섬세한 영창이 부수기 위한 바람과 다른 파장의 바람을 생성하여 산산조각 난 돌덩이가 뿌려진 대지를 쓸어 올리듯이 불었다.

그 순간, 돌인형을 파괴하고 땅에 떨어진 화살이 날아올라 달리는 슈드라크들의 손으로 되돌아가서 시위에 메겨지고 발사되어 돌인형을 쓰러뜨린다. 그것을 반복했다.

"후라, 엘 후라, 후라, 엘 후라."

번갈아 외워지는 영창, 잇따른 마법의 행사, 같은 계통의 마법의 섬세한 동작.

마법의 발전에서 뒤처졌던 볼라키아 제국에서, 하물며 단련한 전투 기술에 대해서 경의와 감탄이란 감정만을 품는 슈드라크는 그 비정상적인 수완을 이해하지 못한다.

그것이 눈을 감고, 손을 쓰지 않고 바늘귀에 실을 꿰는 짓——. 더군다나 동시에 열 개, 스무 개의 바늘에다 한 번도 실수 없이 실을 넣는 거나 다름없는 신의 기술임을.

람의 참전과 바람 마법의 효력으로 슈드라크의 돌파력이 몇 배로 커졌다.

지크르 오스만의 신의와 감상이 뒤로 빼놓은 여전사들이, 결과적으로 온존된 힘을 활용해 제3정점을 봉쇄해야 할 전력을 분쇄하고 있었다.

"아아, 좋은데! 적도 아군도 그 간담을 철렁하게 만드는 것은!"

까만 도끼칼을 쥔 미젤다가 그렇게 말하며 전장을 달린다.

잃어버린 한쪽 발을 의족으로 보충했음에도 흐트러짐 없는 움직임에서는 결손이 느껴지지 않는다. 아군의 화살이 가차 없이 오가는 전장의 최전선을 누비며 두 손에 쥔 칼날을 휘둘러 폭풍같이 돌인형들을 때려 부수고 집단에 구멍을 뚫는다.

"언니는 알아서 피한다! 손을 멈추지 마! 람의 바람에 우리의 기개를 실어라!"

본인도 활을 들고 다른 슈드라크가 한 발 쏘는 사이에 세 발은 쏘는 타리타가 전선에서 날뛰는 언니의 등을 응시하며 동포들에게 지시를 내렸다.

그에 따라 슈드라크들의 화살이 돌인형 무리로 심각한 타격을 주니, 내버렸던 목숨을 건진 지크르 부대가 진형을 무너뜨리러 돌격했다.

"비켜 비켜 비켜 비켜! 돌로 된 피라미 인형이, 전장에서 까불지 말라고오오!!"

그 선두에서 조야한 목소리를 날리는 것은 겉모습의 품성과 정반대로 유려한 검술을 펼치는 남자. 안대를 찬 남자가 돌인형을 베어 재껴 전장을 단숨에 평탄화했다.

압도적 우세. 지금까지의 묘사만 가지고 논하면 그렇게 말할 수 있을 상황.

그러나——.

"후퇴——!!"

아름다운 털을 가진 질풍마, 그 등에 탄 지크르가 소리치며 최전선을 달리는 집단이 즉시 산개했다. 직후, 집단 중심으로 머리 위에서 '벽'이 떨어진다.

꽹음과 격진이 대지를 휩쓴다. 과장 없이 요새 그 자체와 싸우는 현재 상황—— 성벽과 일체화한 모그로 하가네의 위협은 돌 인형을 아무리 줄여도 쇠하지 않는다.

모그로가 팔을 한 번 휘두르자 밀어붙이던 전황이 문자 그대로 삽시간에 뒤집힌다.

일진일퇴가 아니라, 일진이퇴의 공방이 펼쳐지고 있었다.

하지만——.

"——뭐야?"

슈드라크에게 화살을 넘기고, 슈드라크의 화살에 관통력을 주고, 전장의 일진에 주력하던 람이 연홍색 눈을 가늘게 뜨며 일어난 변화에 의아해했다.

그것은 조짐을 알아차린 것이 람이 처음이었을 뿐이며 차차 누구나 눈길이 멎는 변화로서 제3정점을 둘러싼 전장의 변화를 본떴다.

변화, 그것은——.

"——뭐 하는 짓거리야! 적한테 등짝 보이지 말라고! 그러고도 일장이냐?!"

상식을 초월하는 덩치가 된 모그로 하가네, 그 등에 조야한 욕설이 부딪혔다.

그렇다. 그 등에. ──전장에서 마주친 람과 슈드라크, 무수한 전사들에게 등을 돌리고 제도로 거대한 한 걸음을 내디딘 모그로 하가네의 행동에.

10

"안 돼! 전혀 일어나지 않아!"

어깨를 흔들고 목소리를 던지고 뺨을 가볍게 때려 봐도 품속에서 뻗은 용인 소녀── 꽁꽁 언 마델린은 깨지 않았다.

얼린 상대를 녹이려면 집중력이 아주 많이 필요하다. 하지만 이런 상황에서는 발을 멈추고 차분하게 집중할 엄두도 나지 않는다.

"세실스……!"

하얗게 얼어서 의식째로 냉동된 마델린을 안은 채로, 찬바람에 은발을 나부끼는 에밀리아가 고개를 돌려 펼쳐지는 규격 외의 전투를 목격했다.

"타타타타타타타타타타타타타!"

높은 얼음벽을 발판 삼아 세실스가 지면과 평행한 각도로 하늘로 달려 오른다.

평범한 사람이 저런 식으로 달리면 지면에 떨어질 것이다. 그런데 세실스는 그런 당연한 사실을 혼자만 무시하고 높디높은 얼음벽을 이용해 머리 위의 용에게 달려들었다.

"슈와!"

마지막 한 발을 세게 내디딘 세실스의 몸이 번개의 속도로 메조레이아에게 따라붙었다.

날개를 펄럭이며 거리를 벌리려던 메조레이아는 그 기동에 우롱당해 휘두르는 발톱이 빗나간 끝에, 빈 목덜미에 얼음검의 참격을 무방비하게 얻어맞았다.

「──끼악.」

용의 용답지 않은 비명이 터지고 날카로운 소리가 깨진 얼음검의 말로를 주위에 전달했다.

쇠처럼 단단하게 만든 얼음의 칼날이 깨진 것은, 『운룡』의 단단한 비늘 때문이었을까, 아니면 휘두른 세실스의 검속 때문이었을까.

어쨌든 간에 깨진 얼음검은 역할을 마치고 허공에 세실스는 무방비하게──.

"마음대로 골라 잡아! 뭘 보든 자유! 제한 없이 잔재주 대공개합니다!"

얼음이 깨지는 소리와 필적하는 카랑카랑한 목소리는 세실스가 흥분했다는 증명이다.

듣기 좋은 음색으로 말하는 세실스를 뒤따르는 것은 두 번째 얼음의 파쇄음── 아니다. 두 번째 정도가 아니라 세 번째 네 번째 소리가 연속된다.

"챳챳챳챳챳!"

공중에서 무방비해졌나 싶었더니, 펄쩍 뛴 세실스에게 빈틈은 없다.

에밀리아가 만들어 낸 무수한 얼음의 무기를 잇달아 뽑고서 옷의 등 속이나 허리에 잔뜩 꽂아 두었던 것이다.

등에서, 허리에서, 가랑이에서. 공중에 오른 세실스가 하늘로 피하는 메조레이아를 좇는 중에 주운 그 무기들을 잇따라 휘두르며 메조레이아의 비늘을 벗겨 나간다.

얼음검이, 도끼가, 창이, 망치가 사납게 미쳐 날뛰며 그 격렬함에 『운룡』이 방어 일변도. 막지 못하고 있으니 어쩌면 그 표현도 틀렸을지 모른다.

『운룡』 메조레이아와 세실스의 싸움은 이미 전기(傳記)의 한 구절 같은 광경이었다.

"굉장해……."

멀리서, 말려들지 않을 위치에 있기에 눈으로 좇을 수 있지만 바로 눈앞에서 세실스가 움직였다간 에밀리아는 아마 그 잔상도 좇지 못할 것이다.

그 깜짝 놀랄 모습을 보고 있으면, 어쩌면 마델린이 눈을 뜨지 않아도 세실스가 메조레이아를 무찌를지도 모른다.

그렇다면 그거대로 괜찮다고 여기는 마음이 없지는 않지만.

"당신도, 소중한 사람을 위해서 싸우고 있는 거지?"

에밀리아는 눈꼬리를 내리고, 의식이 없는 마델린의 얼굴을 내려다봤다.

내내 적대하고, 화내고, 귀도 기울이지 않은 마델린. 그렇다고 싫어하게 될 만큼 에밀리아는 그녀에 대해 알지 못했다.

알고 있는 것은 그녀가 화내는 이유가 소중한 사람에 대한 마음이 있기 때문이며, 메조레이아는 그런 마델린의 힘이 되고자 내려왔다는 것.

그런 메조레이아가 자신이 잠든 사이에 죽어 버리면 마델린의 마음은 얼마나 상처를 입을까.

"마델린, 일어나! 일어나라니깐!"

전투 도중이다. 하물며 세실스는 위험하던 에밀리아의 생명을 구해 주었다.

그런 그에게 살살 해 달라느니, 메조레이아를 죽이지 말라느니, 그런 투정을 부릴 수는 없다.

그렇기에 마델린뿐이다. 마델린 본인도, 구하러 온 메조레이아도, 어느 쪽 생명도 빼앗지 않고서 이 싸움을 끝낼 수 있을지 모르는 것은.

"아, 옳거니! 날개 밑동이 약점이로군요!"

그런 에밀리아의 소망과 정반대로, 싸움을 갈채하는 세실스의 분석이 진행된다.

볼카니카와 싸운 옛 기억을 돌아보면, 에밀리아로서는 용이라는 생물의 약점이라곤 추호도 알 수 없었지만 세실스는 그렇지 않은 모양이었다.

칼날이 한 차례 번뜩인다. 그것이 약점을 간파했다는 선언대로 용의 날개 밑동을 때렸다. 그 순간, 비명의 종류가 바뀌며 하얀 설경에 파란 피가 방울졌다.

강건한 비늘 속에 참격이 박혔다는 증거다.

"만약 용이 날개를 잃으면 지룡하고 뭐가 다를까요? 땅을 기는 전투법은 긴 생애 동안 배울 기회가 있었나요?"

조롱하는 것도, 얕보는 것도 아니다.

세실스의 어조는 변함없이, 굳이 말하자면 자신을 북돋기 위해서 말하고 있다. 하지만 그가 언급한 점이 현실이 되는 것은 눈앞이라고 에밀리아도 확신이 들었다.

에밀리아가 확신했다면 직접 검을 맞는 메조레이아는 더 확신했을 터다.

날개가 절단되고 땅에 떨어지는 용.

그것이 얼마나 견딜 수 없는 일인지, 날개가 없거니와 용도 아닌 에밀리아로서는 상상이 가지 않는다. 하지만 그걸로 메조레이아의 승산이 없어지는 것은 알 수 있다.

하늘에 있어도 쫓을 수 없는 세실스를, 지상에서 쫓을 수 있으리란 생각은 도저히 들지 않으니까.

「──용은!!」

그 순간, 눈앞에 닥친 굴욕을 쳐 내겠다고 메조레이아의 나지막한 목소리가 폭발했다.

메조레이아의 옆구리를 박차고 뛰어오른 세실스의 참격이 날개의 근본에 육박했다. 그것이 맞기 직전에 몸을 빙글 돌리고, 자세를 뒤집었다.

그리고 날개를 노린 세실스를 정면으로 우러러보며 메조레이아가 팔을 옆으로 휘둘렀다.

발톱이나 비늘 뭐든 하나만 걸리면 인간의 몸 따위는 쉽게 산산조각 난다.

빠르게 움직일 수 있는 세실스라도 예외는 아니라고, 에밀리아는 비명을 지를 뻔했다. 하지만 에밀리아의 비명은 세실스의 죽음이 아니라 다른 광경 때문에 터졌다.

"이야아, 방금 그건 위험했어요!"

휘두르는 용의 팔은 확실히 공중에 있던 세실스를 포착했다.

그러나 세실스는 맞은 용완에 발바닥을 맞대더니 맹렬한 일격을 날린 팔을 타고 달렸다.

용의 팔꿈치 언저리부터 달리기 시작해서 용조 앞을 발판 삼아 사출된다.

직격당해 몸이 날아가야 했을 충격을 달리고 뛰는 힘으로 변환해서, 그 터무니없는 발 빠르기로 피할 수 없어야 할 죽음에서도 도망친 것이다.

"미인 아가씨!"

"아, 네!"

미인이라는 호칭에 사양하는 말도 잊는다.

불린 이유를 본능적으로 알아차린 에밀리아는 용의 팔에서 뛰어 얼음벽에 착지한 세실스 주위에 다시 새롭게 얼음 무기를 만들었다.

세실스는 잽싸게 그것을 줍고, 계속해서 덮쳐들려고 할 메조레이아가 있는 곳으로 돌아선 다음, 다시금 도약에 대비해 무릎을 굽혔다.

벌어진 거리를 좁힐 때까지 눈 깜짝할 수준의 한순간. 그것이 세실스의 공격이 절대로 닿지 않는 위치에 있는 메조레이아의 승기.

당연히 메조레이아도 여기에 전력을 쏟아붓는다. ──그래야 했다.

"어라?"

즉시 공격에 대비하여 허리를 낮추던 세실스가 갸웃거렸다.

암묵적인 이해, 선수를 양보할 자세로 있었음에도 불구하고 와야 할 공격이 오지 않았기 때문이다.

그런 세실스가 품은 의문은 에밀리아에게도 마찬가지로 존재했다. 여기가 승패를 나누는 마지막 일선임을, 어느새 구석으로 내몰렸던 에밀리아도 알았던 것이다.

그런데도 메조레이아는 움직이지 않았다. 그러기는커녕──.

「──────.」

직전에, 세실스를 지워 버리기 위해 팔을 휘두르려던 메조레이아. 그것이 공중에서 움직임을 멈추고 검은자위에 해당하는 부분을 알 수 없는 하얀 눈이 한 곳을 응시했다.

자신을 궁지에 몰고 굴욕을 맛보게 하려던 세실스──가 아니다.

얼음벽 위에서 대비하는 세실스도, 이 전장을 하얗게 물들이고 메조레이아로서도 무시할 수 없는 존재인 마델린을 안은 에밀리아도 아니다.

공중에 못 박힌 듯이 정지한 메조레이아는 그 시선을 더 높은 하늘로.

자신보다 훨씬 더 높은 하늘로 보내고, 멈춰 있었다.

"……뭔가, 날고 있어?"

덩달아 메조레이아를 시선으로 좇은 에밀리아는 회색의 눈구름 쪽에 시력을 집중했다.

메조레이아의 거대한 몸이 떠 있는 하늘보다 더 높은 위치, 에밀리아의 시력으로도 보일까 말까 아슬아슬한 지점에 어떤 그림자가 날고 있다.

하늘을 나는 것, 그것은 눈앞의 용이거나, 전장에 숱하게 날고 있는 비룡이거나, 이동을 게을리 한 로즈월 중 하나밖에 에밀리아의 선택지가 없다.

그리고──.

「──가짜다.」

그렇게 중얼거린 메조레이아가 날개를 펄럭였다.

멈춰 있던 용의 몸이 움직임을 재개한다. 단, 그것은 직전까지 준비하던 결정적인 공격을 날리기 위한 움직임이 아니고──.

"에에엥?! 어어어, 잠깐잠깐 그런 법이 어디 있어요?!"

그 움직임을 목격하자마자 세실스의 표정에 최대의 격진이 일어났다.

그때까지 무슨 짓을 당해도 즐거운 내색이던 표정이 돌변하고, 황당한 듯이 눈이 휘둥그레졌다. 그럴 만도 하다. 날아와야 할 상대가 갑자기 등을 돌렸으니까.

「────.」

메조레이아는 세실스의 목소리에 귀도 기울이지 않고 날개를 돌려 하늘을 갈랐다.

한 번 날겠다 결심하고 움직이기 시작한 용의 속도는 예사롭지 않아서, 몸을 돌려 하늘로 오르는 용의 기세는 온 힘을 다해 쏜 화살처럼 민첩했다.

"그렇게, 둘까 봐요!!"

떠나려는 용을 놓치지 않겠다고 무릎을 굽힌 세실스가 요격이 아니라 날아가는 용을 쫓기 위해서 각력을 폭발시켰다.

작은 몸을 보면 믿기지 않는 디딤발, 그것이 두껍고 거대한 얼음벽에 발바닥이 기점인 균열을 만들고, 토사 붕괴처럼 얼음을 부수며 세실스의 몸이 날았다.

곧장 일직선으로 세실스의 모습은 용의 속도를 웃돌아 날개에 육박한다. 육박한다. 육박하고 육박하고 육박하고, 그리고──.

"──어, 망했다. 이거 안 닿겠는데요?"

아무리 세실스의 발이 빨라서 아주 멀리까지 뛰어오를 수 있다손 쳐도, 원래부터 하늘 위에 있던 용이 멀어지자 그 거리를 삭제할 정도까지는 불가능했다.

딱하게도 세실스의 몸이 멀어지는 메조레이아를 따라잡지 못한 채 도약한 한계 지점에서 기세를 잃고 거꾸로 뒤집혔다. 그대로 『운룡』이 몸을 돌려 세실스를 노렸더라면, 어쩌면 세실스라도 위험했을지 모른다.

하지만 메조레이아는 돌아오지 않았다. 돌아오지 않고, 점점 상승하여 하늘을 가른다.

그러고 나서──.

"――제도로 들어가?"

11

　――제도 공방전 곳곳에서 일어난 변화, 개중에서도 특히 큰
두 곳의 전개.

　그것이 수정궁 밖에서 펼쳐진 순간, 옥좌의 방에는 두 황제가
얼굴을 맞대며 서로의 속눈썹이 닿을지도 모를 만큼 가까이서
시선을 교차하고 있었다.

　"――――――."

　한 수 뒤처진 반란군의 수괴인 아벨이지만, 즉각 사고를 전환
한다.

　바로 눈앞에 육박한, 자신과 같은 얼굴을 가진 상대에게 최선
의 수―― 아니, 차선의 수를 두려고 몸을 기울이고.

　"――윽."

　날카로운 충격이 왼쪽 쇄골에 맞아 그 충격에 사고가 붉게 흩
어졌다.

　목덜미를 때린 것은 눈앞의 상대가 든 철선(鐵扇. 쇠부채). 눈
에 익은 그 물건은 자신과 같은 얼굴을 가장한 상대가 선호하는
무장이었다.

　다루는 무기로서는 특수한 부류, 그 때문에 위력이 얼마나 있
을는지 의문을 품은 적도 많았던 무기였지만.

　과거에 품은 의문의 회답을 얻은 사실과, 뇌에 꽂히는 아픔을

의식적으로 사고에서 배제.

지금 이 순간에 우선할 사항을 머리에 그리고 그것들에 대처하기 위한 방책을 즉시 입안한다. 실현성과 효과의 겸비, 부상도 섞어서 우선순위가 정리된다.

하지만——.

"반상유희하고는 다르지. 당신이 전사로서 부족한 이유가, 그것일 테지요."

머리에 떠오른 무수한 선택지를 고르는 것보다 빨리, 전사는 머리가 아니라 육체에, 혈맥에 밴 기술을 펼친다.

그것이 가차 없이 아벨의 팔을 비틀고 힘이 빠진 팔이 잡고 있던 귀면을 빼앗더니, 다음 순간에 그 시야가 딱 한순간 닫혔다.

"————."

눈이 망가졌을까, 연막의 종류일까.

한순간의 고찰은 막힌 시야가 잠시 후 회복됨으로써 부정되었다. 그렇다면 상대가 취한 행동의 진위는 무엇이었는가. 그 고찰과 동시에 깨닫는다.

——자신의 얼굴을, 또다시 익숙한 감촉이 덮었음을.

"네 이놈——."

손이나 발보다 빠르게 움직인 입술이 눈앞의 검은 눈을 노려보며 소리를 흘렸다.

빼앗긴 귀면을 타인의 의해 쓰게 된 아벨의 말에 눈앞의 가짜 황제—— 아니, 치샤 골드가 자기 것이 아닌 얼굴로 입술을 일그러뜨렸다.

그것이 몹시 퇴폐적인 웃음이라고, 자기 얼굴로 인정하고 아
벨은 눈을 부릅떴다.

　찰나——.

　"＿＿＿＿＿."

　——옥좌의 방의 벽을 뚫고 날아온 하얀빛이 제국의 정점인 빈
센트 볼라키아의 가슴을 등 뒤에서 꿰뚫었다.

제4장 『치샤 골드』

1

떠밀리자 희미하게 얼굴이 굳은 것을 귀면 너머로도 알 수 있다.

분명히 많은 이들이 그 진의를 잘못 파악할 표정. 워낙 현명하기에 생략해서는 안 될 말을 생략할 때가 많은 황제는, 그 표정조차도 말수가 적었다.

아마도 이 표정의 의미를 옳게 받아들일 수 있는 것은, 오랜 세월 이 황제와 함께 지내 온 자신 정도뿐이리라.

"아아, 그렇고말고——."

이 황제가, 온갖 의미로 신성시하는 여동생이라면 그것도 간파할까.

어쨌든 간에 비교할 의미가 없는 이야기다.

이 순간, 이 오려낸 찰나의 장소에 같이 있는 것은 오로지 자신뿐이니까.

——어리석은 치샤 골드, 한 사람밖에 없으니까.

2

"체샤 트림, 너는 나를 위해서 죽을 수 있나?"

처음 얼굴을 마주했을 때, 이름을 밝히자마자 처음 요구받은 것은 자신의 생명을 어디에 쓰느냐에 관한 대답이었다.

당시 열네 살이던 체샤는 자신을 조숙한 아이라고 여기고 있었지만, 자신보다 두 살 어린 그 소년과 만나자 생각을 고쳐먹었다.

진실로 조숙하다는 말은 눈앞의 소년을 가리키는 것이며, 자신은 어른인 척한 것에 불과했다고.

"_____."

질문을 던진 뒤, 소년은 상대를 빤히 검은 눈으로 응시했다.

그림자를 뽑아낸 듯한 검은 머리카락과 검은 눈동자는 양쪽 모두 다양한 인종이 사는 볼라키아 제국에서도 일반적이라고는 할 수 없는 신체적 특징이다. 눈 색은 다르지만 날 때부터 가진 검은 머리를 야유받을 때가 많은 체샤도 공감할 수 있다.

그렇게 애먼 공감을 품는 것은 참으로 주제넘으리라.

신체적 특징의 특수성 따위, 눈앞의 소년이 지닌 특성으로 보자면 사소한 일에 불과하다. 외견적 특징의 일치 따위 아무래도 좋아질 만큼 일반과 거리가 먼 출신인 소년은, 조숙의 극치 같은 자세에도 그만한 근거가 있었다.

그러기를 요구받으며, 그러지 않으면 살아남을 수 없다는 특수한 입장.

그것이——.

"——빈센트 아벨쿠스 황자님."

그것이 그의 이름이며 이름 뒤에 붙은 직함을 타고난 그의 입장이다.

흑발 소년—— 빈센트는 이 볼라키아 제국을 다스리는 황제 드라이젠 볼라키아의 친아들이며 언젠가 제국의 정점에 설 가능성을 받은 존재.

물론 같은 자격을 받은 형제가 40명 넘게 있지만, 그걸로 눈앞에 선 소년의 존귀한 피가 흐려질 일은 없었다.

어쨌든—— 어째서 자신이 그런 지엄한 상대와 대면하고 같은 용차에 동승하는 사태가 되었는지, 체샤는 자신의 행동과 형편을 돌아보았다.

계기는, 별것 아닌 선행이었다.

가도 도랑에 용차 바퀴가 빠져서 오도 가도 못하는 상황에 맞닥뜨렸다.

밀어도 당겨도 꿈쩍하지 않아 고심하는 용차. 그 바퀴에 판을 끼워서 지레를 이용해 깊이 기운 용차가 도랑에서 빠져나오게 도와줬다.

그것이 우연히, 이 아벨쿠스령 영주의 용차이며 같이 타고 있던 것이 『아벨쿠스의 기적』으로 실권을 잡았다고 명성 높은 빈센트 아벨쿠스였다.

참고로 『아벨쿠스의 기적』이란, 영주였던 아벨쿠스 가문을 오랜 세월 섬기던 가신이 일으킨 반란이 진압된 일을 가리킨다. 다른 가문과 내용한 훌륭한 전략이었음에도 불구하고 역신(逆臣)은 열두 살 소년의 지휘에 패배, 일족 도당이 말살당한 사건이다.

그때까지 황자 중 한 명이기는 했어도 두드러진 명성을 듣지 못하던 빈센트는 우왕좌왕하는 가솔과 병사를 즉시 규합하여 보기 드문 수완을 휘둘러 역신을 토벌했다고 한다.

반란을 일으킨 가신의 패배 요인은, 빈센트를 적이 아니라 단순히 목에 걸린 훈장으로 착각한 점이며, 그 결과 분수에 맞지 않는 이상이 깨져서 패망했다.

그런 사실과 소문이 퍼져 터무니없는 인물이라고 과장이 따라 붙은 상태다.

체샤도 평범한 제국민 중 한 명으로서 관계할 일은 없으리라 생각하며 소문만 주워들었던 입장이었지만, 무슨 팔자인지 소문의 장본인을 눈앞에 두고 있다.

그리고 질문받은 것이다. ──자신을 위해서 죽을 수 있느냐고.

"_____."

그 물음의 진의가 체샤에게는 확실하지 않았다.

애초에 이렇게 용차에 탄 것은 바퀴를 뺄 때 도움을 준 데에 답례를 하고 싶다며 저택에 초대받았기 때문이다. 물론 체샤에게 거부권은 없었다.

따라서 한때뿐이라고 단념하고 빈센트의 맞은편 자리에 앉은 순간, 처음의 질문을 받은 장면으로 도달한 것이다.

이미 침묵은 십여 초에 이르렀으며 이 시점에서 충분하고도 남을 만큼 불경하다고 할 수 있다.

상대는 머리 위에 있는 존재를 넘어서, 말 그대로 천상의 존재다. 애초에 뭐라 대답해야 할지도, 뭐라고 대답하길 바라는지도 뻔히 아는 질문이었다.

당연히 원하는 대답은 '할 수 있다'는 한마디.

체샤 또한 이 제국에서 살아가는 신민 중 하나로서 장래의 폭군이 될 가능성을 숨긴 황제의 역린을 건드리지 않기 위해 절대적인 충성과 영원한 예속을 맹세해야 할 상황이다.

그렇기에 체샤는 분수에 맞지 않은 거리에서 마주 보는 황제에게 깊이 고개를 조아리고——.

"——죄송합니다만, 그건 할 수 없겠군요."

절대로 해서는 안 될 대답을, 하고 말았다.

고개를 숙인 자세로 체샤는 어리석은 말을 떠든 자신을 저주했다. 동시에 또 저질렀다고 자제심이 부족한 자기 머리를 감싸 안고 싶어졌다.

이 성급한 성격 때문에 고향에서도 따돌림을 당하다가 추방당하는 처지가 되었다. 고쳐야지 고쳐야지 몇 번이고 타일렀지만 성질은 고칠 수 없다.

결국에는 가장 해서는 안 될 상대에게, 가장 해서는 안 될 대꾸를 했다.

자신의 어리석음으로 신세를 망친다는, 가장 바보 같은 죽음이다.

하지만 자신을 위해서 죽을 수 있느냐는 거만한 질문에 바라는 답을 바란 대로 주는 뻔뻔한 짓, 도저히 할 수 없었다.

마음이 꺾이고 자신이라는 긍지가 죽는다면, 생명이 있어도 죽은 거나 다름없다.

볼라키아 제국의 방식은 별로 좋아하지 않았지만 자신도 일단 제국 남자였다.

그렇기에 이 답에도 후회는 없다.

어쩌면 단두대에 올랐을 때 후회할지도 모르지만——.

"그러면 된다. 이후에도 그런 마음가짐으로 나를 섬겨라."

"——네?"

"대답을 할 생각이라면 어미를 올리지 마라. 물음표를 붙인 것처럼 들린다."

"송니이 실수해서 그렇게 들린 것이 아니라, 정확하게 그렇게 말한 것입니다. 소인을…… 처형하시지는 않겠다는 말씀입니까?"

"방금 징용한 자를 말이냐? 무슨 의미가 있다고."

정면의 빈센트가 한쪽 눈을 감고서 언짢게 눈썹을 찡그렸다.

방금 나온 충성을 맹세하지 않는 발언보다 되물음 쪽에 심기가 불편해진 것은 납득이 가지 않지만, 체샤는 자기 입장에 관해 냉정하게 생각을 고쳤다.

어째선지 빈센트는 방금 체샤의 무례를 못 본 척해 주려는 모양이다.

그뿐만이 아니라 아무래도 체샤를 신하로 등용하려고 생각 중인 듯했다.

"아뇨, 역시 의미를 모르겠습니다만? 황자님은 지금부터 목숨을 빼앗을 상대에게 그런 악취미적인 농담을 하시는 걸 좋아하시는지요?"

"네놈이야말로 어째서 고집스럽게 나한테 죽고 싶어하지? 그편이 훨씬 더 이해 못 할 일 아니냐."

"외람되오나 황자님은 거역하는 자에게는 자비가 없는 분이라고 널리 알려진지라."

입에 담은 뒤에 이 또한 해서는 안 될 종류의 말이라고 자신을 나무랐다.

그러나 한 번 무례를 저질렀으니 어디까지 저지르든 오차 범위다. 여기까지 왔으니 체샤는 자기 생명을 저울에 싣고 뻔뻔스럽게 나가기로 했다.

책을 즐기듯이, 새로운 지식을 쌓듯이, 떠오른 이론을 실천하듯이, 이 황자가 무엇을 생각하고 있는지를 해명하고 싶다.

그 결과로 죽는다 해도 어쩔 수 없다.

그렇게 자포자기로 받아들일 수도 있는 심경에 돌입한 체샤에게 빈센트는 "아아." 하고 납득이 간 듯이 끄덕였다.

"일전의 반란 이야기라면 멸족은 응당 해야 할 본보기다. 훗날 같은 생각을 하는 놈들이 나타나지 않게 목줄이 필요하지. 두려움이란 타인을 복종시키는 데에 가장 효과적인 수단이다."

"처음에 반란 조짐을 보인 신하, 그 병사를 갈가리 찢어 모조리 길에 늘어놓은 것도?"

"죽어야만 하는 생명이라면, 그 생명은 최대한의 효과를 발휘해야 마땅하다. 사람이란 효율적으로 죽어야 해."

용차 안에서 턱을 괴고 그리 대답하는 빈센트. 그 장렬한 사고 방식과 실현력에 체샤는 조용히 말을 집어삼켰다.

체샤가 화제에 올린 것은 빈센트가 가신의 반란을 진압하기에 이른 최초이자 최대의 결정타── 적 선견대의 참사와 그 시체의 잔학한 대우였다.

산 채로 찢긴 고통 어린 주검이 전장에 진열되고 포로가 된 자들 모두가 같은 꼴을 당한다는 소문에, 궐기한 간신에 내응할 터였던 다른 신하들은 사전에 맺었던 밀약을 저버리고 관망을 유지했다.

유일하게 퇴로가 없었던 최초의 간신은 피에 젖은 책략을 구사하는 빈센트에게 도전했다가 다른 병사들과 같은 지옥을 맛보며 죽었다. 그 일족 도당도.

당연히 그 행위가 퍼지면 빈센트 아벨쿠스란 자못 잔혹하고 피에 굶주린 황자이겠거니 인식되기 마련이지만──.

"──혹시, 그 소문도 본인께서?"

"적어도 네가 나를 과도하게 두려워한다면 내 바람에서 벗어나지 않았지."

"아하, 그건 또 참……."

더더욱 열두 살 같지 않은 빈센트의 발상에 혀를 내둘렀다.

그와 동시에 체샤는 설령 빈센트에게 무례를 용서받았다고 해도 자신은 그가 바라는 역할을 완수하지 못하리라는 생각 또한 들었다.

"내가, 너에게 무엇을 바란다고 생각한 거지?"

체샤의 속내를 읽은 것처럼 빈센트가 다음 질문을 던졌다.

처음 질문보다 애매하고, 더구나 체샤 본인의 내면에 물을 필요가 있는 수수께끼. 바라는 역할을 완수하지 못한다고 생각했다면, 빈센트가 무엇을 바랄 것으로 체샤가 생각했는지는 밝혀야 마땅한 법.

그러나 난제였다.

황자의 신분이면서 언젠가 제국에서 피하기 어려운 의식에 도전하게 될 빈센트. 그가 일개 제국민에 불과한 체샤에게 무엇을 바랄까.

"소인이 할 수 있는 건, 도랑에 빠진 바퀴를 빼는 데에 도움을 드리는 정도지요."

"그거면 된다."

"호오, 앞으로도 소인의 힘이 필요하다 여기실 만큼, 몇 번이고 거듭 도랑에 빠지실 요량이십니까?"

몹시 도발적이고, 불경도 여기까지 이르렀나 자화자찬하고 싶어지는 말투.

하지만 빈센트는 그 말에 표정도 안 바꾸고 대꾸했다.

"그렇다. 앞으로도 나는 수도 없이 도랑에 빠지게 될 테지. 그것을 전부 피할 수는 없다. 하지만 도랑에 떨어져서 빠져나오지 않으면 죽음만이 기다릴 것이야. 떨어진 도랑에서 빠져나올 수단은 얼마든지 필요하겠지."

"수레바퀴 얘기 중이지 않았느냐고 묻고 싶습니다만."

"나는 처음부터, 이야기의 본질을 위장하며 말을 나눌 생각은 없었다.”

터무니없는 이야기를 듣는 중이다. 체샤는 목숨을 위협받은 것과는 다른 오한에 비로소 자신이 상식을 초월한 존재와 대화를 나누고 있다는 실감을 느꼈다.

더해서 그 상대가, 어째선지 자신을 이상하게 높이 평가하고 있다는 것도.

이만큼 무례한 태도를 보이고 예의 없는 말을 하며 버릇없이 응수하는데도 목숨을 취하지 않고 있으니까.

그것은 체샤에 대한 평가라기보다, 빈센트 본인의 신의에 의한 것일까.

어쨌든 간에 오늘 아침 허름한 숙소에서 깼을 때는 상상도 못 하던 전개다.

“_____.”

턱을 괸 빈센트는 침묵한 체샤의 태도에 한쪽 눈을 감았다.

왠지 모르게 상대의 기를 죽였다는 감개에 잠겨 있는 것처럼 보이기도 하는 얄미운 태도. 더 이상 저항해도 헛일이라고, 원망스럽게 상대를 마주 보다가 문득 깨달았다.

“황자님은, 두 눈을 동시에 감지 않으시는군요.”

“그거다.”

“예?”

뾰족한 턱에 손을 짚은 체샤가 별 생각 없이 언급한 말에 빈센트가 끄덕였다.

그 기적의 의미를 알지 못한 체샤가 갸웃거리자 답이 나왔다.

"내가 너를 처형하지 않는 이유를 원한다면, 그게 이유다."

그걸로 설명을 마쳤다는 눈치인 빈센트를 보고, 납득이 갔다.

이 조숙하고 어른도 무색한 책략을 자유로이 구사하며 볼라키아 제국 황자로서의 자질을 유감없이 발휘하는 소년은, 그럼에도 열두 살이었다.

——주위가 자신과 비슷하게 영리하다고, 천진하게 기대하고 있으니까.

3

——치샤 골드.

그것이 빈센트에게 등용되어 아벨쿠스 저택에 맞은 체샤 트림이 받은 새 이름이었다.

"고향에는 가족이 있기에 이쪽의 이름이 널리 퍼지면 쓸데없는 말썽이 생길지도 모릅니다. 황자님이 걱정거리를 몰살해 주시면 이야기가 달라집니다만……."

"네놈은 어떻게든 내가 피에 굶주렸다 치부하고 싶나 보군. 설마 세간에 내가 『선혈황자』로 불리는 것은 네놈 소행인가?"

"글쎄요, 두려움을 이용하는 전략이라고 인식한 바. 들은 말로는 부모가 자식을 가르칠 때 거론한다더군요. 말을 안 들으면 선혈황자가 나타난다고."

"내가 나타난다 해서 어떻게 된단 말이냐. 아무것도 안 한다만."

"아뇨, 소인처럼 억지로 등용되는 게 아닌지? 오오, 두려워라."

"너무 입만 살면 네놈의 피로 그 허명을 진실로 만들어도 상관 없다."

빈센트와의 대화는 진담인지 농담인지 모를 종류였다.

필요하다면 빈센트는 타인의 생명을 소비하기를 개의치 않는다. 하지만 불필요하다면 그러지 않는다. 생명뿐만이 아니라 금전이나 현물이라도 마찬가지.

그에게는 평등하게, 모두 다 유한한 자원이다. 함께하며 이해했다.

이름을 치샤 골드라고 고친 것은 전한 대로 체샤 트림의 출세를 곱게 여기지 않는 고향 사람이 가족에게 누를 끼치지 않을까 불안했기 때문.

그렇다고 해서 가족이 무슨 짓을 당한다 해도 구하러 가고 싶은 생각은 없다.

박정하다 여기더라도 그것이 자신과 가족의 거리감이며, 결정적인 상황에 자신을 지켜 주지 않은 상대에게 할 수 있는 최대한의 배려였다.

참고로 성으로 받은 '골드'는, 빈센트를 거역했다가 멸족당한 간신의 것이다.

빈센트로서는 무례한 소리를 떠든 체샤에게 사소한 화풀이를 한 것일지도 모르지만, 그 바람에 세간에는 멸족한 골드 가문 사람을 한 명만 살려 두고 자기 곁에서 기르는 굴욕을 주고 있다는 소문이 돌아서, 그게 빈센트의 『선혈황자』로서의 지위를 더욱더 확고하게 만들었다.

한편, 이름 쪽은 비슷한 어감을 희망하자 빈센트가 한 음절만 고친 쪽을 제안했다. 거절할 이유도 없었던 데다가 아무래도 이 쪽은 해코지도 아니었던 듯해서 매우 안이하다는 생각은 하면서도 순순히 받아들인 바다.

아무튼 간에 체샤에서 바뀌어 『치샤』로서 다시 태어난 나날은, 머리만 굵어 사람 대하는 요령이 없어서 남에게서 경원당하던 치샤에게, 나쁘지 않았다.

정말이지 고향 마을과는 비교도 되지 않을 만큼 서책에 축복받고 과제도 많다.

적성이 없는 농사나 사냥 같은, 할 수 없는 일 때문에 부조리하게 멸시받는 상황과 멀어진 생활은 그것만으로도 천금의 가치가 있었다.

단──.

"다음 도랑이다, 치샤. 도움이 되어 봐라."

그렇게 말하고 용차의 바퀴하고는 차원이 다른 난제를 가져와서 해결 방법을 찾을 때까지 끝도 없이 논의를 꺼내는 빈센트에게는 고통받았다.

──빈센트의 무시무시한 점은 그 행동력이었다.

눈도 머리도 숫자는 같을 텐데, 빈센트에게는 세상이 어찌 보이고 어떻게 판단하는지 동시 병행으로 온갖 과제에 착수하고 있었다.

영지 내 온갖 문제의 해결에 뛰어다니는 것이 영주의 임무라고는 해도, 열두 살짜리 소년에게 요구하는 내용으로서는 가혹하단 말밖에 할 수 없어서 믿음직한 어른의 부재는 딱하기까지 했다.

그러나 그런 외부의 인상은 빈센트의 업무 능력 앞에서 싹 사라진다.

그리고 거기에 끌려다니는 치샤 또한 온갖 분야의 지식을 요구받기에 발을 멈추고 있을 겨를이란 없었다.

한 과제가 정리되면 바로 다음 과제가 나타난다. 과제 도중에도 다음 과제가 추가되어, 동시 병행으로 다른 난제에 골머리를 썩이며 아벨쿠스령은 변화해 갔다.

생활 방향이 변하면 처음에는 두려움이 강하던 영민의 자세도 경외로 변한다.

공포는 외경으로, 예속은 경애로. 빈센트에게는 그럴 자격이 있었다.

물론 그는 거기에 가치를 찾아내려고 하지 않았지만.

"치샤, 치수에 관해서는 충분히 배웠겠지. 그렇다면 그 무능한 대관은 직책을 해제하겠다. 지금까지 저지른 횡령 문제로 추궁해서 목을 쳐라."

"소인은 목을 치는 것이 과하지 않은지 생각하는 바입니다만."

"자기 잇속을 채운 만큼 일했다고? 너는 그렇게 말하는가?"

"소인이 다소 불리하겠군요."

"제 주머니에 챙긴 만큼 일했으면 못 본 척할 수도 있다. 그렇지 않으면 대가를 받아야지. 여러 번 위기감을 부추겨도 바뀌지 않는다면 내미는 손길도 자연히 동나기 마련이다."

과감한 판단과 결단력, 그 뒤에 숨어 있는 결벽성은 빈센트가 품고 있는 타인에 대한 기대의 반대급부이며, 부응하지 못하는 자가 나태하다 비난당하는 먼 원인이다.

그렇다고 해서 빈센트는 특별히 무능한 자를 싫어하는 능력주의인 것도 아니었다.

굳이 말하자면, 아마도 그는 능력주의가 아니라──.

"──자기 그릇에 걸맞은 소임을 다하면 족하다."

누구나 해이해지지 않고, 살아가는 데에 전력이기를 바라고 있다.

그 사실을 알면 자연히, 이 빈센트 아벨쿠스라는 소년에 대한 인상과 결벽스러울 만큼 완벽주의인 배경이 다르게 보이기 시작한다.

믿기 어렵게도, 빈센트에게는 확고한 자신감과 자긍심이 없는 것이다.

부족하다고, 늘 굶주려 있다.

부족하다고, 늘 한탄하고 있다.

부족하다고, 늘 저항하고 있다.

빈센트를 빈센트답게 만드는 원동력. 그것은 황자로서 혜택받은 입장에 태어난 것에 대한 감사가 아니라, 그 입장에 기대받은 역할을 완벽하게 다하겠다는 분노.

그리고 빈센트가 그렇게까지 격렬한 감정을 품은 이유가──.

"──스트라이드 볼라키아라는, 혐오스러운 남자가 있다."

빈센트를 섬긴 뒤로 얼마 뒤, 주군이 흘린 말에 치샤는 눈썹을 찌푸렸다.

다행이라고 할지, 빈센트의 안목이 옳았다고 할지, 치샤는 그럭저럭 바퀴를 도랑에서 끌어올리는 재능이 있었던 모양이라 지위를 유지해 왔다.

그렇다고는 해도 어영부영 끌려온 길이다.

이 지위의 좋은 부분과 나쁜 부분이 서서히 부각되며, 그 중 어느 쪽에 무게를 둘지 저울의 추세에도 복잡한 심경이었다.

빈센트가 업무와 무관한, 일종의 속마음 같은 것을 처음으로 드러낸 것은 마침 치샤가 그런 심경에 있었을 무렵이었다.

"스트라이드 볼라키아, 말입니까? 이쪽의 공부가 부족한 것이 겠습니다만 과문해서 들은 적이 없는 성함이라 생각하는 바."

"네 지식이 부족한 게 아니다. 오히려 알고 있었으면 목숨이 위태로운 부류의 화제지. 여하튼 볼라키아의 황족에서 존재가 말소된 남자니까 말이다."

치샤는 그렇다면 자신이 섣불리 아는 것도 위험한 것이 아니냐고 생각했지만, 이야기하기 시작한 빈센트를 막는 것은 지위상 어려웠다.

무엇보다 볼라키아 황족에서 추방된 인물에게 관심이 갔다.

"애초에 황족에서 빠져나가는 것이 가능하다고 여기지 않습니다만. 빠져나간다고 해도 피는 흐르고 있지요. 그렇다면 『선제의 의식』이 있지 않습니까."

제국의, 다음 시대를 다스리는 황제를 결정하기 위해서 거행

되는 『선제의 의식』.

황제의 자식들이 제국의 정점을 결정하고자 서로 죽고 죽이는 제국식의 극치라고 할 만한 의식이지만, 제국의 건국 이래로 내내 이어지는 엄연한 역사다.

황제가 되는 것은 마지막 한 명.

그렇지 않으면 볼라키아에 군림하는 황제의 증거, 『양검』을 손에 넣을 수 없다.

"일설에 따르면, 제위의 계승권을 포기하면 살아남을 수 있다는 얘기도 있나 봅니다만."

"그건 기만이다. 제위 계승권을 지녔음에도 의식에서 승리할 기개가 없는 이를 조속히 솎아내기 위한 감언이설에 불과하지. 따라서 네 의혹은 옳다."

"본래 볼라키아의 황족에게 추방이란 있을 수 없습니다."

"하지만 스트라이드 볼라키아는 그 있을 수 없는 처벌이 주어졌지. 그렇게 의식의 한 요인인 지위에서 벗어난 거야. 물론 그 뒤에도 『선제의 의식』이 막힘없이 진행된 이상, 그놈도 죽음을 면하지 못한 모양이지만."

평소 이상으로 차가운 빈센트의 눈빛에는 그 황족에 대한 경멸의 빛깔이 짙었다.

볼라키아 황족의 입장에서 쫓겨나 그 존재조차도 역사에서 지워진 스트라이드 볼라키아──. 그것은 자못 빈센트의 분노를 건드리는 존재이리라.

그는 책임져야 할 역할을, 주어진 능력을, 확실하게 완수하지 못한 자에게 자비가 없다.

"하오나 누구도 몰라야 할 존재라면, 어찌하여 빈센트 님의 지식에……? 어느 분인지 지위는 높고 입이 가벼운 분께 들으셨습니까?"

"변함없이 네 말버릇은 신분의 도랑을 불손하게 넘나드는군. 수기다."

"수기?"

"스트라이드 볼라키아의 수기다. 수정궁의 서고에 숨겨져 있던 것을 발견했지. 하긴 망언 부류가 적힌, 일독도 못할 만한 물건이지만."

어지간히 혐오감이 강한지 빈센트가 씁쓸하게 입술을 일그러뜨렸다.

웬만한 사항은 관용적으로 받아들이고 곱씹은 뒤에 판단하는 빈센트다. 그러기까지 사고의 흐름이 워낙 빨라서 다른 사람에게는 즉단즉결로 보이는 게 좋다고도 나쁘다고도 못할 문제지만, 그런 빈센트가 이렇게까지 부정적인 감정을 보이는 건 드물다.

"무슨 내용이 적혀 있었지요? 소인도 볼 수 있겠습니까?"

관심이 동했다.

단, 수기의 내용 자체라기보다 이 까다로운 주인을 이렇게까지 괴롭히는 사실 쪽에 목표가 옮겨갔음은 자각하는 바다.

그런 치샤의 내심을 아는지 모르는지 빈센트는 한쪽 눈을 감고 검은 눈동자로 이쪽을 쏘아보며 말했다.

"너에게는 보여주지 않는다. 관람자가 어쩌니 저쩌니 하는, 하찮은 망언의 시집 따위."

4

"이거 참 뭐든지 이것저것 이유가 있다고 여기고 생각이 지나친 것 아닌가요? 의외로 누구도 각하나 체샤처럼 미간에 주름을 잡아서까지 음모를 꾸미진 않는다니까요."

"──말투를 조심해 주셨으면 합니다. 그리고 소인의 이름은 치샤입니다."

"앗차차, 죄송합니다! 배우의 이름을 틀리는 건 더없는 무례! 크게 반성할 부분이에요. 치샤치샤치샤치샤치샤치샤치샤치샤!"

"────."

기세와, 좌우지간 기세만 가지고 떠들어대는 파란 머리 소년.

세실스 세그문트라는 이름의 이 소년은 과거 치샤와 비슷하게 빈센트의 안목에 들어 거두어진 존재다.

능력이 우수하고, 본인에게 그것을 살릴 각오가 있으면 등용한다.

출신이나 입장을 불문하는 빈센트의 방식이 반발을 부르면서도, 아벨쿠스령의 통치는 매년 호조가 이어지고 있다.

물론 교육 유무의 차이는 커서, 신분의 고하를 따지지 않는다해도 평민에서 우수한 문관을 모으기란 어렵다. 그렇기에 치샤의 고생은 좀처럼 줄어들지 않았다.

그러나――.

"무관에게 필요한 것은 싸움 실력뿐. 저는 거기에 추가로 무대 배우로서의 멋이 있어야 한다고 생각하지만 그 점에서 저는 양쪽 다 유일무이해서 말이죠!"

"대단한 자신감……. 그것을 표방할 만한 실력은 있는 눈치. 그것이 도리어 성가시다고도 할 수 있겠습니다만, 그 부분은 소인이 관여할 부분이 아니라서 말입니다."

떠드는 어린아이――. 실제로 예닐곱 살 연하다. 열여덟 살이 된 치샤가 보자면 그 표현이 맞지만, 공교롭게도 세실스에게는 나이 같은 귀염성이 없다.

외모나 행동거지의 이야기가 아니라, 그가 웃으며 자랑하는 기량에 관한 이야기다.

"―――."

치샤 본인부터 아벨쿠스 가문에 등용되어 경호와 호신을 위해서 무술을 배웠지만, 그쪽 방면의 자질은 평범한 수준이라 자각하고 있다. 자신의 몸을 움직이기보다 많은 수의 타인을 움직이는 쪽에 적성이 있다고.

그렇다고 해서 단련은 소홀히 할 수 없어서 향후에도 평생 계속할 필요가 있겠지만, 그런 무술의 학도 나부랭이의 눈으로도 세실스의 역량은 상궤를 벗어나 있었다.

지모에서 규격 외는 이미 만났었다.

하지만 무력에서 규격 외와도, 이렇게 만날 줄은 상상도 해 보지 않았다.

"그렇게 되면 더더욱 빈센트 님…… 각하는 이쪽에게 무엇을 바라시는지."

"오, 또다시 뭔가 생각하고 있네요, 치샤. 그럼 제가 답을 드리죠. 그런 건 말이죠. 복선이라고 하는 거예요!"

손가락을 척 들이민 세실스의 장담에 눈을 동그랗게 떴다.

치샤의 반응을 본 세실스는 들이댄 손가락을 거두더니 말을 이었다.

"혹시 모르시나요, 복선. 저기 말이죠, 복선이란 것은 이야기에서 중요한 정보를 중요한 줄 모르게 여기저기 숨긴……."

"복선이라는 단어의 정의는 알고 있습니다. 다만 여기서 그 말이 나오는 의도를 알 수 없다는 표정이, 소인의 지금 얼굴인 바."

"아아, 그랬었나요! 그렇다면 간단하죠. 말했잖아요? 뭐든지 다 의미가 있다고 고민하는 게 각하와 치샤의 공통점이라고."

기쁘게 웃으며 가슴 앞에 손을 맞대는 세실스. 그대로 손뼉을 친 손을 펼친 그는 빙글 그 자리에서 돌면서 자기 주위에 있는 모든 것을 가리켰다.

"만약 정말로 온갖 일에 의미가 있다고 치면! 지금 이 순간에 해명할 수 없는 그것은 전부 장래의 전개에 이용될 복선인 거죠! 이렇게 가슴 설렐 수가!"

"용도를 알 수 없는 자금의 흐름이나, 소유자를 알 수 없는 축재의 존재는 미래에 대한 복선이 아니라 부정부패 및 뇌물이 횡행하는 증거라고 생각합니다만."

"그건! 제대로 현시점에서 답을 알 수 있는 거잖아요! 제가 말하는 쪽은 그럴 수 없는 거 말예요. 치샤는 머리가 좋으니까 제대로 들어줘야죠!"

회전하는 발을 우뚝 멈추고 눈썹을 곤두세운 세실스가 항의했다.

어째서 자신이 혼나는지 석연치 않은 기분이 들면서도 치샤는 세실스의 그 생각에 약간, 아주 약간 구원받았다.

빈센트에게 중용받아 그 요구에 부응하고자 일하면서도 머리 한구석에는 항상 어째서 자신이 등용되었느냐는 의혹이 있었다.

몇 년이나 지나서 빈센트의 인품을 알고도 그것은 해명할 수 없었다.

왜냐하면 그것은 빈센트의 문제가 아니라, 치샤 본인의 문제이기 때문이다.

그 고뇌의 답을 내지 못한 채로 빈센트 옆에 남아 있는 것은 정신적으로 매우 고역이었지만——.

"……자칫하면, 소인의 존재도 복선이라는 뜻입니까."

"오오? 곧바로 잘 써먹네요. 역시 똑똑한 분이 이해력이 빨라! 그런 점은 존경할 만해요, 저는 절대로 같은 짓 못하지만요!"

"존경한다 할 거면 이쪽을 부를 때에 경칭을 붙여야 하지 않을지? 이쪽, 그쪽보다 연상이고 손윗사람에 선배입니다만."

"왜 이래요. 친구를 그렇게 부르면 거리가 멀게 느껴지잖아요. 앞날을 생각하면 한 배를 탄 관계. 서먹서먹하게 굴지 말고 훌훌 털어 버리자구요!"

"친구……."

대놓고 말하고, 덤으로 어깨까지 두드리자 치샤는 할 말을 잃었다

유들유들하게 거리를 좁히는 방식도 그렇지만 가장 큰 이유는 자기 자신을 돌아봤다가, 친구라고 부를 만한 상대가 없었다는 사실을 깨달았기 때문이다.

"왜 그러세요? 아, 역시 '치샤 씨'부터 시작할까요? 처음에는 데면데면하다가 서서히 거리를 좁혀 나가고, 최종적으로는 대등한 사이! 이런 것도 나쁘지 않은 전개라고 저도 생각하니까 그쪽으로 방향을 트는 것도……."

"아뇨, 됐습니다. 각하는 어설퍼도 빠른 쪽을 귀히 여기시는 분인 바."

세실스의 헛소리를 꼼꼼하게 들었던 것은 아니지만, 최종적으로 도달할 지점이 같다면 거기에 이르는 길은 빠른 편이 바람직하다.

완전히 빈센트의 주의에 물든 감이 있는 자신의 생각을 야유하면서 치샤는 세실스의 자세를 부정하지 않고 받아들이기로 했다.

그의 방식대로 표현하자면──.

"당신이 각하의 희망에 도움이 되리라 기대하는 바. 당연히 그쪽을 거둔 것도──."

"당당히 도움이 되기 위한 복선이겠죠! 맡겨 주세요, 치샤. 저는 싸우는 재주 말고는 젬병이지만, 싸우는 상황에서는 타의 추종을 불허합니다!"

"그러면 됩니다."

가녀린 어린아이가 작은 가슴을 딱 펴며 내뱉은 호언장담이지만, 치샤는 비웃지 않았다.

빈센트의 안목과 자신의 안목에 따라 세실스 세그문트의 그릇에 걸맞은 응당한 장소를 그에게 선사한다.

그러고서──.

"──소인 또한 복선으로 기능할 날을 기다려야 하는 모양입니다."

그렇게 치샤는 나이 차이가 나는 친구에게 들은 역할을 자각하면서 중얼거렸다.

마침 그것은 빈센트 아벨쿠스가 참전하는 『선제의 의식』이 시작되기 2년쯤 전의 일이었다.

5

선제 드라이젠 볼라키아의 죽음에서 시작된 『선제의 의식』.

그 숨길 수 없는 자질을 이유로 다른 형제들이 눈엣가시로 여겨 한때는 집중 공격의 포위망에 처한 빈센트 아벨쿠스.

그러나 끝나고 보니 당초의 세평대로 빈센트는 주어진 기대와 쌓인 평가가 가리키는 대로 『선제의 의식』을 압도적인 강함으로 승리했다.

모든 형제를 말살하고 볼라키아 제국의 피의 관을 쓴 빈센트 아벨쿠스── 아니, 제77대 황제 빈센트 볼라키아의 탄생이다.

그런 빈센트의 승리에는 그의 부하인 치샤 및 세실스의 존재도 적지 않게 공헌했으리라. 하지만 진실로 치샤가 역할을 다하도록 요구받은 것은 『선제의 의식』에서 빈센트를 승리시키기 위한 한 수가 아니라——.

"——여동생분은 무사히 멀리 피신하신 모양. 매섭고 분방한 성격인 분이기는 합니다만 자신의 처지는 이해하시겠지요. 일단 마무리가 된 줄로 압니다."

집무실, 그것도 제도 루프가나의 수정궁에 있는 방이다.

국정의 정점에 위치하는 황제가 이용하는 그 방에서 낯익은 얼굴이 자신을 쳐다보는 상황에서 평정을 지키며 드나들려면 얼마간 시간이 필요하리라 치샤는 짚고 있었다.

물론 정작 황제 본인은 그만큼 권위 있는 의자에 앉는다 해도 평소의 기색을 무너뜨리는 티도 내지 않았다. 『선제의 의식』의 승리가 확고하다고 확신했을 때도 달성감으로 웃음 하나도 내비치지 않았다.

빈센트는 웃지 않는다. 적어도 황자나 황제일 동안에는.

황자가 아닌 순간이라면 그 입술의 힘을 풀고 성격 나쁜 웃음을 띨 때도 있었다. 하지만 앞으로는 그런 기회도 격감할 것이다.

황제가 되었다. 그리고 황제가 황제가 아닌 순간은 그가 용납하지 않으리라.

——아니, 오직 한 부분에서만 그렇지 않은 순간을 공유할 수 있는 사람이 있었지만.

"프리스카 님을 살릴 방법을 요구하셨을 때, 소인은 귀를 의심했습니다."

아무도 달리 엿듣는 자가 없다는 전제로 치샤는 이 볼라키아 제국에서 생긴, 본인도 가담한 제국 최대의 비밀을 입에 담았다.

『선제의 의식』결판과 동시에 새 황제의 탄생이 포고되었다.

그러나 실상 제위 계승권을 가진 황족이 마지막 한 명이 되어야만 하는 의식에서, 그 완수는 이루어지지 않았다. ──마지막 두 명이 남아 있다.

빈센트 아벨쿠스. 프리스카 베네딕트. 이렇게 두 명이.

스스로 독배를 들고 목숨을 잃은 비운의 공주로 전해지는 프리스카 베네딕트.

실제로 그녀는 독을 마셨지만 목숨을 잃지 않았다.

그녀가 독을 마신 것은 잔을 통해서가 아니라 주인을 염려한 나머지 구명의 가능성에 매달린 시종을 구하기 위해서다.

독은 프리스카의 심장을 한 번 멈추고, 다시 고동을 일으키는 사이에 모든 것을 끝냈다.

『선제의 의식』은 끝나고 프리스카 베네딕트는 무덤 아래에 묻혔다.

빈센트 아벨쿠스는 황제가 되고 프리스카 베네딕트는 그 이름이 아닌 다른 존재가 되어 목숨을 부지한다──.

"만약 소인이 예로부터 제국을 섬기는 가문 사람이라면, 각하의 희망을 말도 안 일이라며 간언했을지도 모르겠군요. 하나 소인은 평민 출신인 바."

침묵을 고수하는 황제, 빈센트의 속내는 헤아릴 수 없지만 행동은 명확하다.

원래부터 빈센트에게 다수 존재하는 형제자매 중에서 프리스카는 특별했다.

재기라는 점에서 프리스카는 치샤의 눈으로도 유달리 빛났지만, 빈센트가 나이 차이가 나는 여동생에게 주목하던 것은 재주만이 이유는 아니리라.

오만불손을 그림으로 그린 듯한 프리스카도, 빈센트에게는 경의를 보내고 피를 나눈 오빠에게 마땅한 태도로 대했다고 생각한다.

그렇게 서로를 인정하며 다가가도 공존을 용납하지 않는 것이 『선제의 의식』이며, 볼라키아 황족의 숙명──. 그것이 빈센트의 손으로 깨졌다.

그것이 치샤로서는 통쾌했고, 무엇보다 안도했다.

주어진 입장과 역할 속에서 완벽한 능력을 발휘하는 것이 빈센트의 방식이다. 그런 그가 프리스카를 살렸다. 생존이 알려지면 자신의 위치가 위태롭고, 지금까지의 황제가 쌓은 제국민의 신뢰라는 기반을 잃을지도 모르는 폭거를 무릅쓴 것이다.

볼라키아 황제로서 무슨 핑계를 대면 정당화할 수 있을까.

못 할 것이다. 당연하다. 그것은 합리적인 판단으로 내린 지시가 아니었다.

그것은 감정적인 소원이며, 희망이고, 기도였다.

빈센트 아벨쿠스는 사랑하는 동생을 죽이고 싶지 않았다.

그렇기에 프리스카 베네딕트는 살았으며 빈센트는 거짓된 관을 쓴 것이다.

　그것이 치샤에게는 통쾌했다.

　프리스카가 살았기 때문이 아니라, 프리스카를 살리고 싶다고 빈센트가 생각하고 그걸 위한 장애—— 도랑에 빠진 바퀴를 빼는 방도를 치샤에게 요구했기 때문이다.

　"복선, 이었던가요."

　『선제의 의식』이 시작되기보다 이전, 세실스가 언급한 헛소리가 머리에 스쳤다.

　그 순간에는 의미를 찾아내지 못한 채 단순히 샛길이나 헛수고로 여겨지는 일이라도 나중에 가서 모종의 의미를 발견한다. 그 때문에 있었던 거라고 납득이 된다.

　자신이나 치샤의 존재는 그런 미래를 향해 놓은 포석일지도 모른다고.

　"뭐, 세실스의 얘기가 적중했다고 인정하는 것은 매우 떨떠름하고, 본인에게 말하면 우쭐댈 것이 눈에 선하니 영원히 말하지 않겠습니다만."

　"이전부터 그랬지만 요즘은 갑자기 생각에 잠길 때가 많군. 색이 빠져서 짐의 시중을 들며 기른 것도 송두리째 빠졌나?"

　"의외로 죽음의 수렁을 헤매던 뒤부터는 상태가 좋은지라."

　불경인 줄 알면서도 치샤는 빈센트 앞에서 어깨를 으쓱였다. 입장이 달라진 황제는 곁에 다른 자들만 없다면 그 태도를 나무라지 않는다.

── '짐'이라고 자칭하기 시작한 빈센트의 검은 눈에 비치는 치샤의 모습은 그 지적대로 색이 쏙 빠져서 하얗게 변해 있었다.

『선제의 의식』 도중, 죽음의 수렁을 헤매다가 돌아온 일의 영향이다.

날 때부터 검었던 머리카락은 하얗게 물들고, 그 이후로 왠지 모르게 검정으로 갖추고 있던 의상을 정반대의 하얀색으로 통일했다. 애용하는 철선도 바꿔 칠해서 전신을 하얗게 갖추는 철저한 모습이다.

물론 그냥 도락 삼아 그런 것은 아니었다.

죽음의 수렁을 헤매며 자신의 색을 잃는 처지가 된 치샤에게는 기묘한 '재주'가 싹텄다. 타인의 색에 물드는 그 '재주'를 다루려면 평소부터 의식할 필요가 있다.

자신은 무슨 색에도 물든다는, 그런 자기 암시를 위해서 필요한 조치였다.

어쨌든 그 '재주'의 자세한 내용에 관해서는 빈센트 상대로도 덮어 두고 있다. 물론 입이 가벼운 세실스나 관계가 희박한 다른 이들, 그 누구에게도 밝히지 않았다.

비밀병기, 비장의 수, 숨겨 둔 한 수라는 것은 한두 장쯤 준비해 둬야 하는 법이다.

물론──.

"각하께서 지금까지 애썼다고 소인을 해방해 주신다면 그런 책모도 필요가 없어진다고 생각하는 바입니다만."

"만약 네가 짐이라 치고, 이 제국의 숨겨야 할 가장 중요한 사실을 아는 너를 살려서 방출하고 평온하게 밤을 보낼 수 있으리라 생각하나?"

"만약을 가정한 이야기를 더 예상하는 것은 다소 좋은 버릇이 아닙니다만, 성을 떠나기 전에 이 목이 떨어지는 것이 말로겠지요."

"그걸 알고 목숨이 아깝다고 생각한다면 얌전히 섬기고 있어라. 네가 짐의 도움이 된다고 증명할 수 있는 동안에는 그 머리와 몸통을 붙여 두지."

책상에 턱을 괸 빈센트가 불손하게 말을 뱉었다.

양쪽 다 진담이라고는 말하기 어려운 너스레의 응수지만, 타인을 상대로 말이 부족한 황제인 만큼 이렇게 입 밖에 꺼내서 확인해 둘 필요도 있다.

그에 따르면, 아무래도 치샤 골드의 위치나 요구받는 역할은 빈센트가 황제가 되더라도 변하지 않은 것 같지만——.

"어쩌면 신성 볼라키아 제국의 본질은 변할지도 모릅니다."

이미 볼라키아 제국의 절대적인 상징인 『양검』의 빛은 배신당했다.

건국 이후로 이어지던 『선제의 의식』이 이전과 다른 형식으로 종착을 본 이상, 앞으로도 그 정체성을 크게 바꿔 가리라.

그 길을 거니는 것은 자신의 소망을 우선하여 여동생을 구하는 쪽을 택한 빈센트다.

지금까지 거닌 길과 달리, 앞으로의 길이 개척된다. 그 사실과 기대에 치샤는 자신이 슬며시 설렌다는 사실을 알아차렸다.

하지만 표정에도, 말에도, 태도에도, 그것을 절대로 드러내지
않는다.

친구의, 세실스의 안 좋은 영향이라고 자각이 있는 부분이었
으니까.

6

──하루하루는 정신없이 흘러간다.

과거에 존재하던 『구신장』 제도의 부활, 제국 귀족들의 관위
재설정.

감투가 유명무실해지면서 역사만으로 높은 지위를 받던 자들
이 일소되고, '검에 꿰뚫린 늑대'의 국기를 든 볼라키아 제국의
정체성을 안팎으로 철저히 다진다.

밖에서 보면 빈센트 볼라키아의 통치는 그때까지의 제국 역사
와 크게 다를 바 없이 여겨졌을지도 모른다.

그러나 실상은 전혀 달랐다. 무대 뒤를 아는 쪽은 그 사실을 여
실히 체감하고 있었다.

이윽고 제국의 많은 이들도, 그리고 바깥 나라 사람들도 알게
되리라.

빈센트 볼라키아가 제국을 다시 만들고 고쳐 나가는 것이 얼마
나 장대한 일인지.

무익한 다툼은 없어지고, 부조리한 생사결은 흥을 낼 일이 게
아니게 된다.

강함의 증명은 개인의 무위로는 성립할 수 없어지고, 분수에 맞지 않은 야심을 품은 자는 진실로 야심을 이루는 일의 어려움을 자신의 목숨으로 증명하게 된다.

 '강하다'는 것의 기준이 다시 칠해지는 공정을 보는 것만 같았다.

 물론——.

 "제가 제1위고 아냐가 제2위, 오르바르트 씨가 들어오고 치샤가 제4위라. 각하의 안목도 제법 나쁘지 않지만 치샤의 안색은 밝지가 않네요?"

 "이쪽이 제4위라는 것은, 다소 의자 감촉이 불편하게 느껴지는바. 세실스도 알다시피 소인은."

 "싸움 실력은 젬병이라. 그거야 뭐 심정은 이해한다거나 이해해 보겠다고 일절 말하지 않겠지만, 이것이 각하가 통치하는 세상에서 서열을 정하는 방식이겠죠. 기준이 혼재되면 뭐가 뭔지 골치 아프겠지만, 저는 자못 긍정적이에요."

 "그건 어째서? 자신이 확고부동한 제1위라는 이유 말고."

 "선수를 빼앗겼어! 그게 가장 큰 이유죠. 하지만 그게 다는 아녜요. 치샤를 그 자리에 앉히는 것은 다른 관점이 있어서라고 생각하거든요."

 "관점이라…….그건 즉, 싸우는 법에 관한 관점으로 이해해도 되는지?"

 "대강은요. 확실히 저와 치샤가 붙으면 눈 깜짝할 새에 치샤가 죽겠지만, 만약 치샤에게 천 명의 부하가 있는 상황에서 시작하면 어떻죠? 천 초 걸릴 수도 있죠!"

"걸리지 않을 터건만. 다만 말뜻은 이해하겠습니다. 소인이 천 초를 버는 사이에."

"각하나 다른 누가 목적을 달성하면 되는 거죠. 이 세상의 주연 배우인 저의 가장 큰 결점은 제가 이 세상에 한 명밖에 없다는 점 이니까요."

지위를 얻어도, 제국의 정체성이 변화해도 그 심성을 전혀 바 꾸지 않은 이도 있다.

그러나 세실스는 가장 오랜 시대, '강자'가 무엇 때문에 볼라 키아 제국에서 누구에게나 존경을 모았는지, 그 최초의 이념을 지니고 있었다.

본인에게 인망이 없고, 누구에게나 호감을 사는 성격도 아니 며, 누구의 견본이 될 뒷모습을 가진 인물도 아님은 온 제국의 누 구나 아는 바다.

그럼에도 제국 최강이 누구냐고 물으면 누구나 자기 일처럼 가 슴을 펼 수 있다.

세실스 세그문트야말로 제국 최강의 존재라고.

그런 세실스 상대로 사람을 모으면 천 초 벌 수 있다고 간주된 다는 것이, 치샤가 제4위라는 『구신장』 중 한 자리를 고사하지 않아도 되는 이유이기도 했다.

그 때문에 치샤는 과대평가라고 여기면서도 그 지위와 역할을 감내하고 있는 것이다. 대부분의 경우엔 그걸로 잘 돌아가고 있 다.

문제가 있다고 치면——.

"——야아, 이—거 안녕하신지, 치샤 일장. 오늘도 일진이 좋은데요."

슬쩍 미소를 짓고 친근하게 말을 거는 인물.

『별점쟁이』를 자칭하며 수정궁 출입이 허가된 그 존재에 대한 섬뜩한 감각만이 모든 게 순풍을 받으며 돌아가는 것처럼 보이는 제국 속에서 하얀 자기 몸에 흑점처럼 느껴지는 것이었다.

——그때 든 섬뜩한 감각이 틀리지 않았음은 몇 년 후에 증명되었다.

"——『대재앙』이 찾아온다는 천명이 내려왔습니다. 각하, 유감입니다."

황제의 집무실 중앙, 본래라면 여기에 있어서는 안 될 그 남자는 마치 진심으로 얌전해진 듯한 표정으로 선고했다.

『별점쟁이』우비르크의 말에 동석한 치샤는 눈썹을 찌푸렸다.

"……『대재앙』?"

들은 적이 없는 말임과 동시에 결코 좋은 예감이 들지 않는 말이기도 했다.

거대한 재앙이라고 부를 정도다. 어지간한 수준의 재해가 아니겠거니 예상이 간다. 다만 치샤의 신경을 건드린 것은 우비르크가 그에 덧붙인 한마디.

어째서 이 남자는 빈센트에게 유감이라고 덧붙였는가.

"우비르크 님, 『별점쟁이』의 신뢰성에 관해서는 이쪽도 의심하지 않습니다. 여태까지 수없이 반란과 재해, 국내에서 일어나는 사태에 관해 사전에 알아맞히셨지요. 우비르크 님의 예언으로 피해를 억제한 사례도 적지 않은지라."

"황송합니다, 치샤 일장. 다―만, 한 가지만 정정을. 저는 예언 같은 건 안 했습니다. 어디까지나 별의 속삭임을 전했을 뿐이죠. 제 공적이 아닙니다."

"……우비르크 님의 생각은 존중하는 바. 당연히 그 『대재앙』이라는 것에도 대응 준비가 필요하겠지만, 무슨 일이 일어나리라 예상되는지 여쭈어도?"

직전까지 얌전하던 표정이 돌변, 치샤에게 답하는 우비르크의 표정은 웃음을 본떴다.

『별점쟁이』를 자칭하는 우비르크의 역할은 기도사나 점술사에 가깝다.

단, 우비르크가 하는 예언의 정밀도는 수준이 다르게 높아서, 사기의 신빙성을 높이기 위한 연기가 강하다고 느껴지는 기도사들과는 일선을 긋고 있었다.

그런 만큼 우비르크 본인의 성격과 얼마나 관계가 있는지, 다소 완곡한 표현이거나 자세한 내용이 애매한 부분이 많이 보이는 것이 결점이기는 하다.

그러나 실제로 치샤도 말한 대로 우비르크의 제언을 발단으로 인재와 천재지변을 불문하고 큰일로 번지지 않게 정리한 사태도 종종 보였다.

수정궁 출입이 허가된 것도 그 능력을 빈센트가 높이 샀기 때문.

치샤로서는 정체 모를 우비르크를 중용하는 데에 관해서 그다지 긍정적이지는 않았지만, 쓸 수 있는 것이라면 쓰는 것이 빈센트의 자세다.

　『선제의 의식』에서 죽은 형제자매를 섬기던 신하를 등용한 것도 그렇다. 능력은 손에 꼽는다고 해도 재상 벨스테스를 곁에 두다니 일반적으론 생각할 수 없는 짓이리라.

　물론 그 재상은 뜻밖에도 제국에 대한 신의가 강해서, 빈센트가 빈센트인 채로 있는 한 적의를 드러낼 우려는 없다고도 할 수 있는 인물이지만.

　어쨌든——.

　"『대재앙』이라고까지 말한다면, 물리치는 것도 자못 고생할 테지요. 다행히 세실스도 아라키아 일장도 손이 빈 참…… 뭐, 그 두 사람은 멀리 두면 위태위태하니 거의 항상 비어 있다고 할 수 있습니다만……."

　"——멸망이에요, 치샤 일장."

　"음?"

　세실스와 아라키아, 사연이 있는 제1위와 제2위의 얼굴을 떠올리고 울적한 기분에 젖으려던 치샤를 갑작스러운 말이 현실로 되돌렸다.

　찌푸린 눈썹을 더욱 찌푸린 치샤는 다시 한번 우비르크에게 발성 기회를 주었다.

　그 반응에 우비르크는 "그러니까." 하고 운을 떼더니 확언했다.

　"다가오는 것은 멸망이에요. 치샤 일장. 『대재앙』이란, 볼라키아 제국을 붕괴시키는 파멸의 한 수. 햇빛조차 닿지 않는 멸망을 초래하는 존재. 그—렇다고는 해도."

"_____."

"원래부터 『양검』은 완전히 다룰 수 없다. 그—랬지요?"

그 말을 들은 순간, 빈센트 뒤에 시립해 있던 치샤는 방 한복판에 뛰어들어 뽑은 철선을 우비르크의 목에 겨누고 그 자세를 무너뜨렸다.

그대로 지면에 쓰러뜨린 우비르크의 머리에 철선을 힘껏 가격하려고—.

"—그만, 치샤. 죽여도 의미는 없다."

"하오나, 각하. 이자는 알아서는 안 될 사실을 알고 있는 모양. 설마 각하께서 말씀하셨습니까?"

"멍청한 것. 짐이 광대 상대로 말실수를 할까 보냐. 애당초 그것도 저자에게 말하라면 별에게서 배웠다고 하겠지."

"파하하, 맞아요. 어차차, 저 지금, 죽을 뻔했답니까?"

우비르크가 맞기 직전에 멈춘 철선을 손가락으로 찌르며 어설프게 웃었다.

치샤는 그 모습을 내려다보며 정말로 처치해야 되지 않나 잠시 고민하다가, 깊은 한숨을 내쉬더니 뒤로 크게 물러섰다.

"실례를 사과드리는 바. 그렇다고는 해도 부주의한 발언은 삼가 주시지 않으면, 다음에도 소인의 손이 멈출지는 보증할 수 없군요."

"콜록, 그건 제가 실수했네요. 과연 『구신장』 중 한 분, 문관 기질이라 불려도 기술의 예리함은 완전 전사였어요.”

“빈말은 됐습니다. 그보다도——.”

말을 중간에 끊은 치샤가 시선을 우비르크에게서 떼고 뒤로 돌렸다.

거기에는 『별점쟁이』를 맞이했을 때부터 변함없는 자세인 빈센트가 자신의 집무를 행하는 큰 탁자 앞에 앉아서 두 사람을 보고 있었다.

그 검은 눈을 본 치샤는 갑자기 그와의 만남을 떠올렸다.

가장 처음, 빈센트와 마주했을 때, 용차 안에서 이 정도의 거리였다.

어째서 갑자기 그때 기억이 난 것인가. 그것은 아마도 같은 심경이기 때문이다.

그때와 같은 심경으로 치샤는 빈센트에게 물어야 한다.

“각하, 방금 우비르크 님의 예언에 놀라시지 않은 모양. 그 진의에 대해 여쭈어도?”

“저기—제가 하는 말은 예언이 아니라…… 으.”

“실례. 다만 다음 기회는 없다고 충고하는 바.”

괜한 말참견을 하려던 우비르크의 뺨을 스친 철선이 벽에 꽂혔다. 살짝 베인 뺨에 핏방울을 매단 우비르크가 두 손을 들어 침묵을 맹세했다.

그쪽에 눈길도 주지 않은 채 치샤는 빈센트를 응시—— 아니, 노려보았다.

치샤의 안광에 빈센트는 한쪽 눈을 감고 말했다.

"재앙의 조짐에 관해서는 이미 그놈에게서도 보고가 있었다. 머잖아 올『대재앙』, 그것은 제국의 멸망을 초래하는 재앙이라는 관람자의 속삭임이 있었다더군."

"──어째서 그 시점에서 소인에게도 공유를…… 아뇨."

빈센트가 고한 내용에 경악하면서도 반론하려던 치샤의 혀가 멈추었다. 방금 빈센트가 입에 담은 말 중에 말 못할 공포를 느꼈다.

그것이 무엇인지 되새기던 치샤의 눈이 살짝 커졌다.

"각하, 이쪽이 잘못 들은 것이 아니라면, 이렇게 말씀하셨습니까? ──관람자라고."

그것은 이전, 훨씬 전, 몇 년이나 전에 한 번 빈센트의 입에서 들은 단어다.

빈센트가 가증스러운 존재라고, 혐오스러운 인물이라 부른 추방된 황족『스트라이드 볼라키아』──. 그 수기에 있었다는 단어.

그 단어를 지금 빈센트가 입에 담았다. 그것도『별점쟁이』우비르크와 관련된 단어로서, 훨씬 전부터 파악하고 있던 것처럼 자연스럽게.

"각하, 그 관람자란, 우비르크 님이 말하는『별』을 뜻한다 여겨도 되겠습니까?"

"……짐도 동일한 인식이다. 우비르크 놈이 말하는 그것은 관람자가 엿본 것을 고지하는 격이라는군."

"──그러면, 스트라이드 볼라키아 또한『별점쟁이』였다고 여겨도?"

"그 가능성은 높이 보고 있지. 다만 다른『별점쟁이』들과 자칭하는 것이 다른 데다가, 수기의 내용을 해독하면 스트라이드 볼라키아는 관람자를 적대시하고 있었어."

술술 설명되는 새로운 사실에 치샤는 빈센트에 대한 불만이 깊어졌다.

이 인물은 황제가 되기 이전에도, 황제가 된 후에도 자진해서 격무를 떠안고 있지만, 치샤와 공유하지 않은 부분에서도 그런 골칫거리를 떠안고 있었다.

그것을 치샤에게 숨기려면 그만한 노력이 필요할 터다.

그런 것에 노력을 할애할 바에는 처음부터 전부 공유해 주면 좋을 것을.

"진정하십쇼, 치샤 일장. 각하가 일장에게 말씀하시지 않은 것도 버젓한 이유가 있어요. 저는 그걸 존중했을 뿐이고요."

"다음 기회는 없다고, 소인은 그렇게 충고했다고 생각하는데요."

"알아요, 알아. 하─지만 각하가 말하기 불편하다면 제 쪽에서 하는 편이 좋지 않을까 해서. 치샤 일장을 동석시킨 것은 그 때문이잖아요?"

두 손을 든 자세로 우비르크가 치샤의 어깨 너머로 빈센트를 쳐다보았다.

그렇게 빈센트의 생각을 알고 있는 투로 행동하는 것도 신경을 긁지만, 빈센트는 우비르크의 제안을 기각하지 않았다.

그렇다면 치샤에게 그것을 기각할 자격은 없다. 그리고 이 이상 설명받지 못한 내용을 떠안은 채로 있는 것도 한계다.

"뜸 들이지 말고, 신중하게 말을 고르는 쪽을 권하는 바."

"배려에 감사합니다. 그럼 짧게 전달하지요. 제국에 초래되는 멸망의『대재앙』, 그건 말이죠."

뜸 들이지 말라고 충고했음에도 불구하고 우비르크는 거기서 한 번 말을 끊었다.

그러나 우비르크에 대한 분노보다 그 뒤에 이어질 말에 대한 관심이 앞섰다. 따라서 우비르크는 충고를 무시한 벌을 받지 않은 채로 뒷말을 이었다.

그것은──.

"──빈센트 볼라키아 각하의 죽음, 그것을 신호로 시작되는 천명이에요."

7

뻔뻔한『별점쟁이』가 퇴실하고 집무실에는 제국의 정점과 심복만이 남았다. ──아니, 치샤는 그 자기 인식이 옳은지 이미 자신감이 없었다.

속내를 밝히지 않는다면 심복이라 부를 수는 없지 않겠는가.

의외로『별점쟁이』가 듣던 광대라는 험담은 자신에게 어울릴지도 모른다.

"각하로 분해서 뒤바꾸어도『별점쟁이』는 이쪽에게 다가오지 않았지요. 그건 혹시, 각하께서 지시하신 겁니까?"

"덮어 두던 사항을 섣불리 발설하면 책모가 기능하지 않게 된다. 그렇다면 그자의 실수를 미연에 막는 건 당연한 일이지."

"그럴 테지요. 소인도 똑같이 생각했습니다."

결탁 정도는 아니지만, 자유롭게 행동하는 것처럼 보이던 우비르크도 빠짐없이 빈센트의 목줄을 차고 있었다는 뜻이다.

거기에는 두 사람 사이에만 주고받은 『대재앙』을 둘러싼 밀약이 관계하고 있었다.

그러나──.

"모르겠습니다. 무엇 때문에 소인에게도 그 내용을 덮어 두셨는지."

"──쓸데없고 번잡한 고민을 제거하기 위함이다."

"쓸데없고 번잡……."

"알고 나면 짐을 구하겠다는 생각이나 하겠지. 하지만 그것은 무의미한 고민이다."

고개를 가로저은 빈센트는 일절 주저 없이 단언했다.

달려 있는 것이 자신의 목숨이라도 사실을 앞두고 빈센트는 겁먹지 않는다. 그러나 그 본인의 납득과 치샤의 납득은 다른 차원의 이야기다.

"각하의 생명을 최우선으로 여기는 것은 당연한 귀결이지요. 어째서 그것을 낭비라 하십니까?"

"여태까지 나온 『별점쟁이』의, 그자가 천명이라 떠들며 가져온 이야기를 떠올려라."

"우비르크 님이 가져온 이야기⋯⋯."

그 말에 치샤는 생각을 굴렸다.

빈센트가 치샤에게 덮어 두던 것이 『대재앙』 한 건뿐이라면, 그 이외의 우비르크가 가져온 예언에 관해서는 치샤도 전부 파악하고 있다.

천재지변이나 반란, 둘 다 큰불로 번질 수 있는 사태의 사전 경고이며, 유용했다. 그 덕분에 피해는 최소한으로 막아내고——.

"——어느 사태도, 피해의 크고 작은 차이는 있을지언정 일어나기는 했군요."

"그렇다. 조짐을 경고받는다 해도 미연에 막은 사례는 없지. 그것이 인재든 천재든, 처음 한 수는 반드시 일어난다. 그 뒤에 생길 피해에 대응할 수는 있어도 말이다."

그리고 우비르크는 말했다.

"그놈이 말하는 『대재앙』은, 짐의 죽음을 계기로 일어난다지."

"——윽, 그렇다면 각하의 생명을 지켜 『별점쟁이』의 천명에 거역하면 되지 않습니까!"

"그것이 실현 가능한지 짐이 시험해 보지 않았다 생각하나?"

반사적인 대안은, 차분한 빈센트의 말에 부정당했다.

당연히 감정적으로 떠오른 치샤의 발상쯤이야 빈센트는 전부 실천했을 것이다.

여태까지 『대재앙』과 관계없는, 우비르크가 가져온 다른 예언을 상대로 미연에 막는 것이 가능한지 수없이 도전했으리라.

황제의 역할을 전부 완수하면서도, 그 뒤에서——.

"──각하."

"뭐냐."

"여쭙고 싶은 말이 떠오른 바."

치샤는 갑자기 차갑게 가라앉은 자신의 목소리가 뇌에 스며들어 그리 말했다.

묻고 싶은 말이라고 했지만, 뇌가 저리다. 저리고 있다. 그것은 과도하게 작동한 반동이거나, 혹은 작동을 거부하는 정신적인 저항 중 어느 한쪽일까.

그러나 이유가 어느 쪽이든 이미 질문은 나왔고 황제는 그것을 들었다.

그리고──.

"허락하마. 읊어 보아라."

황제가 선택한 것을, 치샤가 부정할 수는 없다.

그 때문에 황제가 허락을 내린 것을, 치샤가 거부하는 것도 역시 할 수 없다.

그렇기에 치샤는 뇌의 저릿함을 맛보며 질문을 뱉었다.

"각하는 언제부터 『대재앙』의 조짐을 알고 계셨습니까?"

"──수기다."

조용히, 빈센트는 자신이 집무하는 책상의 서랍을 열고 거기서 낡은 책 한 권을 꺼내어 책상 위에 놓았다.

과거 화제에 올랐음에도 볼 기회가 없던 수기. ──스트라이드 볼라키아가 남긴 수기, 그것이 조짐을 전한 것이라면.

"각하, 당신이 여태까지 해 온 일은──."

체샤 트림이던 치샤와 만나고 함께 걸으며, 시간을 들여 기르고 세실스를 거두어 『선제의 의식』에 임해 처음으로 자신의 본질을 배신하고 프리스카 베네딕트의 생명을 구해서, 볼라키아 제국의 황제로서 새로운 길을 열었다.

그, 빈센트 볼라키아의 걸음걸이 전부는——.

"——짐의 사후, 『대재앙』이 야기하는 멸망의 피해를 최소한으로 막아내야 한다. 그러기 위한 개혁이며, 『구신장』이고."

"_____."

"——너다, 치샤 골드."

8

"관람자란 누구인가, 그쪽이 아는 정보의 공개를 요구하는 바."

치샤가 철선을 펼쳐 우비르크의 목에 대고 목소리를 낮춰 윽박질렀다.

그러나 치샤의 살기를 받으며 등이 벽에 떠밀리고서도 우비르크의 표정은 난처한 듯, 상황을 모르는 것처럼 태평했다.

그 표정 그대로 우비르크는 "치샤 일장." 하고 상대를 불렀다.

"황제 각하와 대화하신 것이 며칠 전, 저는 치샤 일장이 속으로 잘 타협한 줄 알았는데요……."

"전제 조건에 오류가 없는지 재검토하는 데 며칠을 소요한 바입니다. 아쉽게도 현 상황은 각하의 생각을 정면으로 부정할 방법이 없습니다만."

"그건 저한테 말해 봤자 매한가지라고 생각하는걸요. 그건 그렇고 과연 일장은 각하의 대역도 맡고 계시는 만큼 많이 닮으셨습니다."

떠밀린 와중에도 대화하는 우비르크의 말에 치샤는 희미하게 의아한 표정을 지었다. 그런 치샤의 반응에 우비르크는 고개를 가로저었다.

"각하도 천명을 왜곡할 방법이 없는지 여쭈셨지요. 다—만 제가 돌려드릴 답은 그때와 똑같아요. 없습니다."

"——그쪽의 목적이란 무엇이지요? 우비르크 님은 『별점쟁이』를 자칭하며 관람자의 예언을 전달해서 수정궁을 출입할 지위를 쟁취했습니다. 하지만 이쪽을 비롯해 각하 외의 인물은 우비르크 님의 존재를 좋게 여기지 않습니다. 각하께서 그쪽의 예언대로 돌아가시게 되면 우비르크 님도 신변의 파멸은 면할 수 없는 바."

"진짜 확실하게 말씀하시네요, 저 상처받습니다. 다만…… 치샤 일장, 그 부분은 전제가 다르다고 해야죠."

"————."

"제 신변의 파멸보다, 천명의 이행과 성취 쪽이 더 중요해요. 제 목적은 『대재앙』 뒤의 멸망을 막는 것이니까요."

말하면서 우비르크의 표정에서 히죽이는 기색이 사라졌다.

짐짓 꾸민 감정이 사라지고 온기가 빠진 우비르크의 표정을 지척에서 바라본 치샤는 처음으로 우비르크의 민낯과 마주했다는 인상을 받았다.

그 순간, 그것이 우비르크가 가진 어떠한 기예에 의한 것이 아닌지 의심했지만──.

"저한테 그런 힘은 없어요. 처음에 해칠 뜻이 없음을 각하에게 증명하고자 치샤 일장도 보는 앞에서 가슴의 마안을 멀게 했잖습니까. 확인해 보겠습니까?"

"──아니요. 됐습니다. 그보다 소인이 잘못 들은 것이 아니라면 우비르크 님은 이렇게 말씀하신 겁니까? 목적은, 『대재앙』 뒤의 멸망을 막는 것이라고."

"네, 그래요. 그 점에서 각하와는 목적이 일치한 거죠."

우비르크의 답변에 막힘은 없고, 그 의견이 거짓말이 아닌 게 치샤에게도 느껴졌다.

애초에 여기서 거짓말을 하겠다면 빈센트가 아니라 치샤에게 호감을 살 거짓말을 해야 의미가 있다. 섣불리 치샤의 역린을 건드렸다가 죽기라도 하면, 언제 죽어도 상관없다는 표정의 우비르크도 달갑지는 않으리라.

더해서 빈센트가 우비르크를 골치 아픈 존재로 판단하고, 그 행동거지에 복잡한 심경이면서도 내버리지 않은 이유도 수긍이 간다.

빈센트와 우비르크는, 같은 목적으로 움직이고 있었다.

"우비르크 님은, 『대재앙』 그 자체를 막으려는 생각은 없으신 모양. 어째서지요?"

"아아, 그건 단순한 거예요. 『대재앙』을 미루기란 불가능합니다. 그건 반드시 일어나는, 일종의 약속이에요. 일어난 『대재앙』, 그것이 야기하는 멸망을 막는 것이 제 목적이죠. 즉……."

"즉?"

"『대재앙』이 일어나지 않으면, 제 천명은 이루지 못합니다. 그러니까 만약 『대재앙』이 일어나는 요인이 전부 지워져도 제가 그 요인이 될 테—죠."

그것은 수단과 목적이 뒤죽박죽 섞인 부조리한 사고방식이다.

이해할 수 없는 사고에 숨을 집어삼킨 치샤는 우비르크의 목에 댄 철선을 더 세게 눌렀다. 급소에 대고 힘을 주면 목이 찢어지는 위치다.

그 사실을 우비르크 본인도 알게끔 하며 치샤는 목소리에 날을 세웠다.

"그렇다면 그 요인, 여기서 소인의 손으로 제거해도 상관없겠군요."

"하지 말았으면 좋겠지만 말리진 않습니다. 하—지만 한 가지만 말해 두자면, 설령 저를 죽여 봤자 다음 『별점쟁이』가 나타날 뿐이에요. 구조가 그렇게 되어 먹었어요."

"————."

"세계를 멸하는 거대한 네 개의 재앙. 그중 하나를 막을 기회가 돌아왔습니다. 저희는 별이 초래하는 자정자위(自淨自衛)의 단말, 대신할 존재는 얼마든지 있습니다."

그게 협박이나 허언이 아니라 우비르크의 진심임을 치샤도 알 수 있었다.

——『대재앙』에 의한 멸망을 막기 위해, 『대재앙』은 반드시

일어나도록 한다.

 그것은 끝나지 않는 생명을 방패로 삼은, 우비르크가 시도하는 끝없는 소모전을 향한 초대였다.

 혹은 지금까지의 『별점쟁이』가 가져온 천명, 그것도 몇몇은 그들 자신이 불씨가 되어 예언의 실현을 위해서 한몫했을 가능성까지도 떠오른다.

 하지만 그것을 확인하기 위해서 『별점쟁이』를 몰살하려고 들면, 발생 조건을 알 수 없는 그들의 씨를 말리기 위해 가능성이 있는 자를 모조리 죽일 필요가 있다.

 그것은 나라를 멸망시키는 것하고 아무 차이가 없다.

 "각하는 훌륭하세요. 저는 개인에게 감정 이입은 거의 하지 않는 성미지만, 각하의 자세에는 탄복하고 있습니다. 『별점쟁이』가 아닌 몸으로 저럴 수가 없어요."

 "……우비르크 님이 탄복이라니, 웃지 못할 농담이군요."

 "진심이에요. 누구도 천명의 안식 없이 예고된 죽음을 받아들일 수는 없습니다. 하지만 각하는 자신의 사후를 향해 온갖 준비를 하고 있죠. 사는 것은 바라지 않아도 싸우는 것은 포기하지 않았습니다. 그야말로, 검랑의 왕."

 엄숙히 중얼거리는 우비르크의 말에는 빈센트에게 품은 확고한 경모가 있었다.

 그가 거론한 검랑, 볼라키아의 국가 문장인 『검에 꿰뚫린 늑대』란, 그 생명을 위협하는 상처를 입었음에도 결코 기죽지 않는 전사의 정체성을 기린 것이다.

그런 의미로는 우비르크의 말대로 빈센트의 정체성은 검랑 그 자체이리라.

"치샤 일장, 저는 자신의 천명을 이루고 싶은 마음 하나만 가지고 내내 지내왔습니다. 다─만 자신의 천명이 무엇보다 훌륭하다고 생각하는 것은 아니에요. 만약 치샤 일장이 받아들이기 어렵다고 말씀하시면, 시도해 보는 것도 좋을 겁니다."

"시도…… 우비르크 님이나 당신과 같은 입장의 『별점쟁이』의 몰살을 말입니까?"

"대신할 것은 얼마든지 있다고 말했습니다만 한도는 있지요. 사람의 목숨 수가 그겁니다. 세실스 일장과 협력해서 시도해 보는 것도 수단이긴 해요."

그것이 어디까지 본심에서 나온 제안인지, 또다시 우비르크의 마음이 알 수 없어졌다.

한순간, 그것도 좋은가 생각한 것은 그 정도로 자신의 발밑이 어두워진 증거이리라.

우비르크의 말대로 세실스에게 그 사실을 털어놓고, 아마도 알쏭달쏭해할 그를 유도하면 제국민을 줄줄이 벨 수도 있을지 모른다.

──아니, 그것도 불가능하다.

빈센트에게 노출되면 그런 폭거는 바로 저지된다. 세실스는 친구지만 그의 안에서 우선순위는 확실하게 고정되었다.

세실스에게 빈센트는 치샤보다 우선된다. 그렇기 때문에 그 머릿속 사고방식을 털끝만치도 신용할 수 없어도 세실스 세그문트가 제1위인 것이다.

"그건 그렇고 세실스에게 털어놓는다는 선택지가 전혀 떠오르지 않은 것은, 이쪽 자신의 일이라고는 해도 이상해지는 바."

생동맞은 감상이 힘없는 웃음을 치샤의 입에 아로새겼다.

머릿속에 떠오른 세실스가 입술을 삐죽이고 맹렬히 항의하는 모습이 선명하게——.

"————."

어느 날의 대화가 갑자기 선명하게 떠올랐다.

「확실히 저와 치샤가 붙으면 눈 깜짝할 새에 치샤가 죽겠지만, 만약 치샤에게 천 명의 부하가 있는 상황에서 시작하면 어떻죠? 천 초 걸릴 수도 있죠!」

「걸리지 않을 터건만. 다만 말뜻은 이해하겠습니다. 소인이 천 초를 버는 사이에.」

「각하나 다른 누가 목적을 달성하면 되는 거죠. 이 세상의 주연 배우인 저의 가장 큰 결점은 제가 이 세상에 한 명밖에 없다는 점이니까요.」

친구의, 되는 대로 말을 주워섬기며 웃던 얼굴이 떠올랐다.

문득 생각했다.

"우비르크 님, 여쭙고 싶은 점이 있습니다. 우비르크 님이 받는 천명이라는 것은, 어떤 형태로 내려오는 것입니까?"

질문에 우비르크의 눈이 가볍게 동그래졌다.

그러다가 고개를 모로 꼬고 차분한 분위기가 흐려진 평소 분위기를 되찾으며 말했다.

"그때그때 달라요. 저는 비교적 꿈 같은 형태로 받을 때가 많지만요."

"그럼 각하께 전해드린 『대재앙』에 관한 천명도?"

거듭된 질문에 우비르크가 의아한 표정과 함께 끄덕였다. 그 답변에 숨을 내뱉은 치샤는 천천히, 머리에 떠오른 그 발상을 구체화했다.

"우비르크 님이 받은 천명, 그것이 각하께서 목숨을 잃는 순간이라면——."

새하얗게 색이 빠져서 누구도 아닌, 무슨 색으로도 물드는 불확실한 자신을 가장한다.

그곳에 나타난 것은——.

"——거기서 죽은 빈센트 볼라키아는, 어느 쪽 각하일지요?"

9

——과거 체샤 트림이었던 치샤 골드는 자신이 그다지 충성심이 강한 인간이라고도, 황제 각하에게 절대적인 복종을 맹세했다고도 생각하지 않았다.

다름 아닌 빈센트 볼라키아에게 말을 들었다.

자신을 위해서 죽을 수 있느냐는 물음에 그럴 수 없다고 정면으로 답했을 때.

그 생각 그대로 섬기라고, 그렇게 들었다.

그렇게 들어서, 그 말에 따라, 그 심정대로 치샤는 빈센트를 섬

겨왔다.

그렇기에 빈센트를 위해서 죽는 짓은 하지 않는다.

빈센트에게 절대적인 충성은 없어도, 상식적인 충성은 맹세했다. 제국민 중 한 명이며 제국 일장 중 한 명으로서 황제 각하에 대한 존경의 마음도 지니고 있다.

빈센트의 명령을 위배하는 짓은 말도 안 된다.

따라서 치샤의 선택은 빈센트를 위한 것이 아니라 어디까지나 맨 처음 그때, 그 가도에서 우연히 황제와 맞닥뜨렸을 때의 마음 그대로다.

그때, 지체 높은 분이 타고 있는 걸 한눈에 알 수 있는 용차를 보고서, 주위에 있는 많은 사람들이 관련되기를 피하는 가운데, 치샤는 걸어갔다.

사람을 돕고 싶었던 것이 아니다.

그저 고향 마을에서는 쓸모가 없다고 듣던 산술과 학문, 그런 것을 시험할 기회가 찾아왔으니까 놓치면 아깝다고 생각한 것이다.

이번도 그렇다.

그, 뭐든 자신의 상정대로라고 지모를 발휘하는 빈센트 볼라키아, 그 생각의 허를 찌를 기회가 두 번 오지는 않으리라.

심지어 빈센트 볼라키아는 그야말로 어릴 적부터 이 순간을 차분히 받아들이고자 대비해 왔다.

즉, 이것은 빈센트 볼라키아의 인생을 건 대승부에 대한 도전이다.

도전이라면 피가 끓고 적이 크다고 알면 더욱 흥분하며, 그 상대를 쓰러뜨리기 위한 수단에 영혼이 뜨거워지는 것이 제국 남자.

치샤 골드는 제국 남자였다.

무슨 생각으로 빈센트 볼라키아가 자신의 사후를 자기 밑에서 가르쳐 자기와 같은 지략을 구사할 수 있는 존재가 된 치샤에게 맡기려고 했는지 불명이다.

알 수 없고, 알고 싶지도 않다.

알지 못했다고 알았을 때의, 그 핏기가 가시는 감각은 지긋지긋하다.

같은 기분을 맛보아라. 빈센트에게 할 말은 그 한마디뿐이다.

그리고──.

"『대재앙』이 부르는 멸망……. 뭐가 『대재앙』인지, 참 가소롭 군요."

거대한 재앙이라는 이름을 달고서, 아무래도 이 볼라키아 제국을 유린하고 붕괴로 빠트리려던 것 같은 『대재앙』이지만, 치샤가 보자면 우스갯소리다.

그 『대재앙』의 발단이 되는 것이 빈센트 볼라키아의 죽음.

빈센트가 죽지 않으면 시작되지 않는 『대재앙』. 그 말은 즉, 그가 살아 있으면 제국을 멸망시킬 수 없다고, 멸망시키기 전부터 지고 있는 게 아닌가.

빈센트 볼라키아를 피해 가면서 뭐가 멸망이고 뭐가 『대재앙』이냐.

──신성 볼라키아 제국 제77대 황제, 빈센트 볼라키아.

"각하야말로 볼라키아 제국. 그런 각하께서 돌아가신 뒤의 대지를 짓밟으며 그게 멸망이라니 가히 가소롭기 짝이 없는 대희극."

마치 세실스 같은 말투로 아직 보지 못한 『대재앙』을 비웃는다.

아마도 자신은 보지 못할 『대재앙』을 비웃고 혀를 내밀었다.

"야비하게 승리를 훔치려는 개가 우리의 검랑을 죽일 수 있을까 보더냐. 소인이 받들고 형성한 빈센트 볼라키아를 얕보지 마라."

죽일 수 있다면 죽여 보아라. 빼앗겠다면 빼앗아라.

예고된 멸망 따위가 우리의 황제를, 우리의 제국을 멸할 수 있으리라 생각하지 마라.

그날, 도랑에 빠진 바퀴를 빼낸 것은 이때를 위해서다.

모든 것은, 이, 멸망을 비웃기 위해서──.

"──복선이라고. 그렇게 말하면 세실스가 우쭐댈 테니 절대로 말하지 않겠습니다만."

10

──하얀 빛이 옥좌의 방을 눈부시게 비추고 직후에 붉은 피가 요란하게 튀었다.

붉은 융단 위, 사방에 튄 선혈을 대차게 뒤집어쓴 것은 정면에 선 호리호리한 남자.

그 얼굴에 농담 같은 귀면을 쓴 남자는 가면 뒤에 숨겨진 검은 눈을 부릅뜨고 눈앞에서 전개된 상황에 경악하며 멈춰 섰다.

정지한 그 남자 앞에서 피를 쏟아낸 몸이 앞으로 고꾸라졌다.

하얀 빛은 그 배후에서 무방비한 가슴을 꿰뚫어 가차 없이 심장을 파괴하고 생명 유지에 필요한 여지 전부를 송두리째 앗아갔다.

기우는 몸을 부축하지도 못한 채 융단 위에 쓰러졌다.

그대로 쓰러진 몸은 꿈쩍도 하지 않으며 최후의 말은커녕 숨소리조차 흘리지 않는다.

심장이 꿰뚫려서 살 수 있는 이는 없다.

따라서 그것은 필연적인 사건, 찾아올 만한 해서 찾아온 운명의 종착점.

남자는 죽었다.

체샤 트림이며, 치샤 골드가 되어서, 그리고 빈센트 볼라키아로서 남자는 죽었다.

──그것이 이 순간에 일어난 사건의 전부였다.

제5장 『제국의 검랑』

1

──가짜 황제로 분한 치샤 골드의 마지막 행동은, 이해할 수 있는 영역을 벗어났다.*

"_____."

옥좌에서 쫓겨난 빈센트 볼라키아는 아벨을 자칭하며 동쪽 대삼림에서 『슈드라크의 민족』의 협력을 얻고는 몸소 반란의 선두에 서서 제국에 반란을 일으켰다.

앞날을 고려하면 바람직한 일은 아니었지만, 구태여 모반 같은 짓까지 해서 자신을 제도에서 쫓아낸 치샤의 꿍꿍이다. 쉽게 손바닥을 뒤집지는 않는다.

그렇기에 그 행동도 의도도, 헛수고라고 단념토록 만들기 위한 수를 놓았다.

『별점쟁이』가 초래한 피하기 어려운 최후, 그것은 아벨에게는 먼 옛날 볼라키아 황제로서의 자각을 가졌을 적부터 각오하던 일이다.

천명이라고 예고받은 그 순간, 제국의 옥좌에 앉은 당대의 볼라키아 황제가 죽고 그것을 계기로 멸망을 초래하는 『대재앙』
이 시작된다고.

자신이 지명된 것은 아니었다.

하지만 예고받은 그 순간, 황제 자리에 앉아 있는 사람이 자신
일 것이라는 확신이 있었다.

자신이 아니라면 볼라키아 제국을 구할 수 없다는 확신이 있었
다.

다른 형제자매에게는 그 큰 소임을 맡길 수 없다.

빈센트 아벨쿠스는 자신이 가진 모든 능력과 가능성을 쏟아부
어 황제 자리를 탈취하고 빈센트 볼라키아로서 제국을 남길 수
단을 세웠다.

──그것이 빈센트 볼라키아가, 아벨이 인생을 건 계획이다.

강자가 존경받는 볼라키아 제국에서 누구나 신앙의 대상으로
삼을 『구신장』 제도를 부활시킨 것도, 그 정점에 혼동될 리 없는
최강을 놓은 것도. 무분별한 난행이 횡행하는 제국의 정체성을
뒤틀어 질서 있는 폭력에 대한 저항감을 잃도록 유도한 것도.

자신이 세상을 뜬 뒤 볼라키아 제국을 유지할 가능성을 되도록
남긴 것도.

모든 것은 인생을 건 계획이었다.

속수무책으로 쓰러진, 심장이 뚫린 가슴에서 대량의 피를 흘
리는 몸.

검은 머리카락에 검은 눈동자, 거울을 볼 때마다 역부족과 지

식 부족의 초조함에 분노를 느끼던 그 얼굴이 핏기를 잃고 어디도 보고 있지 않은 표정이 피에 잠긴다.

죽음에 임하여 색을 잃었을 때에 얻었다고 표방하던 '재주'에 의한 복사는, 그 생명이 다해도 원래 모습으로 돌아오지는 않았다.

두 번 다시 그 모습을 볼 일도, 건방진 말이 고막을 두드릴 일도 없다.

없다.

"왜냐."

물어서는 안 될 물음이 입에서 흘러나왔다.

그 물음에 답할 수 있는 이는 두 번 다시 입을 열 일이 없다. 그런데도, 무의미한 것을 아는 말을 피해 오던 입술이, 그리 중얼거렸다.

『대재앙』의 예언과 그 조건을 알면 뒤집으려고 할 것은 상상이 갔다.

사전에 그 방법을 모색하고 손쓸 방도가 없었다고 전해서 납득시켰을 터였다. 그런데도 납득하지 못했기에 일으킨 모반을, 그래도 헛수고라고 들이댔다.

이렇게 옥좌의 방에서 대면하여 『대재앙』을 피해 갈 방도는 없다고 증명했을 터다.

자신의 사후, 제국을 맡기기 위해서 치샤를 단련시켰다. 자신과 똑같이 사고하며 자신과 같은 결론에 이를 수 있는 존재로, 빈센트 볼라키아의 대리를 완수할 수 있게끔.

따라서 빈센트 볼라키아라면 깨끗하게 패배를 인정할 터였다.

패배를 인정하고 창을 내려서 이 무익한 싸움에 종지부를 찍고, 자신의 죽음을 받아들이기 위해서 돌아온 아벨에게로 옥좌를 반환하고, 멸망의 『대재앙』에 저항해야 했다.

그렇게 되지 않았다. 어처구니없는 도박이었다.

아벨 대신에 빈센트 볼라키아로서 죽어도, 『대재앙』이 그것을 인정하지 않으면 단순한 개죽음으로 끝나는 어처구니없는 도박이었다.

그야말로 아벨이 혐오하는 비효율적이기 그지없는 죽음이다.

치샤 골드는 그 사실을 알고 있을 텐데도.

"왜냐."

그치지 않는 의혹과 곤혹이, 흐르는 피로 붉게 붉게 물들어 간다.

질문을 거듭해도 답이 없는 침묵이 거듭될 뿐. 그것도 아벨이 싫어하는 비효율적이기 그지없는 행위이며, 그리고——.

"——그건 하책이지 않겠습니까."

그 직후, 발사된 두 번째 하얀 빛이 우두커니 선 아벨에게 곧게 빨려들었다.

2

빛이라는 표현에 거짓 없이, 죽음을 야기하는 일격은 화살보다 빠르게 아벨을 노렸다.

애당초 아벨은 무투파가 아니다.

거기에 더해서 직전의 사건이 남긴 충격이 가시지 않았기에, 시야 끝자락을 찰나만 스친 하얀 빛에 반응하기란 거의 불가능했다.

따라서 이 순간 아벨의 생명을 구원한 것은 아벨 본인의 판단이 아니었다.

쾅음과 격진이 옥좌의 방을—— 아니, 수정궁 전체를 거세게 흔들고 무시무시한 충격에 견고한 벽이 파괴된다. 그 충격의 원인은 벽을 부수고도 멈추지 않으며 우두커니 선 아벨과 거기에 날아드는 하얀 빛 사이에 끼어들었다.

물이 터지는 듯한 소리와 함께 하얀빛이 방해받고 깨졌다. 그리고 아슬아슬한 순간에 아벨의 생명을 구한 것은——.

"——이 거체, 모그로 하가네인가!"

"옥좌의 남자, 지켜라. 각하, 나에게 명령."

아벨의 눈앞에 갑자기 출현한 벽과 같은 그것은, 옥좌의 방에 억지로 들어온 모그로 하가네의 오른팔이었다.

수정궁이라는 『미티어』 그 자체인 모그로는, 제도 루프가나의 성벽을 자신의 몸으로 흡수하여 전장에서 격전을 펼치고 있었을 터다.

하지만——.

"치샤인가……!"

방금 모그로가 한 발언은 그가 지시를 받고 아벨을 지켰다는 증거다.

그리고 먼 곳에 있는 모그로에게 돌아오라고 지시를 내릴 수 있던 것은 『미티어』에 작용하는 기능이 있는 옥좌에 앉아 있던 치샤 골드뿐이다.

자신이 사격당한 직후, 아벨 또한 목숨을 노림받을 거라 예측했다.

"——윽, 모그로 하가네! 나를 밖으로 내보내라!"

"너, 누구. 나, 각하, 우선——."

"황제는 죽었다! 내가 죽으면 그게 헛된 죽음이 될 거다!"

아벨의 강한 말에 옥좌의 방을 엿본 모그로가 쓰러진 그림자를 알아챘다.

어디가 안구에 해당하는지 알기 어려운 상태의 모그로지만, 성벽에 도드라진 녹색 보주가 깜빡이더니 엎어진 황제의 죽음을 그도 인정했다.

"시신——."

"불필요하다! 죽은 자에게 개의치 마!"

황제의 주검을 회수하려는 모그로에게 호통친 아벨은 눈앞의 거대한 오른팔에 뛰어들었다. 그 손가락 하나에 매달리자 모그로가 옥좌의 방에서 팔을 뽑고, 맹렬한 바람이 부는 하늘로 아벨이 끌려나왔다.

성벽과 일체화하여 그 구조를 자신이 움직이기 편하도록 변화시킨 모그로.

거대한 인간형이 된 모그로의 덩치는 50미터 이상이며, 들어 올린 팔에 타고 있는 아벨의 높이도 대략 그쯤이었다.

그 높이에서 보이는 제도의 시가지, 모그로가 수호하던 제3정점에서 짓밟힌 건물이나 길이 여기저기 보여서 무작정 일직선으로 달려왔음을 알 수 있었다.

그 이외에도 각 정점의 전투는 여전히 속행 중이라 이미 싸울 이유를 상실하고 다음 전투로 대비해야 하는 이들이 무의미하게 생명을 소비하고 있다.

무의미하게, 생명을——.

"——큭."

사고에 흐트러짐이 발생하자 아벨은 거대한 돌덩이에 매달리는 팔에 힘을 주었다.

지나간 일에 사로잡혀 사고를 이리저리 훑을 계제가 아니다. 일은 이미 일어났다. 모그로에게 말한 바와 같다. ——지금 죽으면 개죽음이다.

하다못해 그 죽음에 의미가 있었는지를 판가름해야만 한다.

"나는 죽을 수 없다."

쥐어짜듯 목소리를 흘린 아벨은 어금니를 깨물고 눈 아래를 노려보았다.

설령 여기서 소리를 지를지언정 전장에서 생명을 부딪치는 이들에게는 닿지 않으리라. 하지만 이 싸움의 의미가 소멸한 사실을 기필코 전해야 한다.

"위험."

그렇게 사고하는 아벨의 고막을 강풍 같은 모그로의 목소리가 두드렸다.

체격 차이가 하도 크다 보니 모그로의 행동 하나하나가 개미를 상대하는 인간 같다. 그러나 모그로는 무의미하게 고막을 흔든 것이 아니다.

그 거체를 비틀어 수정궁에 등을 돌린 모양새로 아벨을 감싼 오른손을 지킨다. 연속되는 충격음이 자신을 감싼 오른손의 바깥쪽에 울리자 아벨은 볼을 일그러뜨렸다.

잇따른 공격은 한 방향이 아니라 사방팔방에서 쏟아진다.

그만큼 적의 수효가 많다. ──아니, 이 볼라키아의 토양에서 이 정밀도로 적을 노릴 수 있는 마법 사용자를 여럿 갖추기란 어렵다.

다시 말해 이것은 수효가 많은 것이 아니라 실력자 한 사람이 행사하는 공격이다.

사방팔방에서 많은 인원이 동시에 공격했다는 착각을 줄 정도의 실력자──. 아까, 뇌가 저려서 사고가 멈추었을 때의 기억이 되살아난 아벨은 고개를 들었다.

이 전투법에도, 요구한 답도 목소리도 아니던 그것에도 기억이 있었다.

"────."

모그로가 몸을 뒤틀어 쏟아지는 빗발 같은 탄에서 아벨을 감싸며 물러선다.

감싸는 주먹 속에서 쳐다본 하늘을 눈으로도 좇지 못할 속도로 지나가는 잔영. 그것은 비룡 기수가 조종하는 비룡의 곡예 비행 ── 아니, 그야말로 『극한 비행』이라 해야 할 그 비상은 제국 최강의 비룡 기수의 독무대이며 이미 존재하지 않아야 할 남자의 신기(神技)였다.

찰나, 귀면을 쓴 아벨의 시야를 지나가는 비룡 기수——. 그 회갈색 머리카락과 색을 잃은 용모에 번진 균열, 그리고 어두운 밤처럼 검은 눈에 떠오른 금색의 빛.

너무나도 변모한 모습이지만 그래도 잘못 볼 리는 없다.

"——발로이 테메글리프! 어째서 네놈이 살아있지!"

"안 말합니다, 귀면 신사님."

세련된 느낌의 미성이 흘러나오고, 답을 거부하면서도 존재를 긍정했다.

재차 시야에서 사라지고 비룡을 다루어 하늘을 가르는 적——발로이 테메글리프야말로 수정궁 벽 너머로 옥좌의 방을 노리고 가짜 황제의 심장을 쏜 범인이었다.

『마탄의 사수』로 불리며 온갖 비룡 기수의 정점에 군림하던 남자.

옛 『구신장』 제9위이며 과거 제국에서 일어난 내란 때——.

"발로이, 죽었다. 너, 가짜."

아벨과 같은 인식에 따라 거대 모그로가 반격에 나섰다.

오른손에 아벨을 감싼 채 모그로가 거대한 왼팔을 휘둘러 말그대로 하늘을 쓸어 내며 비룡에게 공격을 갈긴다.

큰 것은 움직임이 둔하다고 여겨지기 일쑤지만 그것은 멀리서 봐서 생기는 착각이다.

마법의 저격으로 아벨을 지킨 것에 더해 지금까지 겪은 적의 공격을 전부 막아냈다. 모그로의 움직임은 민첩하고 적확했다.

"빠르다. 세밀하다."

하지만 민첩한 모그로서도 하늘 전부를 자신의 영역으로 삼아 날아다니는 발로이를 확보하기란 어려웠다.

속도만이 아니라 상하좌우에 정면배후, 모든 방위로 이동 가능한 비룡 기수의 특성은 지상에 떨어뜨리는 것 외의 방법으로 거둘 수 없는 최대의 장점이다.

게다가 발로이는 평범한 비룡 기수가 아니라 그 정점이다.

"바람을 두르고 있군……!"

마법을 이용한 이동 중의 저격이 특기인 발로이의 전법이지만, 제국에서는 드물게도 마법을 사용하는 그의 강점은 공격에만 활용되는 것이 아니다.

자신이 다루는 비룡에 바람을 두르고 속도의 가감과 충격의 약화, 다른 비룡 기수로는 흉내 낼 수 없는 초차원 기동을 실현한다. 단, 그러려면 호흡이 맞는 비룡의 존재가 불가결하다.

"저 비룡도 죽음 너머에서 되돌아왔나!"

절대적인 전투력을 자랑하는 비룡 기수의 가장 큰 결점은 그 육성에 시간이 걸리는 점과, 비룡이 짝으로서 선택한 상대 말고는 그 등에 태우지 않는 점이다.

비룡 기수를 죽이려면 비룡부터. 발로이의 사인도 거기서 예외가 아니었다.

그러나 발로이는 되돌아왔다. 자신의 애룡과 함께 하늘을 날아서.

"『대재앙』――."

　뚜렷하게 그렇게 인식할 피해가 발생한 것은 아니다.

　그러나 빈센트 볼라키아로서 치샤가 목숨을 잃은 이상, 그 후에 일어나는 상식을 초월한 사건에는 『대재앙』과의 관련성을 의심할 수밖에 없다.

　그렇다 해도 발로이 테메글리프가 『대재앙』을 관장하는 것에는 납득이 가지 않았다.

　확실히 발로이는 비룡 기수의 정점이며 제국 최강의 실력자들 중 한 명이었다.

　그가 마음만 먹으면 아벨의 목숨을 꺾는 것쯤이야 손쉽다.

　하지만――.

　"흔들린다. 참을 것."

　"상관없다, 해라!"

　무기질적인 목소리가 강풍처럼 나오고 그에 응수한 아벨이 언성을 높였다.

　다음 순간, 적을 노리고 뻗었던 모그로의 팔이 자신의 발밑에 내리꽂혔다. 발밑이라도 해도 현재 모그로의 거체로 보자면 길 하나쯤은 된다.

　제국의 도로에 꽂힌 그 왼팔이 삐걱거리는 소리와 함께 한 박자의 저항 뒤에 뽑힌 거리를 호쾌하게 하늘로 던졌다.

　"――."

　거리 일부가 던져지는 광경은 아벨도 얼마 전에 카오스프레임에서 목격했다. 그때도 어처구니가 없는 광경이었지만 그것은 어디까지나 도시의 주민들이 하나로 뭉쳐 해체한 건물을 던졌던 것에 불과하다.

하지만 모그로의 행위는 잔재주 없는 괴력으로, 착각할 여지가 없는 폭거였다.

상식을 초월하는 모그로 하가네가 『구신장』의 일원임을 밝히는 광경.

확실히 발로이 또한 그 일원이었지만, 모그로도, 다른 『구신장』도 조건은 동일하다. 그렇기에 발로이가 『대재앙』을 관장하기에는 부족하다.

물론 그저 뽑아낸 거리를 던지는 것만으로는 기민한 발로이가 회피하고 끝이다.

그 때문에 모그로는 자기가 내던진 '거리'라는 포탄을——.

"분쇄."

왼팔로 후려쳐서 무수한 산탄으로 바꾸어 하늘의 발로이가 피할 곳을 막았다.

사방에 튀는 산탄도 하나하나가 인간 크기보다 더 큰 바위 및 흙덩이다. 모그로의 일격으로 비산한 그것은, 일반인이라면 스치기만 해도 치명상이 될 수 있다.

당연히 유법을 습득한 발로이라 해도 맞으면 공중에서 치명적인 빈틈을 보이게 된다. 그것을 피하기 위해서.

"카리용!"

폭풍 속에 날카로운 목소리가 흐르고, 암괴로 이루어진 산탄의 비를 헤치듯 비룡이 날았다.

날개를 펄럭이며 하늘을 가르는 비룡이 가는 방향은 바위 비가 쏟아지는 세계에서 가까스로 빗발이 약한 일각——.

"물론, 함정이다."

일부러 빗발이 약한 일각을 준비한 모그로. 발로이와 비룡도 그것이 함정인 줄 알고 있지만 산탄에 맞지 않으려면 날아들 수밖에 없다.

나머지는 애룡을 모는 발로이가 기다리는 모그로의 일격을 피할 수 있느냐의 승부.

비룡에 바람을 두른 발로이가 가속하고 방해되는 산탄을 빛으로 부수며 하늘을 달린다.

모그로가 뒤로 뺀 왼팔을 회전시키고 세계를 착암(鑿巖)하는 일격이 제도의 하늘을 쓸었다.

양쪽 다 『구신장』, 발로이의 생전에는 실현되지 않았던 결투가 전개되고 양자의 혼신이 하늘 위에서 교차, 자웅을 가르려고——.

——그 순간, 본래의 격돌보다 먼저 폭음과 충격파가 제도의 구름을 날려 버렸다.

"——읏."

폭격 같은 위력의 직후에 발생한 피해는 모면했음에도, 여파만으로 모그로에 매달리는 아벨의 몸이 찢어질 지경에 처한다.

하지만 아무리 호리호리한 몸에 가혹한 상황이 될지언정 아벨은 결코 두 눈을 감지 않는다. 따라서 이 순간의 사건도 똑똑히 눈에 포착하고 있었다.

"모그로의, 팔이———."

회전하며 발로이를 으스러뜨려야 했을 모르그의 왼팔이, 그 위력을 발휘하기 직전에 간섭을 받아 인간으로 치자면 위팔 부분에서 부서졌다.

무시무시하게 회전하면서 성에 필적할 만큼 장대한 모그로의 팔이 하늘을 날았다. 그 피해 바로 아래를 유유히 지난 발로이가 산탄의 비에서 생환——— 아니, 망가지지 않고 벗어났다.

그리고 모그로의 팔을 파괴해서 발로이를 궁지에서 구원한 것은———.

「오, 오오오오오———!!」

대기를 명동시키는 낮은 목소리를 터트리며 사납게 옆에서 날아온 충격이 부딪친다. 팔이 파괴되어 자세가 무너진 모그로가, 날아온 그것에 녹색 보주를 깜빡거렸다.

아벨도 이 간섭은 상정 외. 다만 마땅히 예상해야 했을 일이었다.

상대가 죽음에서 되돌아온 발로이 테메글리프라면.

「너! 용의 반려에게서 떨어져짜아아아———!!」

휘두르는 용조가 성벽으로 이루어진 모그로의 몸을 쉽사리 가르고, 포효와 함께 내리친 꼬리의 일격이 한 방에 부위를 파괴, 모그로의 질량이 삽시간에 깎여 나간다.

참으로 맥없지만 그도 당연하다. ———상대는 이 세계에서 최강의 생물.

"『운룡』 메조레이아…… 현재 내용물은, 마델린 에샬트인가!"

「아아아아아아아ー!」

부르짖은 용이 온몸으로 날뛰고 모그로의 거체가 충격에 크게 흔들렸다. 그 일격마다 성벽에 금이 가고 부서진 부위가 제도에 떨어졌다.

세계에서 가장 아름다운 성이라 불리던 수정궁의 정원이 짓밟히며 규율 바르고 정연히 조성된 제도의 시가지가 1초마다 죽어 간다.

그리고 제도를 엄습한 재난은 그걸로 끝나지 않았다.

"ーーーー."

용의 폭위에 노출된 모그로, 그 몸이 파괴되는 굉음에 섞여서 아벨의 귀에 닿은 것은, 저 먼 곳에서 발생한 세계가 깨지는 듯한 파쇄음이었다.

쳐다보니, 수정궁의 배후ーー 제도 전체의 수원이 된 저수지, 산악에서 나는 용천수를 이용한 그것의 방벽에 조금 전 뜯긴 모그로의 왼팔이 꽂혀 있었다.

한 박자 뒤에 팔이 꽂힌 지점에서 균열이 번지고 저수지의 물이 균열을 통해 흘러나오기 시작했다. 그것은 서서히 기세를 더하며 이윽고 방벽 전체를 무너뜨리고 탁류가 되어 제도로 흘러넘치리라.

당장에라도 제도의 주민과 공방전에 참가한 제국병과 반란군의 피난 유도를ーー.

"ーー실패."

모그로의 작지 않은 그 중얼거림이 들린 직후, 아벨의 몸에 부유감이 습격했다.

몸의 내용물이 떠오르는 감각에 돌아보니, 아벨이 던져진 것이 아니라, 아벨을 감싼 모그로의 팔이 용에게 물려 부서지고 있었다.

"──오."

자유낙하의 기세에 휘말린 아벨의 몸이 허공에서 반전했다.

모그로의 팔에 매달리는 손이 미끄러지지만, 만약 매달린 채로 있었어도 원래 성벽이었던 사물로는 완충재가 되지 못한 채 사망 원인이 될 뿐이리라.

하지만 모그로의 팔이 사망 원인이 되지 않아도 이대로는 유사한 원인이 같은 명운을 아벨에게 후려칠 뿐이다.

"뭔가를──."

찾아내야 한다고 시선을 돌리던 아벨의 눈이 한 곳에 빨려 들어갔다.

단, 그것은 구원의 손길이 아니었다.

아벨의 눈에 들어온 것은 모그로가 자신을 빼낸 수정궁의 구멍이다.

옥좌의 방과 연결된 구멍, 그 안을 엿볼 수는 없지만 의식은 끌려갔다.

죽은 자에게 개의치 말라고 말한 자가, 같은 독을 마신 거나 마찬가지였다.

"────."

그 1초가 있어 봤자 타개책을 찾아냈을지는 알 수 없다.

하지만 그 1초를 소비하지 않은 것은 아벨에게 최선을 다하지 않았다는 증거이며, 그 영혼에 지워지지 않는 상처를 영원히 새기는 것이었다.

　물론 여기서 그대로 추락사했으면 영혼의 상처 따위 논의할 가치도 없지만.

　"당겨——!"

　"——읏?!"

　강구할 수단을 헤매다가 팔다리를 순서대로 짚는 방식으로 충격을 분산시키려던 아벨을, 그보다 먼저 부드러운 감촉이 힘차게 받아냈다.

　무심코 숨이 턱 막힌 아벨의 몸이 튕기고 다시 그 감촉 위에 떨어졌다. 몇 번쯤 같은 일을 짧게 반복하던 아벨은 그 감촉이 펼쳐진 천의 탄력임을 깨달았다.

　누군가가 떨어지는 아벨 아래에 포갠 천을 펼쳐 받아낸 것이다.

　구사일생한 사실을 곱씹던 아벨은 금세 그 천 위를 굴러 끝자락에서 땅바닥에 발을 디뎠다. 한쪽 무릎을 꿇고 누가 이랬는지 확인하고자 고개를 들고——.

　"——자——아, 왔습니다, 천명의 때가!"

　"————."

　"각하인가, 아니면 각하인가. 어느 쪽이든 『대재앙』이 왔습니다. 저와 같이 『대재앙』에 저항해 보——지 않겠습니까!"

　그토록 예언 성취의 순간이 기쁜가.

　너무나도 상황에 어울리지 않게 밝은 목소리와 태도. 남자는 두 팔을 벌리고 부서지는 거리와, 그것을 실현하는 거대한 모그로와 『운룡』의 싸움을 등진 채 웃었다.

우비르크는 『별점쟁이』인 자신들에게 내려온 천명, 그 실현의 때를 축복하고 있었다.

3

벽이 부서지는 굉음이 울려 퍼지고 수정궁이 거세게 흔들려서 결정적인 무언가가 일어났다고 확신이 든 순간, 벨스테츠 폰달폰은 옥좌의 방으로 쳐들어갔다.

그리고——.

"——치샤 님, 입니까?"

붕괴한 옥좌의 방의 벽과 새 분진이 휘날리는 가운데, 붉은 융단 위에 쓰러진 흑발 황제의 모습을 발견한 벨스테츠는 실눈의 눈꼬리를 침울하게 내렸다.

걸어가니 앞으로 쓰러진 그 몸통에 구멍이 뚫리고 안에서 고동치고 있었을 심장이 터져서 명백히 끊어져 있다.

무관은 아니지만 한눈에 알 수 있다. 즉사다. 고통을 느낄 새도 없었으리라.

"그것은, 이 사람들이 한 소행을 생각하면 참으로 자비로운 끝이라 할 수 있겠습니다."

황제인 빈센트 볼라키아에게 반기를 들고 모반을 일으켰을 때부터 벨스테츠는 결코 편하게 죽지 못하리라 각오하고 있었다.

치샤도 공모자로서 비슷한 각오를 가지고 있었을 터다.

물론――.

"『별점쟁이』의 이야기로는, 당신은 이 사람과는 다른 것을 보고 있던 것 같습니다만."

그것은 명확한 배신 행위였지만, 벨스테츠는 탓할 생각이 없었다.

오히려 칭찬하는 기분이 본심이다.

원하는 것을 얻기 위해서라면, 자신이 가진 힘을 다해서 도전하는 것이 제국식.

벨스테츠도 인정하는 그 제국의 방식에 따라 치샤는 멋지게 증명해 보였다.

자신의 힘을. ――그것은 볼라키아 제국의 남자로서 명예로운 행위다.

"하지만 칭찬의 말을 건넬 시간을 내기는 어려울 듯하군요."

주검을 내려다보던 벨스테츠는 폭풍이 몰아닥치는 벽의 구멍을 쳐다보고, 그 너머에서 움직이는 바위색의 거체―― 모그로 하가네의 존재를 확인했다.

정황상 모그로가 치샤를 죽였다는 것은 이상하다.

모그로는 입장상 황제로 분한 치샤의 아군이었을 테고, 치샤의 사인은 가슴에 뚫린 일격이지만 저 거대한 모그로에게 그런 섬세한 공격은 불가능할 터.

걸리는 점이 있다면 벨스테츠와 스치는 형태로 수정궁 밖으로 간 『별점쟁이』―― 우비르크가 남긴 기묘한 말이다.

"이것이, 언젠가 올 『대재앙』이라고? 도대체 이 사람이 모르는 무엇이 제국에──."

"──어머나아, 듣지 못했어? 그럼 내가 가르쳐 줄까?"

"────."

느닷없이 들린 목소리에 벨스테츠가 얼굴을 굳히며 천천히 시선을 되돌렸다.

구멍을 바라보던 눈을, 쓰러져 있는 황제 모습의 주검으로. 그리고 다시 거기서 시선을 들어 올려 옥좌의 방 최심부── 옥좌로.

성 전체를 흔드는 충격이 있었음에도 반석 같이 위치가 고정된 옥좌. 뒤에 걸린 검랑이 그려진 국기가 바람에 날리는 그곳에 턱을 괴고 있는 그림자가 있었다.

황공하게도 황제 각하가 앉아야 할 옥좌에 앉아서 벨스테츠를 내려다보고 있는 인영이.

"──뭣."

본래라면 벨스테츠는 엄한 목소리로 옥좌에 앉은 상대의 불경을 꾸짖어야 했다. 그러나 그럴 수 없었다. 놀라서 목소리를 내지 못한 것이기도 하지만 그 이상으로 벨스테츠에게는 꾸짖을 자격이 없었기 때문이다.

재상이라는 지위는 이 볼라키아 제국에서 황제 및 황족 다음가는 권위가 있다.

『구신장』이라 칭송받는 일장들도 동격이라 할 수 있지만, 중요한 것은 재상이란 지위에 있는 벨스테츠가 꾸짖을 말을 뱉을 수 없는 상대란 국내에도 거의 없다는 사실이다.

그럼에도 불구하고 벨스테츠는 상대를 꾸짖을 수 없었다.

왜냐하면──.

"아직 살아 있었다니 끈질겨어, 벨스테츠. 저기이, 『선제의 의식』은 어느 쪽이 이겼어? 빈센트 오라버니? 아니면 프리스카일까?"

핏기가 가신 아름다운 얼굴에 균열을 일으킨 채로 그렇게 말한 것은 볼라키아의 황족.

과거 벨스테츠 폰달폰이 섬기던 주군이며, 『선제의 의식』에서 전사한 황녀, 라미아 고드윈이 유유히 옥좌에서 다리를 꼬고 있었다.

4

성질나는 이야기가 떠올랐다.

아마 페트라가 말했었던가.

"주인어른은 아주 성격 나쁘고, 입버릇도 나쁘고, 심술도 부리고, 화내고 있는데 즐거워 보여서 징그러울 때도 있지만, 가르치는 재주는 정말 좋아."

인정하고 싶지 않은 기분을 활짝 드러내면서도, 상대가 싫다는 이유로는 상대를 부당하게 깎아내리지 않는 게 페트라의 성격이었다.

나이가 가까운, 친구라고 해도 될까. 가필은 페트라의 그 고결한 면을 좋아했다. 프레데리카가 홀딱 반하는 것도 수긍이 간다.

손해를 보기 쉬운 성격이라는 의미로는, 가필이 스바루나 오토에게 홀딱 반한 것과 같은 계보이리라. 역시 남매끼리 닮은꼴이다.

　그렇다면 가필도 인정해야만 할 것이다.

　로즈월 L. 메이더스는 연적이며, 도저히 용서할 수 없는 악행을 계획한 진영 내 불온분자이자, 옛날부터 한 번도 좋아진 적이 없는 천적이기도 하다.

　그럼에도 로즈월의 가르침은 적확하고, 그것이 자신을 살려놓고 있다.

　"가필, 수리검이다. 독이 발려 있고 피해도 폭발한다. 정답은?"

　"답답해 죽겠다, 이 자식아!!"

　부르짖은 가필이 지면을 밟고, 직후에 융기한 대지가 방패가 되어 두 사람을 지킨다. 흙벽에 수리검이 박히는 가벼운 소리, 이어서 폭음이 대기를 태우며 울려 퍼졌다.

　로즈월의 예측대로 완갑(腕鉀)으로 받아 흘렸더라면 피해는 면할 수 없었다.

　그 사실에 날카로운 이를 갈고──.

　"어느 쪽이야!"

　"나야."

　질문에 즉각 대답이 나오자 가필이 등 뒤의 로즈월을 돌아보았다.

　그 순간, 로즈월이 두 손에 잡은 필가차로 날아드는 표창을 쳐

냈다. 그 머리 위에 번쩍이는 그림자가 보여서 가필은 무작정 주먹을 꽂았다.

타격음이 울려 퍼지고 가필의 권타가 돌려차기에 막혔다.

펼친 인물은 로즈월의 두개골을 부수는 공격을 중단한 오르바르트다. 괴노인은 가필의 주먹과 각력에 팽팽히 맞서는 와중 말했다.

"나 원, 진심으로 성가셔겼구먼그래. 역시 2대1은 치사하지 않어?"

"이제 와서 조건 바꾸려고 하지 마시지, 쬐끄만 영감태기가!"

"카카캇카! 말만 하는 거라면 거저 아니냐."

권타의 충격에 발을 뺀 오르바르트가 그 탄력으로 뒤로 뛰었다. 순간, 가필은 추격하고자 발을 디디려다가 멈춰 섰다.

그 코앞에 선회하는 수리검이 허공을 가르며 횡단했다.

가필은 그 모습을 잠자코 지켜보며 깊은 한숨을 내쉬었다가 문득 깨달았다.

"너, 뭘 웃고 자빠졌어."

"아니아니, 눈부신 성장에 감탄한 거야. 너는 말을 안 해도 방금 기습을 예측해 냈어. 전투 중에 학습했지."

"약아빠지게 된 것뿐이잖아. 말해 두지만 이 어르신은 니나 저 영감 같은 악질이 될 생각은 없다고."

"악질이 되는 데도 재능이 필요하기 마련이야. 내가 보기에 너에게는 악질이 될 만한 소질이 없어. 에밀리와 비등비등해."

"그럴 리 있겠냐! 같이 취급하지 마!"

로즈월의 지적에 무심코 대들었지만, 단언한 뒤에 에밀리아가 들었다간 상처받을지도 모를 반응이었다고 반성했다.

어쨌든 가필과 비슷하게 전장에서 날뛰고 있을 에밀리아나 진영의 다른 동료들. 합류했다는 람의 안부도 걱정되고, 슈드라크의 여자들과 하인켈 같은 면면도 떠올라서 가필은 심호흡했다.

"퍽이나 여유 있지 않으셔. 자네 동료들, 제법 고생할걸? 우리 쪽이 선수층이 두터운 포진일 테니 말이여."

마음을 다잡고 마주 보려던 가필의 기세를 오르바르트의 말이 꺾었다.

마음이 읽힌 듯한 감각을 겪으면 전투에서도 손에 든 패를 읽힌 것 같은 시의심이 작용하기에 바람직한 상황이 아니다.

그러나 조급해지는 가필 옆에서 로즈월은 어깨를 으쓱였다.

"흥분하면 상대가 노리는 바야. 네 경우에는 그래야 망설임이 사라진다고도 할 수 있지만, 흥분에 불순물이 섞이는 건 좋지 않아. 게다가."

"게다가?"

"원래부터 말수는 많겠지만 우리를 현혹시키려는 발언이 늘고 있지 않으신가? 아무래도 노인장도 꽤 짜증이 난 것 같은데."

"──징글징글한 애송이로고, 자네."

말하면서 오르바르트의 긴 눈썹에 가려진 안광이 못마땅하다는 빛을 띠었다.

그 말과 로즈월의 발언을 듣고 가필은 당연한 사실── 싸움이 오래가는 것에 자신이 짜증 나듯, 상대도 짜증스러운 것임을 깨달았다.

오르바르트가 웃고 도발하며 조롱하는 것은 여유로워서가 아니라 여유가 있는 척하며 정신적인 우위를 점하기 위해서다.

한편, 가필은 자신의 속내가 금세 얼굴에도 목소리에도 털 상태에도 드러난다.

그렇기에 심리전에서 눈 깜짝할 새에 상대에게 농락당한다.

"그래도 네가 상대의 본 실력을 웃돌 때와, 상대가 너와 같은 무대에 올라 줄 때라면 이길 수 있지. 하지만……."

"알아. 이 어르신보다 강한 녀석이 자기가 유리한 무대에서만 싸우겠다 그러면 이 어르신이 아무리 별러 봤자 승산이 안 보이지. 하지만."

가필이 지금 이렇게 볼라키아 제국에서 싸우고 있는 것은 갖가지 우연한 요인이 겹친 결과인, 굳이 말하자면 불운의 결실이다.

그러나 주사위가 어떻게 굴렀다고 해도 눈앞의 현실을 부정할 수는 없다.

그리고 앞으로도 이 제국에서의 싸움에 필적할 전장은, 에밀리아나 스바루와 함께 있는 한 줄기차게 덮쳐들 가능성이 있다.

다시 말해──.

"──넋두리는 접어 두련다."

"그래, 그렇고말고. 그러면 돼. 너의, 소년기의 끝이야."

에두른 로즈월의 말에 가필은 콧잔등에 주름을 잡았다.

로즈월이 성장을 기뻐하는 것도, 그것을 인정하는 것도 가필로서는 기쁘고 자시고 할 것 없다. 다만 소년기의 끝이라는 표현은 마음에 들었다.

"──나 원 참, 이러니까 젊은 것들은 싫단 말이지. 성장할 여지가 없는 영감하곤 다르게 금세 뭔가 각성하고 그러니까."

고개를 모로 꼰 오르바르트가 들어 올린 한쪽 다리의 발목을 흔들면서 한숨지었다.

그러나 너스레 같은 『악랄옹』의 욕설에는, 거짓 없는 적개심이 보였다. ──그렇다. 적개심이다. 그것은 오르바르트가 가필을 어엿한 적이라 인정한 증거.

"드디어……."

진지하게 오르바르트와 붙을 수 있는 자격을 얻었다고 가필의 피가 활기를 띤다.

재차 크고 깊게 코로 숨을 마셨다가 입으로 뱉는다. 그렇게 몸속을 맴도는 피를, 눈에는 보이지 않는 힘을, 의식하고──.

"아앙?"

갑자기 가필의 집중을 어지럽히는 얼빠진 목소리가 터졌다.

쳐다보니 그것은 정면에 선 오르바르트가 터트린 소리로, 순간 평정을 어지럽히려는 시노비의 책략인가 싶었다. 그러나 아니었다.

왜냐하면 도리어 빈틈을 드러낸 것은 오르바르트였기 때문이다.

시선을 가필로부터 떼고 전장 먼 곳으로 돌린 괴노인. 그 눈이 보던 것은──.

"──잠깐잠깐잠깐! 이렇게 중간에 끊는 건 치사하잖아요 아깝잖아요 분위기 파악을 못하잖아요! 저보다 파악 못하는 건 심각하다고요?!"

야단스럽게 외쳐대며 흙먼지와 함께 전장을 달리는 인영이 있다.

꽤 먼 곳부터 쨍쨍 울리는 목소리로 아우성치는 것은 전장과 어울리지 않는 인상의 작은 소년———. 단, 그 발놀림 속도가 심상치 않았다.

외치는 와중에도 소년은 하늘을 쳐다보며 날개를 펄럭이는 거대한 존재를 쫓아가고 있다.

그것이 떨어진 다른 전장에 내려온 용임을 가필도 한눈에 이해했다. 이해했지만, 용과 소년이 술래잡기를 하고 있는 사태는 이해하기 마땅치 않았다.

온갖 일이 다 일어나는 전장이라는 감상은 있긴 해도———.

"……왜 세시 자식이 쪼그매?"

기이한 광경에 동공이 가늘어진 가필의 귀에 나직한 목소리가 닿았다.

한 발로 선 오르바르트가 여전히 옆얼굴에 빈틈을 만든 채로, 용과 소년——— 아니, 아우성치는 소년 쪽에 눈길을 빼앗기고 있었다.

그리고———.

"요것 봐라. 체시, 내 색을 빼먹었구면?"

괴노인의 탁해진 눈동자에 놀람과 의혹이 스치고, 이윽고 그것은 납득과 분노로 바뀌었다.

시간으로 쳐서 10초에 못 미치는 감정 변화가 오르바르트 안에서 어떤 사고의 흐름을 만들어 냈는지 전혀 짐작도 가지 않는다.

다만 그것이 『악랄옹』의, 평생 셀 수 있을 정도밖에 만들지 않은 빈틈 중 하나라면 성격이 고약한 로즈월이 놓칠 턱이 없었다.

"──지금의 이 친구 앞에서 한눈을 팔다니, 상황을 너무 보지 못하는군."

생긴 바늘구멍 같은 빈틈으로 파고든 로즈월이 움켜쥔 필가차의 첨단을 쑤셔 넣었다.

순간적인 반응에 흐트러짐이 발생해서 몸을 튼 오르바르트의 왼쪽 어깨를 일격이 스쳤다. 속도가 실린 쇳덩이는 괴노인의 어깨에 타격을 가하고 이를 가는 왜소한 몸의 모습이 지면에 녹아들었다.

이 전투 중에 몇 번 보였던, 땅속을 잠영하는 기예다.

하지만──.

"가필!"

"알아!"

로즈월의 조언이 열 받지만 이미 그 공략법은 보였다.

가필의 『지령의 가호』는 발바닥이 닿은 지면에서 마나를 빨아올리는 가호이며, 쉽게 말해 대지와 연결되는 힘이다.

땅속으로 파고든 상대라도 집중하면 위치를 찾을 수──.

"──아?"

별안간 가필의 곤두선 온몸의 솜털이 기묘한 감각에 사로잡혔다.

묘하게 꺼끌거리는 혀가 목덜미를 핥는 듯한 소름 끼치는 감촉. 그것은 발밑의 오르바르트가 원인이 아니라 더 크고 넓은 범위에서 닥쳐들었다.

"가필?"

움직임이 멈춘 가필을, 로즈월이 의아한 투로 불렀다.

조금 전의 오르바르트에게 주는 답례는 아니지만 가필 또한 빈틈을 만들었다. 그 괴노인이라면 확실하게 찌를 빈틈.

그러나 공격은 없었다. 그러기는커녕——.

"노인장의 기척이, 사라졌어?"

필가차를 든 자세를 풀지 않은 로즈월이 고운 눈썹을 찌푸리고 중얼거렸다.

그의 말대로 있어야 할 오르바르트의 기척이 사라졌다. 물론 상대는 시노비다. 자신의 기척을 숨기는 술수야 얼마든지 익히고 있을 것이다.

하지만 그게 아니다. 흙 아래로 잠행한 오르바르트의 기척은 멀어졌다.

맹렬한 속도로 가필과 로즈월로부터 멀어지고, 그리고——.

"뭐야, 이 감각……."

"가필, 노인장은——."

"묘한, 기분 나쁜 것이, 『아이히아의 바람은 물을 썩힌다』 같은 게……."

오르바르트를 경계하는 로즈월은 가필과 위기감을 공유하지 못하고 있었다.

로즈월이 감지하지 못한 거면 이상의 원인은 마나가 아니리라. 그것은 가필의 발밑에서 다가오는, 크디큰 감각이었다.

　──『지령의 가호』가 깃든 가필이, 가장 먼저 깨달은 감각이다.

"전장의 흙이…… 아니, 볼라키아의 흙이 날뛰고 있어?"

가필에게는 소름 끼치는, 너무나 광대한 대지의 비명이 들리고 있었다.

싸움에 찬물을 끼얹은 것이나, 벽을 한 겹 깨트릴 기회를 빼앗긴 것에 대한 분개는 막아서는 무게 앞에서 종적 없이 흩어진다.

"로즈월! 당장 날아서 전원에게 알려!"

"────."

제국에서 대고 있는 가명을 잊은 가필의 외침이지만 로즈월은 긴급성을 중시한 것인지 참견하지 않았다.

끔찍이 싫어하는 상대의 배려를 받으며 가필은 절박감이 시키는 대로 외쳤다.

그 외침은──.

"──볼라키아 전부가 적으로 돌아섰어!"

5

──라미아 고드윈은 볼라키아 제국 제76대 황제 『드라이젠 볼라키아』의 딸이며, 빈센트 아벨쿠스 및 프리스카 베네딕트와 『선제의 의식』에서 싸우고 패배해 죽음을 맞이한 황녀이기도

했다.

형제자매가 마지막 한 명이 될 때까지 사투가 강제되는 『선제의 의식』에서, 황제로서 가장 유력하다고 간주되던 빈센트를 쓰러뜨리기 위해 다른 형제들과 동맹을 맺어 권모술수와 준비한 함정을 구사하여 가장 몰아붙이던 대립 후보.

그러나 계획은 당초의 세평을 뒤집지 못한 채 동맹은 붕괴하고 마지막에는 서로 싫어하던 여동생 프리스카와 결투에서 목숨을 잃었다.

당시의 연령과 그릇으로 따져도 빈센트가 아니라면 옥좌를 손에 넣은 것은 그녀였을 거라고, 『선제의 의식』에 관여한 이들 사이에서는 이야깃거리가 되었다.

그러나 패배는 패배. 뒤집을 수 없는 현실 앞에서 라미아의 몸은 『양검』의 불꽃에 불타 재가 되었다. 그것 또한 뒤집을 수 없는 현실일 터다.

그것이――.

"라미아 각하, 어째서……."

평소부터 감긴 듯 가느다란 벨스테츠의 눈이 눈동자가 회색이라는 사실을 확인할 수 있을 정도로 벌어져서 눈앞의 상대에 경악을 드러냈다.

전율하는 벨스테츠의 시야, 바람에 흔들리는 국기를 등지듯이 옥좌에 앉아 있는 것은 기억에 선한 주인, 라미아 고드윈의 존안이 분명했다.

핏기가 가신 하얀 얼굴에 균열을 내고, 아름답던 붉은 눈동자를 검은 어둠에 금색의 빛이 떠오른다는 섬뜩한 색으로 바꾸었다는 점 말고는.

"벨스테츠, 내 질문이 들리지 않았어? 『선제의 의식』에서 이긴 것은 빈센트 오라버니? 프리스카? 설마 팔라디오 오라버니라고는 안 하겠지? 내가 쓰러진 뒤, 그 두 사람 말고 다른 사람이 경쟁하다니 악몽인걸."

"──각하께서 쓰러지신 뒤, 옥좌를 얻은 것은 빈센트 아벨쿠스 각하입니다. 현재에 이르기까지 재위 8년의 통치를."

"하지만 죽어 버렸지. 그것이 발밑에 쓰러져 있는 답?"

턱을 괸 라미아가 벨스테츠의 말을 가로막고 쓰러진 주검을 쳐다보았다. 그녀의 위치에서는 얼굴이 보이지 않아도 피를 나눈 형제끼리 분간은 간다.

엄밀히 말하면 쓰러진 빈센트는 진짜 빈센트가 아니라 치샤 골드가 분한 모습이라는 게 벨스테츠의 견해지만, 아무튼 간에.

"실례지만 라미아 각하, 여쭙고 싶은 사항이."

"뭘까, 벨스테츠. 당신은 내 충실한 심복이었잖니. 듣고 싶은 게 있으면 대답해 줄게에."

"무엇 때문에 돌아오셨습니까. 덧붙여서 말하면 그 옥좌는 볼라키아의 황제 말고는 앉는 게 용납되지 않는 것. ──각하께는 그럴 자격이 없습니다."

불경하다며 상대가 역정을 낼 것을 감안하고서 벨스테츠는 내뱉었다.

한때 그녀야말로 볼라키아 제국의 옥좌에 앉기에 마땅하다며 섬기고 보필하는 데에 모든 정성을 쏟던 나날이 있었다. 시간을 넘어서서 실제로 라미아가 저렇게 황제의 옥좌에 앉아 있는 광경을 보면 치미는 것이 있다.

──가슴속에 부글부글, 견디기 어려운 혐오와 분노가 치미는 것이다.

"현명하게 판단하시길. 각하. 저희는 패했습니다."

벨스테츠는 가슴에 손을 짚고서 공손히, 과거와 같이 라미아에게 진언했다.

아직 젊은 나이, 그러나 아름답고 총명하던 라미아는 벨스테츠의 진언에 귀를 기울이며 진지하게 상대하고, 고려하고 음미하며 정답을 이끌려는 유연함이 있었다.

그, 라미아의 교활한 독의 꽃 같은 미덕은──.

"병적이구나아, 벨스테츠. 아무리 사랑하고 헌신해도, 이 나라가 당신에게 부응해 줄 일은 없을 텐데도."

얼어붙은 것처럼 표정이 변하지 않은 라미아의 대구에 벨스테츠는 즉시 움직였다.

가슴에 짚은 손을 라미아에게 겨누더니 그 손가락에 끼운 반지가 요사하게 빛났다.

그것은 재상의 증표로서 벨스테츠에게 주어진 『미티어』다.

"각오하시길──!"

벨스테츠의 의지에 호응하여 환하게 빛난 반지의 보주에서 불덩이가 토해졌다.

저장한 마나를 마법으로 방출하는 그 힘은 호신 명목으로 빈센트도 소유하던 물건이지만, 그것이 과거 충성을 바친 주인──아니, 그 닮은꼴을 덮친다.

그대로 옥좌의 라미아가 무방비하게 불덩이에 삼켜지고──.

"바보구나야. 볼라키아의 황족 상대로 불은 아니잖아, 불은."

다음 순간, 눈부신 빛이 한 줄기 달리고, 불덩이가 대각선으로 양단되었다. 그것은 기세를 남긴 채 라미아를 피하고 배후로 지나가 검랑을 그린 국기에 맞아 태웠다.

그 결과를 만든 라미아의 손에, 벌겋게 빛나는 보검이 잡혀 있었다.

잘못 볼 리 없는 그 진홍의 빛은, 볼라키아 제국이 자랑하는 지보──.

"──『양검』 볼라키아."

"볼라키아의 황족이라면 가지고 있는 게 당연하잖아?"

다시 눈을 부릅뜬 벨스테츠. 평범한 인간의 실눈 정도로 뜨인 눈에 찬란한 양검을 든 라미아가 자기 쪽으로 뛰는 모습이 보였다.

위로 쳐든 라미아의 참격이 육박한다. 저 눈부신 붉은색이 겉보기만 비슷하게 꾸민 가짜가 아니라면, 벨스테츠의 존재는 불타서 재도 남기지 않는다.

움직여야 한다. 그러나 움직일 수 없었다.

그런 훈련을 받지 않았고, 무엇보다 저 눈부심에 눈길을 빼앗겼다.

볼라키아 제국을 상징하는 양검의 눈부심에──.

"잘 가, 벨스테——."

"흐으으으음!!"

벨스테츠의 생명이 불타기 직전, 옥좌의 방 대문이 밖에서 박살 나고 그 너머에서 뛰어든 거대한 질량이 정면으로 라미아와 충돌해 황녀의 가녀린 몸을 날려 버렸다.

"뭣……."

눈앞에 육박한 죽음이 멀어지고 숨을 내뱉은 벨스테츠의 눈앞, 라미아와 격돌한 것은 밖에서 던진 전투 도끼였다. 그것은 옥좌의 방 앞, 수정궁의 통로에 진열된 갑주에 들린 무기 중 한 자루이며, 의례용 장식이 달린 화려한 물건이었다.

그것이 라미아를 정면으로 요격하고 맹렬한 기세로 옥좌의 방 배후로 날려 버렸다.

"누가……."

도끼를 던진 것이냐고 의문을 품은 벨스테츠. 뒤돌아서 상대를 확인하기보다 먼저 큼직한 발소리가 단숨에 접근해 왔다.

"간신, 벨스테츠 폰달폰! 역시 귀공 같은 자를 재상으로 유임하는 것을 나는 반대했었다!!"

큼직한 손에 목덜미가 잡혀서 발이 붕 뜬 벨스테츠는 수염 난 거한과 강제로 마주 보는 처지가 되었다. 그 몸에 어울리는 커다란 목소리와 딱 맞는 우락부락한 생김새를 가진 인물이었다.

훤히 드러난 상반신은 단련된 근육의 갑옷으로 뒤덮여서, 한 달 이상이나 감금 상태에 있었을 텐데도 패기는 먼지만큼도 쇠하지 않은 인물——.

"고즈 랄폰 일장······."

"귀공은 공식석상에서 심판을 받아야겠다! 물론 모반을 계획하고 실행한 치샤 일장도 같은 죄다! 설령 그 진의가 어찌 되었든, 각하와 아군을 속인 죄는 무겁다!"

"＿＿＿＿."

"애초에! 우리를! 장병을 우습게 보지 마라! 설령 어떠한 간난신고라 해도 『대재앙』따위 우리의 힘을 합쳐서 분쇄해 줄 것이야!!"

우렁한 목소리로 장담한, 덩치 큰 사내. 그자는 『사자기사』 고즈 랄폰.

제국의 『구신장』 한 명이며 제5위의 자리를 받은 그는, 높은 충성심과 나쁜 운 때문에 벨스테츠와 치샤의 책모로 빈센트 다음으로 피해를 본 인물이다.

물론 그가 없었으면 빈센트를 수정궁에서 놓치는 일도 없었다. 서로의 목적을 위해서 최선을 다해 자웅을 가리는 제국식을 따른다면 피차 원망은 없다.

그렇기에 그 점에서 사죄할 마음이나 미안한 감정은 추호도 없지만.

"어째서 여기에······. 당신은 이 사람의 저택 지하에 구속되어 있었을 겁니다만."

"용감한 소녀에게 구조받았지! 강한 마음을 가진 자······ 나와 똑같이 그 저택에 잡아 둔 것이 운이 다한 셈이었구나! 그 소녀야말로 볼라키아 제국의 자랑스러운 부녀자다!"

"……과연, 그 소녀였습니까."

벨스테츠의 뇌리에 떠오른 것은, 저택에 잡혀 있던 파란 머리의 소녀였다.

귀중한 치유 마법의 사용자이자 마델린의 이야기로는 오니족이라던 그녀는 능력적으로도 종족적으로도 황비 후보로 삼을 작정이었다.

의지가 굳세고 활력에 찬 여성이라 평가했었지만, 그것도 아직 과소평가였던 모양이다.

다만 그런 고즈의 등장의 진상 뒤에 마음에 걸리는 것은──.

"고즈 일장, 당신도 『대재앙』에 관해서는 이미?"

"자세히는 듣지 못했다! 하지만 그것이 각하의 생명을 희생해서 일어난다는 이야기만은 들었지! 그것도 포함해 치샤 일장에게 이야기를 들어야 한다만…… 그보다 우선할 문제는 각하의 신변이다! 귀공들은 각하를 어디로……."

고즈가 불필요하게 커다란 목소리로 대꾸하며 벨스테츠에게 자신의 방침을 고했다.

벨스테츠는 속으로 고즈에게까지 전해졌던 『대재앙』 이야기를 치샤가 자신에게 완전히 덮어 두고 있었던 사실을 칭찬, 더해서 분노를 느꼈지만, 그게 다다.

말하던 도중에 고즈가 뭔가를 깨닫고 눈을 부릅떴다.

그리고──.

"뭐, 엇…… 가, 각하…… 각하아아아!!"

고즈가 절규하며 그 자리에 허물어졌다. 그 바람에 벨스테츠도 바닥 위에 던져졌지만 고즈는 개의치 않고 눈앞의, 다시는 움직이지 않는 황제의 주검에 매달렸다.

부릅뜬 고즈의 눈에서 폭포수같이 눈물이 흐르며 융단을 무겁게 적셨다.

"각하……! 이 고즈 랄폰, 너무나도 늦게……! 이렇게 못날 수가! 이렇게 미련할 수가! 이 어리석은 몸은 이미 죽어서 갚는 것 말고……!"

"고, 고즈 일장! 진정하십시오! 그분은……."

"어떻게 진정하고 있으란 말인가!! 네 이놈, 벨스테츠 재상! 귀공들은 이걸로 만족하나?! 각하의 생명을 빼앗아 이 제국 자체를——."

"돌아가신 것은 치샤 일장입니다!"

가슴이 꿰뚫린 황제의 주검에 격발한 고즈의 입을 벨스테츠도 언성을 높여 막았다.

벨스테츠가 좀처럼 내지 않는 큰소리를 지르자 고즈는 눈을 부릅뜨더니, 쓰러진 시체를 유심히 확인했다.

"이게, 치샤 일장……? 말도 안 돼! 그렇다면 대체 무슨 일이 있어났기에?!"

"이 사람도 자세한 일은 알지 못합니다. 단지 각하의 모습으로 치샤 일장이 돌아가신 것과, 미증유의 사태…… 아마도 『대재앙』과 관련된 뭔가가."

벨스테츠는 감정이 오락가락 바쁜 고즈를 진정시키고 자기 자신의 사고도 정리했다.

그렇다. 아마도 이 황제로서의 죽음도, 벨스테츠와 결탁하여 일으킨 모반도, 모든 것은 치샤 골드가 꾸민 모략의 일종.

그리고 그것은 수없이 오간 『대재앙』의 현상과 무관하지 않을 것이다.

"──갑자기 너무하네에. 이런 대접, 태어나고 죽은 뒤로 처음이야."

방 안쪽에서 차분한 목소리가 날아왔다.

고즈가 거칠게 던진 전투 도끼의 일격을 받고 날아가서 꿍침한 줄 알았던 라미아다.

사전에 말해 두겠지만 그녀의 존재를 망각했던 것은 아니다.

그 후의 고즈와의 요란한 대화야 있었어도 벨스테츠가 그녀를 언급하지 않은 것은, 그 전투 도끼의 위력이 명백하게 목숨을 앗아갈 수준이었기 때문이다.

고즈 랄폰은 많은 장병들의 흠모를 받으며 치샤 골드에 버금가게 대군의 지휘가 특기인 『장』이지만, 치샤와 비교해 개인 전투력도 걸출하다.

그런 고즈가 상대를 쓰러뜨릴 작정으로 공격을 날렸으면, 그 것을 맞은 평범한 사람의 몸쯤이야 긁히기만 해도 산산조각이 나야 마땅하다.

하지만 라미아는 그렇게 되지 않았다. ──아니, 엄밀히는 그게 아니다.

"뭐어, 이 몸…… 아프단 감각이 없는 것 같아서 살았지만."

말하고 일어선 라미아가 도자기처럼 깨진 오른쪽 반신── 그것을 천천히 이어붙이며 고개를 기울였다.

농담이나 비유가 아니라, 정말로 그러고 있다. 상처에서 피도 흐르지 않으며, 깨진 부위가 꿈틀대며 조립되는 모습은 호수에 깔린 얼음 같은 인상이었다.

그저 죽었던 인물이 되살아나서 움직이고 있는 것뿐만이 아니다.

"벨스테츠 재상, 내가 잘못 본 게 아니라면 저분은……."

"──라미아 고드윈 각하입니다. 8년 전의, 『선제의 의식』 때에 돌아가셨던."

"어째서 돌아가셨어야 했을 황녀 각하가 저러고 계시지?! 나도 창졸지간에 공격하고 말았다고?! 설마 황제 각하가 여동생분을 살려 두셨다는 말인가?!"

"그럴 리가 없습니다. 빈센트 볼라키아 황제 각하는 그런 정하고는 무관한 분. 저 요사한 모습, 라미아 각하의 문제입니다."

반사적인 고즈의 짧은 생각을 교정한 벨스테츠는 여전히 육체를 복원 중인 라미아를 응시하며 그리 판단했다.

가능하다면 라미아와의 대화를 길게 끌어서 정보를 얻어내고 싶지만.

"교섭 창구를 닫은 것은 다름 아닌 이 사람 쪽인지라."

"응, 그러네에. 나는 잘 대화할 작정이었는데, 왜 그랬어?"

"글쎄요, 인생 마지막에 도전한 대승부에서 아군의 배신을 당해 자포자기했을지도 모르겠습니다. 이 사람도 자신에게 이런 일면이 있었나 싶어 놀라는 중입니다."

"그런 소리나 할 때인가!! 라미아 각하! 빈센트 볼라키아 황제 각하의 통치하에서 일장을 수여받은 고즈 랄폰이라고 하나이다! 얌전히 오라를 받으시겠습니까!"

선제 공격을 가한 끝에 대화를 하고 싶다 해 봤자 귀를 기울일 리 없다.

그 생각을 긍정한 라미아에게 이번에는 고즈가 큼직한 한 걸음을 내디뎠다. 전투 도끼를 놓은 상태여도 그에게는 통나무처럼 굵은 두 팔이 남아 있다.

『양검』의 힘과 그에 수반한 육체의 강화가 있어도 라미아의 실력으로는 고즈를 막을 수 없을 터다.

피아의 실력 차이를 알지 못할 라미아가 아닐 테지만——.

"싫어, 그런 거. 깼는데 또 부자유하다니 못 배겨어."

"그렇다면, 힘으로……."

"——그리고, 있지이?"

들은 척도 하지 않는다면 부득이하다며 고즈가 더욱 큼직하게 발을 디디려던 그때였다.

라미아의, 요사하게 빛나는 금색의 두 눈이 일렁이자 상황이 변했다. ——라미아와 같은 검은 어둠에 금색을 드리운 그림자가 그녀 주위에 잇따라 일어선 것이다.

"뭣이라고오?!"

대경실색한 고즈가 외치고, 벨스테츠도 소리도 못 내며 목이 턱 막혔다.

마치 지면에서 그림자가 일어선 것처럼 나타난 것은 라미아와 똑같은 눈과, 똑같이 색을 잃은 피부에 균열이 간 기이한 용모의 이들.

그것만으로도 경악스럽지만 벨스테츠와 고즈의 충격은 그것만으로 끝나지 않는다.

일어선 모두를 본 기억이 있을 뿐더러──.

"──어차피 끝날 제국에 매달리는 당신들이, 딱하기 그지없는걸."

그렇게 말하고 『양검』을 든 라미아의 주위에서 똑같이 하늘에 손을 뻗은, 스무 명이 넘는 모두가 붉게 빛나는 보검을 뽑고도 불타지 않는 자격을 가진 황족이었기 때문이다.

6

──제8위의 모그로 하가네와, 마델린 에샬트와 발로이 테메글리프라는 신구 제9위의 싸움은, 수정궁 옆에서 여전히 거세게 속행 중이었다.

바로 지척에서 펼쳐지는 규격 외의 전투는 거대한 인간형 성벽과 구름을 두른 용의 충돌이며, 거기에 제국 최강의 비룡 기수가 참가한 제국사에 남을 격전이었다.

울려 퍼지는 굉음과 땅울림은 볼라키아 제국이 지르는 비명 그자체이며, 파괴된 저수지에서 흘러나온 물은 탁류가 되어 제도로 흘러든다.

그야말로 제도 루프가나는── 아니, 신성 볼라키아 제국은 전에 없이 멸망을 예감하는 격동의 상황으로 내쫓기고 있었다.

그런 상황임에도 불구하고——.

"각하인가, 아니면 각하인가. 어느 쪽이든 『대재앙』이 왔습니다. 저와 같이 『대재앙』에 저항해 보—지 않겠습니까!"

두 팔을 펼치고 활짝 웃으며 부서지는 제도의 시가지를 쳐다보지도 않는 『별점쟁이』의 모습은, 엉뚱함을 넘어서서 악몽 같기에 평범한 사람의 이해를 가볍게 짓밟았다.

그러나 서글픈 노릇. 그 『별점쟁이』의 상궤를 벗어난 웃음과 마주한 것은 이 제국에서 가장 평범을 용납받을 수 없는 입장의 인간이었다.

"————."

아벨은 한순간 자신을 구원한 기적의 무대 위를 쳐다봤다.

높은 곳에서 추락한 아벨을 구한 것은 낙하지점에서 팽팽하게 깔린 천으로, 수정궁 각 방과 주위 건물에서 긁어모은 즉석 완충재였다.

구조된 구조는 그걸로 수긍이 간다. 문제는 어떻게 그것을 준비할 수 있었느냐다.

누군가가—— 아니, 아벨이 떨어지리라 알지 못하면 이런 준비는 할 수 없다.

"네놈, 어디까지 알고 있었지!"

그렇게 결론 내린 순간, 아벨이 뻗은 손이 히죽이는 낯짝의 우비르크의 멱살을 잡았다. 억지로 당기는 손길에 우비르크가 "어쿠쿠." 하고 헛발을 디디다가 눈을 동그랗게 떴다.

바로 눈앞에 얼굴을 가져온 아벨은 우비르크를 매섭게 노려보며 힐문했다.

"치샤의 꿍꿍이…… 아니, 그게 아니지. 『대재앙』의 방문이 누구의 죽음으로 야기되는지, 네놈은 어디까지 알고 있었지? 네놈은, 내 죽음이라고——."

"네, 저는 이렇게 말했습니다. ——빈센트 볼라키아의 죽음이 제국에 멸망을 초래하는 『대재앙』의 시작이라고."

숨결이 닿는 거리에서 노려보는 눈길에도 우비르크의 여유로운 태도는 무너지지 않았다. 아마도 이것은 여유조차 아니다. 더 별개의 소름 끼치는, 기대나 고양감이라 할 수 있다.

실제로 우비르크는 고양되어 있었다. 드디어 고대하던 기회가 찾아왔다는 듯이.

하지만——.

"빈센트 볼라키아란, 나를 말한다!"

"아니요, 아니요! 각하! 그건 아닙니다. 그—건 아니에요. 목청 높이며 말씀드리겠습니다만, 그건 아니랍니다, 각하!"

"————."

"치샤 골드 일장은, 틀림없이 빈센트 볼라키아를 완수하셨습니다. 다름 아닌 각하 본인께서 그럴 수 있도록 치샤 일장을 빚으셨지요."

"나는……."

그런 목적으로 치샤 골드를 곁에 두던 것이 아니었다.

언젠가 올 『대재앙』 때, 그 자리에 있을 수 없는 무력한 황제 대신에 제국 일체를 책임지고 관장할 능력의 소유자가 필요하다고 생각했다.

자신이 죽은 뒤, 제위를 잇기에 걸맞은 존재와 협력하여 제국을 멸망에서 지킬 자가.

"무엇 때문에, 네놈은 이 계획에 가담했지?"

"네?"

"『별점쟁이』인 네놈은 천명의 성취와 이행이라는 것밖에 흥미가 없을 테지. 『대재앙』을 확실하게 일으키고 싶으면 내 목숨을 이용해야 했을 것이다. 어째서 불확실한 치샤 놈의 작전에 편승하려고 생각했나. 조리에 맞지 않는다."

『별점쟁이』란 인간의 모습을 빌린 천명의 꼭두각시 인형이다.

아무리 호감을 보내는 모습이나 친밀하게 접근하는 태도를 가장해도 내면에 있는 것은 천명에 대한 집착과, 그것을 달성하려는 흉악한 사상밖에 없다.

우선순위는 명확할 터다. 그런데 어째서 치샤의 책모에 힘을 보탰는가.

"분명히 말해서 저는 각하 본인이든 치샤 일장이든, 아무나 상관없었죠. 일어나면 좋고 일어나지 않으면 나쁘고. 치샤 일장이 각하의 모습으로 돌아가셔도 『대재앙』이 일어나지 않으면, 그때는 각하 본인을…… 하는 생각에."

"──그렇다면 이 상황은 네놈의 기대에 맞은 건가."

장난스럽게 혀를 내민 우비르크의 대답을, 아벨은 차분히 이해했다. 그리고 우비르크와 더 대화해도 소용없음을 깨달았다.

잡고 있던 그의 멱살을 놓아 준 아벨은 천천히 뒤돌아섰다. 귀면 너머의 시야에 비치는 것은 아벨을 구한 천 끝자락을 잡은 여러 인영이었다.

전원이 다 수정궁에서는 본 적이 없는 얼굴들이지만——.

"이자들도 네놈의 일파인가."

"일파라고 할 만한 수가 아—니지만요?"

어깨를 으쓱인 우비르크가 우회해서 동류들 앞에서 두 팔을 펼쳤다. 얼추 십여 명의, 남녀노소 관계없이 모인 이들은 그와 같은 『별점쟁이』이리라.

줄여도 다시 생긴다. 관람자의 끄나풀은 어떤 식으로 선택받는지 알 수 없기에 존재를 파악한 채로 방치해 둔 것도 많지만.

"전해드렸다시피 저희는 천명에 따라 행동합니다. 각하는 어찌시겠습니까?"

"나는——."

어떻게 해야 할까, 하고 사색하면서 아벨은 자신의 생각을 혀에 실으려 했다.

하지만 우비르크에게 대답하는 도중, 유달리 큰 충격이 지면을 흔들고 일행에게서 떨어진 위치에 소리와 함께 모그로의 몸 일부가 떨어졌다.

여전히 격전 중, 그러나 2 대 1이라는 점으로도 모그로가 불리한 것은 부정할 수 없다.

죽었을 터인 발로이 테메글리프와, 그 애룡의 부활.

거기서 도출되는 최악의 가능성은 그것이 그들만으로 그치지 않는 상황이다.

"제도의 혼란과 제도의 위기, 섭리가 뒤집히는 사건은 그야말로『대재앙』의 증거."

휘날리는 분진에 얼굴을 가린 아벨 옆에서 우비르크가 턱짓으로 하늘을 가리켰다.

소생한 사자(死者)와 용이 날뛰며, 그것만으로 그치지 않을 피해의 확대를 예감하면서──.

"왕국의『마녀』, 도시국가의『밤 울음』, 성왕국의『붕락』. 그리고 제국의『대재앙』…… 세계를 멸하는 네 개의 재앙, 그때가 다가왔습니다. 이 순간도."

"_____."

"아아, 그리고 각하, 이건 저의 개인적인 의견인데요."

미처 못한 말을 입에 담듯이 우비르크가 손뼉을 쳤다. 그렇게 『별점쟁이』는 머리 위를, 모그로의 전투를 손가락으로 가리키고── 아니, 우비르크가 가리킨 것은 전투가 아니라 격전의 여파로 흔들리는 수정궁. 그것도 구멍이 뚫린 옥좌의 방이었다.

"어째서 치샤 일장의 계획에 협력했느냐, 말──이었죠. 아무나 상관없었다는 건 진심입니다만…… 각하 쪽이 확률이 높다고 생각했습니다."

"……뭐라?"

"저는 천명의 성취를 최우선합니다. 제 목적은『대재앙』이 일어나고 그것이 초래하는 멸망을 저지하──는 것. ──우선순위는 굳건합니다."

『별점쟁이』는 천명의 성취와 이행에 집착하며 그 목적에 사로잡힌, 살아 있는 인형.

그 인식은 바뀌지 않는다. 그 인식을 바꾸지 않은 채로 우비르크는 자기 행동의 이유를, 선택의 근거를, 바라는 미래를 제시했다.

『대재앙』에서 볼라키아 제국을 구하기 위해서 아벨 쪽을 우선했다고.

"──치샤 골드, 너는."

색이 빠진 자신에게 빈센트 볼라키아라는 색을 물들이고, 가장한 검은 눈에 어떤 미래를, 어떤 기대를 그리고 있었는가.

기대나 희망 같은 말, 하찮은 현실도피인 것을 어째서 알지 못했나.

"──얼래."

얼굴에 손을 짚고 귀면의 볼을 잡은 아벨의 귀에 느닷없는 폭음이 울려 퍼졌다. 그에 반응한 우비르크가 얼빠진 소리를 흘리고, 이어서 묵직한 소리가 옆에 떨어졌다.

쳐다보니 방금 아벨을 받아낸 천 위에 뭔가가 떨어졌다. 단, 아벨 때와 다르게 구하기 위해서 천이 깔려 있지 않아서 완충재 역할은 완수하지 못했다.

그러나──.

"천이 깔려 있어서 운이 좋았군! 벨스테츠 재상! 살아 있나!"

"노구에는 힘듭니다만, 간신히…… 음."

뒤집어쓴 천을 떨쳐내고 그 아래에서 모습을 보인 것은 상반신을 벌거벗은 거한과 그 팔에 안긴 백발 노인 2인조였다.

양쪽 다 본 기억이 있으며, 여기서 마주칠 줄 생각도 못했던 상대.

"어—이쿠, 고즈 일장님이시지 않습니까. 게다가 벨스테츠 재상님도 무사하시고."

"당신이야말로 도망쳤나 싶었더니 아직 여기에……."

"귀공! 치샤 일장과 벨스테츠 재상에게 헛바람을 불어넣은 『별점쟁이』인가! 귀공 때문에 각하께선…… 각하께선……!!"

머리 위, 아무래도 수정궁에 뚫린 구멍에서 뛰어내린 듯한 거한—— 고즈 랄폰이 재상 벨스테츠를 안은 채로 우비르크에게 다그쳤다.

치샤의 노림수를 안 지금, 고즈는 죽지 않았을 것으로 여겼었다. 하지만 무엇 때문에 하늘에서 내려왔는가. 벨스테츠도 어디까지 치샤와 통하고 있었던가.

"제도의 혼란이고 뭐고 다! 모든 것은 귀공의 암약이 원인인가! 죽음으로 사죄토록 하라!"

"잠깐 기—다라 주세요! 저는 고즈 일장님의 신변에 일어난 일하고 무관해요! 왜냐면, 저기, 천명으로 볼 때 고즈 일장님은 신경 쓸 정도의 존재가 아니어서……."

"감히!!"

우비르크가 쓸데없는 소리를 떠들어 더더욱 고즈의 분노를 샀다. 자기가 안은 대상을 잊고 있는지 굵은 팔로 옥죈 벨스테츠가 고통스럽게 몸을 비틀고 있었다.

심지어 사태 변화는 그것만으로도 그치지 않고——.

"우와아?! 가까이 와 보면 와 볼수록 훨씬 더 기상천외! 저를 푸대접한 용을 쫓아 달려왔더니 대리하는 상대가 커다란 인형인가요! 확실히 보는 맛은 있을지도 모릅니다만 저의 대리를 맡을 수 있을 것 같지 않은데!"

"———."

쨍쨍 새된 목소리가 들렸나 싶더니 다음 순간에는 그 목소리의 주인이 어마어마한 바람을 두르며 흙먼지를 뚫고 그 자리에 나타났다.

신은 짚신을 미끄러뜨리며 손으로 차양을 만들어 하늘을 쳐다보는 것은, 부르지도 않았는데도 온 파란 머리의 카라라기풍 소년——. 그 요란법석 떠는 태도와 언동, 무엇보다 익히 아는 모습을 줄였을 뿐인 행색에 전원이 눈을 부릅떴다.

"세, 세실스 세그문트——?!"

"어라? 지금 저 불렀어요? 이야아, 질풍신뢰로 제 이름이 퍼질 정도로 일을 저지르긴 했습니다만 쑥스럽네요. 본심을 말하면 최고의 자세는 저 용을 베었을 때 잡는 게 베스트라고 생각하는데 나 자신의 주연도가 밉구나!"

"……틀림없다. 세실스 일장이다!"

모그로와 『운룡』의 전투를 바라보던 소년이 뒤를 돌아보며 착각할 여지가 없는 독특한 거리감으로 그런 말을 꺼냈다.

거기에 있던 것은 틀림없이 『구신장』 최강의 존재이며, 볼라키아 제국에서 무의 정점에 선 제1위 세실스 세그문트——의,

어린 상태다.

마침 아벨이 처음 세실스를 거두어 부하로서 받아들였을 때가 이만한 나이였다. 그후, 내용물은 몰라도 외면은 성장했을 터다.

"네놈, 왜 작아졌지? 오르바르트 덩클켄의 소행인가? 하지만, 그래서는……."

마도 카오스프레임에서 오르바르트와 조우했을 때의 태도와 모순이 생긴다.

오르바르트는 아무래도 치샤가 가짜 황제로 분했다는 사실을 모른 눈치다. 하지만 만약 오르바르트가 세실스에게, 나츠키 스바루나 미디엄과 똑같은 술법을 걸었더라면 그 행동을 의문으로 여길 수밖에 없다.

어째서 황제는 자신에게 세실스를 어려지게 만들라 시켰느냐고.

거기에 합리적인 설명을 달 수 있을 것 같지는 않다. 세실스는 10년 이상이나 아무 교정 없이 내버려 두었다. 이제 와서 저자에게 채울 목줄이라곤 없으니까.

다시 말해——.

"코딱지만 한 게 뭔 발이 이렇게 빨라, 자네. 내가 이만큼 처지다니 진지하게 몸이 녹슨 게 느껴지잖아."

머리에 떠올린 직후, 그 자리에 이번에는 덩치 작은 시노비—— 오르바르트 덩클켄이 출현했다. 제도 방위를 위해서 성벽의 정점을 책임지고 있을 텐데 그 역할을 방기해서까지 수정궁에 돌아왔다.

시노비의 두령인 오르바르트가 어째서 그랬느냐고 하면——.

"어라라, 뿌리친 줄 알았는데 못 뿌리쳤나요. 굉장하네요, 노인장! 그 나이로 아직 무대의 배역을 원하다니 존경스러운 기분이에요! 훌륭해라!"

"시끄럽다, 인마. 꼬라지를 보니 이것저것 까맣게 다 잊었지? 자네."

"까맣게 잊었다뇨? 글쎄요. 무슨 말을 하는지 도통 모르겠는데요."

"내가 안 했는데 세시가 작은 건, 체시 자식이 한 거라 그렇겠지. 나는 남의 기술은 훔쳐도 남한테 도둑맞는 건 싫어한다고."

"아하하하하, 엄청나게 이기적인 주장이네요! 하지만 싫어하지 않아요. 오히려 좋아."

불만스럽게 입술을 뒤튼 노인의 말에 그보다 아슬아슬하게 키가 더 큰 어린 세실스가 웃었다.

『별점쟁이』우비르크는 여전히 고즈에게 추궁받는 중이고, 굵은 팔에 안긴 벨스테츠는 자유를 빼앗긴 채 바로 옆에서 이어지는 모그로와 『운룡』, 그리고 되살아난 발로이가 벌이는 전투의 여파가 떨어지지 않을까 신경 쓰고 있었다.

"뭐냐, 이건……."

이 자리에 속속 모여드는 이들.

정신이 들고 보니 볼라키아 제국의 『구신장』 중 과반수가 이곳에 오고 있었다.

이것도 치샤의 사주인가.

빈센트 볼라키아가 할 수 있는 일이라면 똑같이 할 수 있게 가르쳤을 치샤 골드는, 어디까지나 이쪽의 의도를 넘어서는가.

자신의 목숨을 바쳐 아벨을 살리고, 다음에는 무엇을——.

「——죄송합니다만, 그건 할 수 없겠군요.」

"_____."

과거, 빈센트 아벨쿠스의 질문에 치샤 골드는 그리 대답했다.

자신을 위해서 죽을 수 있느냐는 물음에 그럴 수는 없다고 정면으로 대답한 것이다.

그렇다면 치샤가 목숨을 던진 것은 빈센트 아벨쿠스를 위해서가 아니다.

물론 아벨이나 빈센트 볼라키아를 위해서도 아니다. 그런 말장난이 아니라, 치샤가 목숨을 던진 것은——.

"——들어라! 지금부터 『대재앙』이 온다! 이후, 내 지시에 따르라!"

어금니를 악물고 고개를 든 아벨이 잔해 더미에 뛰어올라서 뒤돌아섰다. 그렇게 모은 면면을 둘러보고 전원에게 들릴 만한 목소리로 외쳤다.

아벨의 선언에 저마다 자의적인 행동을 하던 이들이 쳐다보았다.

그 순간, 사정을 아는 우비르크와 벨스테츠 이외의, 『구신장』들의 눈에 스친 것은 일말의 의혹——. 도대체 이 남자는 누구냐는.

그 의혹에 아벨은 귀면에 손을 뻗어 볼을 잡았다. 최후의 순간, 치샤가 자신에게 씌운 그것을 벗고 민낯을 보인다.

그리고——.

"나는 너희의 황제, 빈센트 볼라키아. ——제국의 검랑, 그중 하나다."

7

짐승 발톱으로 세게 지면을 움켜쥐고 대지를 뽑아낼 기세로 몸을 앞으로 날린다.

지혜를 발휘하고 무(武)와 마(魔)를 휘둘러 자기 진영이 이 전장을 지배할 수 있게 뛰어다니는 동료들. 거기에 일조하고자 프레데리카 바우먼은 전장을 달렸다.

아름다운 금빛 털의 암표범은 바람을 추월해서 이 전장을 달리는 이들 중에서 '두 번째'의 속도로 전령 역할을 다해 왔다.

질이 압도적으로 앞서는 제국 정규병들 상대로, 말하자면 오합지졸인 반란군. 그들이 어떻게든 교착 상태로 몰고 간 것은 오토 스웬이 수집한 정보와 그 정보를 운용하는 아벨, 그리고 재빠르게 전달할 수 있는 프레데리카의 공헌이 지대한 역할을 했다.

그 공헌도를 자각하느냐 마느냐 하는 문제야 어쨌든, 이때도 프레데리카는 중대한 정보를 쥐고 흙을 박차고 있었고 그것이 야기하는 영향은 생각보다 훨씬 컸다.

그것은——.

"——대지에 이변의 조짐 있음. 제 주인과 동생의 전언이어요."

숨을 헐떡이며 피로가 심화된 몸을 끌어다가 도착한 본진에서 수화를 푼 프레데리카는 맨살을 드러내는 것도 꺼리지 않으며 급히 보고했다.

그것은 전장을 뛰어다니는 도중, 격전에서 살아남은 가필이 그 전과를 자랑하지도 않으며 낯빛을 바꾸고 프레데리카에게 전한 말이다.

피투성이로 엉망이 된 몰골로, 프레데리카의 상상을 초월하는 사투를 극복한 가필. 동생의 분전을 누나로서 칭찬하고 싶은 마음은 그 필사적인 호소 앞에서 유보되었다.

다행히 가필 옆에는 비룡대의 원군과 함께 도착한 로즈월의 모습이 있어서 적절히 간호해 주리라. 연적에게 간호를 받은 가필의 심경이야 어쨌든.

"——구체성이 부족하군. 자세한 내용은?"

"모르겠어요. 동생의 가호를 통한 직감이라고밖에. 단지……."

"단지?"

"제 동생의 직감은, 좋은 쪽이든 나쁜 쪽이든 잘 맞는답니다."

야생의 감이라고 해야 할지, 야생이었던 적이 없음에도 불구하고 가필의 직감은 짐승같이 뛰어나다. 일상에서는 잘 작동하지 않아 람 앞에서 추태를 보일 때가 많은 가필이지만 일이 투쟁에 관련된다면 신뢰성은 으뜸이다.

그렇기에 프레데리카도 앞뒤 따지지 않고 본진에 달려왔다.

그런 프레데리카의 호소를 듣고 생각에 잠긴 것은 남성적인 미인 세리나 드라쿨로이——. 비룡 부대의 원군을 데리고 아군이 된 제국의 상급백이다.

듣자니, 로즈월이 협력을 요구하러 간 지기가 그녀라는 모양이라, 로즈월의 지인이기에 아마도 성격에는 문제가 있을 듯한 여걸이다. 단, 이것도 로즈월의 지인이 가진 공통점이지만, 성격은 제쳐 두고 능력이 우수한 것은 의심할 여지가 없다.

그것은 이렇게 현재, 대군이 된 반란군의 움직임을 통제하는 본진에서 부재중인 총대장의 대리를 맡고 있는 점을 보아도 명백하다.

"프레데리카 님! 걸치실 것이지 말입니다!"

골똘히 생각하는 세리나의 옆얼굴을 살피던 프레데리카의 어깨에 뒤에서 붉은 외투가 씌워졌다. 볼라키아 제국의 『장』이 걸치는 게 허락되는 외투지만, 황공하게도 이를 걸쳐 준 인물은 그런 장식품의 의미에 정통하지 못하다.

그렇기에 순수한 선의가 기뻐서 프레데리카는 미소 지었다.

"감사합니다, 슐트 님. 보기 흉해서 죄송해요."

"그렇지 않습니다! 프레데리카 님은 열심히 많은 사람들 사이를 뛰어다니셨지 말입니다! 아주 훌륭하다고 저는 생각합니다!"

외투를 꼭 끌어당기며 감사를 표한 프레데리카 앞에서 예의 있게 선 것은 작은 몸 가득히 애교를 눌러 담은 슐트였다.

본진에 남아 전황을 조마조마하게 지켜볼 수밖에 없는 슐트의 기분은 전령 역할을 해내고 있는 프레데리카 이상으로 괴로운 점이 있으리라.

그런데도 돌아온 프레데리카에게 위로의 말을 걸 수 있으니 대견하다.

"응, 프레도 장해. 우도 다른 사람들과 같이 날뛰고 싶었다."

그런 슐트 옆에는 흑발 끝을 분홍색으로 물들인 우타카타가 팔짱을 끼고 끄덕이고 있었다.

그녀의 호전적인 발언에 프레데리카는 "그, 그건 글쎄 괜찮을까요." 하고 쩔쩔매다가 재차 세리나 쪽으로 의식을 돌렸다.

세리나는 자기 얼굴의 왼쪽, 거기에 크게 새겨진 하얀 칼자국을 어루만지면서 입을 열었다.

"볼라키아의 대지에 이변의 조짐이라. 로즈월이 중용하는 자의 충언을 박대하는 건 극히 어리석은 자의 지휘겠지."

"그러면……."

"부아가 치밀지만 『별점쟁이』와 함께 사라진 남자가 남기고 간 말하고도 부합되는군. 나만이 완수할 수 있는 큰 역할을 맡기겠다니, 참으로 이기적인 주장이었지만. 마치──."

"마치?"

"자신이 황제 각하인 것 같은 오만함이더군. 그것을 치러 온 입장인 주제에."

팔짱을 낀 세리나가 분노로도 어이없는 기분으로도 볼 수 없는 복잡한 표정으로 한숨지었다.

그녀가 화제에 올린 것은 귀면을 쓴 남자── 아벨이다. 본래 반란군의 전체 지휘를 담당하던 그는 본진을 떠나고 그 역할을 세리나에게 위임했다.

그때, 어떤 대화가 있었는지, 세리나에게 자세한 내용을 듣지 못했지만.

"여기를 떠나기 전, 아벨 님은 세리나 님께 뭐라고 말을 남기셨 나요?"

"――결판은 가깝다고. 단."

거기서 세리나가 말을 끊고 날카로운 눈매에 이번에는 분노를 채웠다. 격렬한 성격으로 알려진 『작열공』은 눈에 분노를 채운 채, 매끄러운 턱으로 전장을 가리키며 말을 이었다.

"결판은 제도와 반란군, 어느 쪽에도 기울지 않은 채로 흐지부 지하게 끝날 거라더군."

"흐지부지……라고요?"

프레데리카는 입에 담기도 화가 난다는 세리나의 표정의 의미 를 알고 곤혹에 빠졌다.

이만큼 많은 사람들이 관련된 싸움, 그 결판이 흐지부지된다 함은 무슨 의미일까. 애초에 전장의 지휘를 위임하는 상대에게 그 노력이 허사가 되리라는 의미로도 들리는 말은 배려가 부족 하다.

그 말을 남긴 아벨은 치명적으로, 사람의 마음을 알지 못한다 고 할 수밖에 없다.

어쨌든――.

"결판이라는 것은, 싸움이 끝난다는 뜻입니까? 그렇다면 프리 실라 님이나 알 님, 하인켈 님도 돌아오신다는 것이지 말이죠?"

"슐트 님……."

슐트가 동글동글한 눈에 걱정을 띠며 작은 몸으로 까치발을 딛고 전장을 쳐다보았다.

소년의 눈이 보는 쪽은 극한 상태가 된 전장 중에서도 유독 혹독한 환경을 만들어 내고 있는 일각──. 붉은 하늘과 하얀 하늘, 그 두 곳의 전장은 프레데리카도 들르지 못했다.

짐승의 본능이 그저 접근하기만 해도 몸이 못 버틴다는 확신을 주었기 때문이다.

그런 만큼 프레데리카는 위안이 될 만한 말을 가볍게 할 수 없었다.

저 공간에서 일어나는 일은 프레데리카의 상상을 초월한 현상이 분명하다. 그런 부끄러운 마음으로 눈꼬리를 내리고 있으려니.

"슈, 걱정하지 마라. 프도 요도 강하다. 미나 타하고 비등비등."

"우타카타 님……."

"우도 편하게 불러도 돼."

"우타카타 님아……."

가슴을 편 우타카타가 그 손으로 슐트의 분홍색 삐죽머리를 거칠게 쓰다듬었다.

어린아이답게 근거 없는 주장이었지만 망설임이 없는 만큼 슐트의 가슴에는 감명을 주었다. 고개를 도리도리 저은 슐트의 모습에 프레데리카는 웃음을 띠었다.

그리고 다시 세리나 쪽으로 돌아서서 물었다.

"세리나 님은 어쩌실 요량이시지요? 동생의 직감을 버려두지 않겠다면, 아벨 님의 당부에도 대처가 필요합니다만……."

"고민스러운 바야. 물론 고민할 겨를은 없지. ──봐라."

세리나가 다시 턱짓하자 프레데리카는 "네?" 하고 전장에 시선을 보냈다.

프레데리카의 비췻빛 눈동자에 멀리서도 알 수 있는 전장의 이변── 날뛰는 거대한 인간형 성벽, 『구신장』 중 한 명이 뒤돌아서 제도 안으로 뛰어 들어가는 모습이 비쳤다.

"저건…… 수정궁으로 가고 있어?"

"더더욱 그 남자 말대로 되나. ──볼라키아가 적이 된다는, 네 동생이 한 말의 진의는 모르겠지만."

세리나가 『강철인』 모그로 하가네의 폭거에 짚이는 구석이 있는 표정으로 얼굴을 찌푸렸다.

그리고──.

"전원에게 전달하라. 수정궁에 이변이 생기는 대로 전투 행위를 중단한다. 이 싸움을, 흘린 피를, 잃어버린 생명을 무위로 만드는 흐지부지에 대비하라고."

8

──쇳소리를 내며 청룡도와 도끼가, 만도가 공중에서 맞부딪치고 불똥을 튀겼다.

가차 없이 상대의 생명을 빼앗기 위해서 휘둘러진 강철.

감각이 마비되고 있었지만 그것이 자신에게 겨눠짐으로써 새

삼 목숨의 위협에 대한 공포와 실감이 뼈와 피부 내부에서 확 샘솟았다.

자신이 정신적으로 나약하다고 여긴 적은 없다. 오히려 같은 또래 아이와 비교하면 지나온 수라장의 경험도 합쳐서 담력에 축복을 받은 편이라고 생각해왔다.

그러나 폭파에 덴 살갗이 얼얼하니 아프고, 긴장으로 폐가 쪼그라드는 갑갑함을 맛보면 그런 자신에 대한 신뢰의 토대는 흔들린다.

그런 생각이 드는 가장 큰 이유는──.

"──윽."

싸움 도중에도 냉랭히 깔아보는 눈초리.

너를 잊지 않았다며 날붙이를 들이대는 듯한 남자의 시선이 페트라의 갑갑함을 더욱 조장하는 최대의 요인이었다.

도끼를 휘두르는, 머리띠를 두른 제국병.

이름도 모르는 그 인물이야말로 현재 페트라 일행을 괴롭히는 난적의 정체였다.

살아 있으면 언제나 죽음과 이웃한다.

어떤 상황이라도 눈을 깜빡거린 직후에 상황이 일변하는 일은 있을 수 있다. 그 부조리한 일례가 눈앞의 남자 같이 여겨져서 페트라는 세게 이를 악물었다.

땅바닥에 무릎을 꿇고 호흡을 가쁘게 쉬는 오토를 부축한다. 긴급 피난용으로 쓴 마석의 충격, 그 대부분을 떠맡은 오토의 피로는 무거웠다.

그렇기 때문에 강함도 약함도 구별 없이 목숨을 거는 전장에서, 페트라는 결코 약한 소리를 뱉을 수 없었다.

"으랴아! 알찡!"

"그래, 미디엄 아가씨."

그, 피 냄새가 도는 전장에 어울리지 않는 카랑카랑한 목소리와 맥 빠지는 목소리가 연계하며 새까만 살의의 주인과 검극을 교환했다.

작은 몸을 최대한 구사하는 미디엄과 협력하여 제국병과 겨루는 알. 그 전투력은 적을 압도할 정도는 아니어서 꽤나 치열한 소모전이 이어지고 있었다.

알 본인에게는 미안하지만 그가 원군으로 나타났을 때, 페트라는 기대가 빗나갔다고 여겼다.

"가프 씨나 에밀리라면……."

단순히 신뢰할 수 있는 아군이라는 이유만이 아니라 실력상으로도 상대를 압도했으리라.

그렇지 않은 알의 실력은, 페트라의 안목으로는 별로 높은 편이 아니다. 페트라나 오토 같은 비전투원과 비교하면 나아도 슈드라크 중 누구보다 약한 느낌이 들었다.

단, 그다지 강함이 걸출하지 않다는 의미로는 상대인 제국병도 마찬가지다.

아마도 저 제국병도 에밀리아나 가필, 제국의 『구신장』이라는 사람들과 비교하면 훨씬 약할 것이다. 그래도 페트라는 그가 두려웠다.

꽃에 붙은 벌레를 쳐낼 때 호들갑스러운 마법은 필요 없다. 손가락으로 집거나 약간의 물이 있으면 떨어뜨릴 수 있다. 이 제국병의 태도에는 그런 생각이 얼핏 보이고 있었다.

이 전장에서의 페트라 일행은 약간 부지런한 작은 벌레에 불과하다고——.

"——성가시군, 당신."

몸이 움츠러든 페트라의 귀에 별안간 남자의 목소리가 쑥 들어왔다.

순간 어깨가 들썩거렸지만 상대가 말을 건 것은 페트라 일행이 아니라 자신과 검극을 나누던 두 사람, 그것도 알 쪽이었다.

"탓! 흐오! 우와랴!"

남자가 손에 든 도끼를 휘둘러 알의 두꺼운 목을 노린다. 하지만 그것이 외팔이인 그의 청룡도에 막히자, 그대로 몸을 휘돌려 이격, 삼격으로 묵직한 공격이 연이었다.

알은 그 연격을, 기이하게 위태로운 손놀림으로 간신히 받아냈다.

조금도 안심하며 바라볼 수 없어서 페트라는 "꺅." "왓." 하고 작은 비명을 지를 정도였다.

"어떻게든, 알 씨를 원호하고 싶은데요……."

같은 불안은 오토도 있었는지 목소리에는 피로를 넘어선 초조함이 서려 있었다.

요란하게 등장한 알의 싸움에는 긴박감이 역력해서 지금은 운 좋게 버티고 있지만, 한 발 삐끗하면 죽어 버릴 듯한 공방이 다섯 번은 있었다.

그것이 여섯 번째를 셀 수 있을지 없을지, 페트라는 불리한 도박으로 느껴졌다.

"역시 성가셔."

다만 제국병의 의견은 페트라 일행의 그것과는 조금 다른 모양이었다.

위태롭든 말든 계속 공격이 막히던 남자는 크게 뒤로 물러나서 도끼를 들지 않은 손을 들어 알과 미디엄 쪽으로 가볍게 휘둘렀다.

그 직후, 공중에 불덩이가 생기더니 사납게 두 사람을 노리고 하늘을 태우며 달렸다.

"이봐, 이봐, 야야!"

"으꺅—!"

이치는 알 수 없지만 멀쩡하지 않은 방법으로 종속시킨 정령.

그것이 발사한 불덩이가 육박하니까 알과 미디엄이 머리를 감싸고 도망 다닌다. 두 사람을 빗맞힌 불덩이는 주위 나무들에, 땅의 수풀에 옮겨붙어 불이 커졌다.

"위험해……."

오토가 그리 중얼거리는 이유도 이해한다.

쳐다보니 불덩이가 야기한 화재는 알과 미디엄을 태우지 않았지만 대신에 주위를 태우고 제국병과 마주한 페트라 일행을 둘러싸서 도망칠 곳을 막으려 하고 있다.

활활 타오르는 화염이 원진을 그리고, 거기에 갇힌 꼴이다.

빗나가도 이렇게 도망칠 곳을 막는 것이 제국병의 노림수였겠지만, 상대는 그 상태에 이를 가는 페트라 일행을 아랑곳하지 않고 갸우뚱했다.

"마음에 안 드는데."

그 조용한, 상황에 전혀 맞지 않은 한마디에 알이 "아앙?" 하고 소리를 높였다.

그는 손에 든 청룡도로 타오르는 주위를 가리키며 말했다.

"이만큼 해놓고 뭔 소리 하고 있어. 자원을 소중히 여겨, 자원을. 이런 식으로 인간이 헥헥대며 심호흡해도 괜찮게끔 식물이 얼마나 노력해서 산소를……."

"여태까지 당신을 여섯 번 정도 죽였을 텐데, 한 번도 죽이지 못했어. 절대로 피할 수 없는 곳에 던져 넣어도 말이지. 징그러운 기분이야."

"무슨 말을 그렇게 하냐. 오늘은 액땜하는 날이구만, 진짜."

알의 응답에 남자가 눈썹을 찌푸리며 불신감을 격화했다.

알의 진짜 실력을 알 수 없어 제국병은 꽤 곤혹스러운 눈치다. 솔직히 저 인물과 같은 의견인 것은 매우 혐오감이 들지만, 페트라도 같은 의문을 알에게 품었다.

알은 죽을 것 같은데도, 그래도 안 죽는다.

제국병이 펼치는 공격에 대응하고 있지만, 위태로운 움직임으로 간신히 치명상만은 피하고 있다. ——치명상만은, 확실하게 피하고 있다.

하지만 실력을 숨기고 있는 분위기는 없어서, 그것이 매우 뒤죽박죽이다.

그렇기에 제국병도 손절하는 결정타를 얻을 수 없다.

"나랑 동류라 치기엔 사전 준비 따위 안 하는 임기응변적인 느낌이야. 그런 의미로는 뒤에 있는 형씨가 나랑 같은 부류겠지."

"……그거, 저를 말하나요? 그렇다면 제 명예를 걸고 이의를 제기하겠습니다."

"그래요! 성격이 나쁜 수준이 달라요! 당신 쪽이 뒤숭숭하고 음험해요!"

"내 편인 것에 비해서는 나한테도 쿡 쑤신단 말이지."

생각지도 못하게 화제로 거론된 오토가 씁쓸한 표정으로 쓴웃음 지었다.

그런 오토의 태도에 페트라는 살짝 답답함을 느꼈지만 그것도 금세 사라졌다.

"_____."

페트라를 힐끔 쳐다본 오토가 윙크했다. 그 표정에 씁쓸한 기색 이외의, 뭔가 꾸미고 있는 기색이 있음을 알아차린 페트라는 생각에 잠겼다.

말하지 않아도 페트라가 알아차렸으면 하는 의도가 있는 거라고.

"너무 오래 걸렸군."

페트라가 알아차린 직후, 차갑게 말한 제국병이 손가락을 딱 튕겼다.

그 직후, 조금 전보다 작은 불덩이가 한꺼번에 열 가까이 생겼나 싶더니 눈으로도 잡지 못할 속도로 사방에 흩어져 페트라 일행만이 아니라 주위의 나무들 및 지면에 불을 붙였다.

포위하기 위한 화염진의 확대와, 그에 부수되는 염열과 검은 연기──.

"아뜨뜨뜨뜨! 타겠어, 타겠어!"

"진정해, 아가씨! 댕기 머리 타기 전에 이리로 와!"

주위가 화염에 포위당해 뜨거워하는 미디엄이 긴 머리카락을 안고서 펄쩍 뛰었다. 화염진을 넘은 그녀가 알 옆에 뛰어들고 그 자리에서 울먹이며 뒤돌아보았다.

만도를 굳세게 고쳐 쥐며 이런 짓을 저지른 상대를 노려보려고 ──.

"어라?!"

"진짜냐……."

미디엄의 놀람과 알의 탄식이 겹쳤다.

두 사람이 보인 반응의 원인은 화염의 광경을 만들어 낸 제국 병의 모습이 사라졌다는 점이다.

"────."

그 제국병의 모습이 타오르는 화염과 피어오르는 연기에 숨어 사라졌다. 불을 위장으로 이용해 달아났는지, 아니면 슬금슬금 상대가 타죽기를 기다릴 계산인지.

"쯧……."

"전혀 없는데?! 우리도 타 버리기 전에 나가야지!"

알이 투구에 가린 시야를 내돌리며 화염 속으로 사라진 남자의 모습을 찾았다. 그사이, 그는 자신의 청룡도를 목덜미에 대는, 기묘한 자세를 유지하고 있었다.

그 옆에서 미디엄도 쫄래쫄래 주위를 둘러보지만 발견되지 않는 적에 애를 태우며 강해지는 불길을 피하려고 그리 호소했다.

확실히 남자의 행방에 고집하다가 도망칠 길을 잃으면 본말전도라고, 지금은 위험한 지대에서 벗어나는 쪽을 우선해야 한다는 생각도 자연스럽다.

그러나——.

"_____."

오토가 몸을 부축하는 페트라의 손에 겹쳐진 손에 자그마한 힘을 꼭 주었다. 페트라는 그 악력에서 전해지는 긴장감을 말없는 지시로 받아들였다.

긴장을 풀면 안 된다는 그 경계심에 페트라도 강하게 찬동했다.

거기에다 페트라는 오토와 겹쳐진 손에 다른 한쪽의 자기 손도 실었다.

"——고마워요, 페트라."

그 말을 입에 담은 직후, 오토가 그 자리에서 몸을 비틀어 등 쪽으로 땅바닥에 쓰러지듯이 자세를 무너뜨렸다. ——그때, 아슬아슬한 그 순간에 도끼가 옆으로 쓸고 지나갔다.

"_____."

깔린 화염진 안에서 연기에 섞여 접근하던 제국병의 살의가 허공을 갈랐다.

확실한 순간을 날려 버린 남자가 그 사실에 가볍게 눈을 부릅떴다. 하지만 금세 마음을 다잡듯 휘두른 도끼를 되돌리려고 하지만——.

"지와르드!!"

손가락을 다섯 개 세운 페트라, 그 손가락 전부에서 방사형으로 방출된 저출력의 지와르드가 제국병의 안면을 포착하고 다섯 발 중 한 발이 상대의 오른쪽 눈을 태웠다.

위력을 희생해서 면 제압을 노린 페트라의 공격이다. 그것은 훌륭히 목적을 달성해서 안구를 덴 남자가 "끄억." 하고 신음과 함께 몸을 뒤로 꺾었다.

거기서 공중에서 빙글빙글 도는 인영이 달려들었다.

"가!"

그것은 화염 너머에서 허리를 낮춘 알, 그 등을 디딤대로 밟은 미디엄이었다.

빙글빙글 종회전하는 미디엄은 두 손에 단단히 잡은 만도를 휘둘러 자세가 흐뜨러진 제국병을 가차 없이 후려쳤다.

"우—랴—아!"

단단한 소리가 울리고 불타는 화염 속에서 다른 느낌의 붉은색이 섞였다.

울린 소리는 만도를 맞은 두개골이 깨지는 소리가 아니다. 손을 들었던 페트라는 보았다. 휘둘러지는 만도에 남자가 스스로 이마를 부딪치러 간 것을.

저 단단한 소리는 아마도 머리띠 아래에 숨겨 두었던 이마받이 때문에 난 소리일 것이다. 그걸로 미디엄의 공격을 막았다. 물론 다친 곳이 없지는 않다.

이마에 손을 짚은 채로 도끼를 휙휙 휘두르며 꼴사납게 추격을 회피하며 물러나고, 물러나고, 물러나서——.

"젠장……."

물러난 남자의 머리에서 피로 물든 머리띠가 스르륵 풀렸다. 이마받이로 막았으면서도 깨진 이마에서 흐르는 피가 멎지 않는다.

요란하게 피를 흘리는 와중에 남자의 눈이 오토와 페트라를 노려보았다.

어째서 자신의 기습이 간파당했느냐, 그렇게 물어보는 듯한 눈초리지만——.

"——안 가르쳐 주죠. 저는 당신의 부모나 형제가 아니니까요."

땅바닥에 쓰러져 있는 주제에, 그리고도 으스대듯이 오토가 큰소리쳤다.

그 말에 제국병은 혀를 찼다. 혀를 차고, 이마의 피를 손바닥으로 훔치고는.

"아! 잠깐! 도망치다니 치사하잖아!"

거기서 격분하여 달려드는 무모한 짓은 선택하지 않았다.

제국병은 열과 피로 가려진 오른눈을 감은 채로 화염 너머로 자취를 감추었다. 또다시 상대가 사라지자 페트라는 거듭된 기습을 경계하지만——.

"안 와요……. 불리한 상태로 계속 싸울 만큼 필사적이지 않아 보였습니다."

"으~ 납득이 안 돼요! 우리만 필사적이었던 것 같잖아요."

"아가씨 기분은 이해해. 하지만 말 한마디 못 남기고 도망친 건 상대야. 우리가 이겼지, 이겼어. 우리가 이겼다아아!!"

"이겼다─!!"

제국병이 사라진 쪽을 향해 알과 미디엄이 개가를 올렸다.

실제로 그것이 저 제국병에게 해코지가 될지는 모르겠지만, 두 사람의 그 행동으로 페트라의 가슴도 약간 가벼워졌다.

어쨌든─.

"마지막에, 무슨 수로 녀석의 움직임을 읽은 거야? 도박 아니었어?"

"내 공훈이 아니에요. 페트라 덕분이죠."

청룡도를 칼집에 꽂은 알의 손을 빌려 일어난 오토가 페트라를 가리켰다. 그렇다고는 해도 페트라도 모든 게 자기 공훈이라며 가슴을 펼 수는 없다.

"애초에, 표적은 저였으니까 마지막 한 수는 저를 노릴 것으로 예상했습니다. 공격하는 순간과 방향을 알았던 건 발소리 덕분이고요."

"발소리?"

"오토 씨의 가호로, 흙 아래 아이들의 목소리를 들었다……는 거죠?"

"정답입니다."

오토의 수긍에 예상이 적중했다고 페트라가 가슴 앞에서 손을 맞댔다.

원래부터 오토가 『언령의 가호』를 구사해 전장 전체의 정보를 장악한 것이 적에게 노림받은 이유였다. 그 제국병은 어떤 방법인지는 모르겠지만 동물 및 벌레의 소리를 듣고 전체상을 파악할 수 있는 오토의 가호를 회피하며 나타났다.

그런 상대를 포착하려면 기존과 같은 방법으로는 안 되었다.

"그러니까 흙 아래 아이들…… 눈이 없고 바깥 상황도 보이지 않으니까 오토 씨는 쓸모가 없다고 말하던 아이들이었지만요."

"조금만 말을 가려서 할 수 없나요! ……아무튼, 땅속의 동물 및 벌레의 소리를 듣고 발소리로 상대의 위치를 파악했습니다. 임기응변이었습니다만 페트라가 양 마법으로 목소리를 잡아내는 데에 힘을 보태 주어서요."

"오토 씨, 못돼 보이는 얼굴로 신호를 주었으니까요."

손이 세게 잡혔을 때, 오토가 페트라에게 요구한 것이 양 마법의 원호였다.

그 조력을 얻은 오토가 가호로 상대의 위치를 발소리를 통해 추측하고 마지막 기습을 회피, 반대로 상대에게 타격을 주어 퇴각시켰다. 그것이 내막이었다.

"——본심을 말하면 전투 불능으로 만들고 싶은 상대였습니다만."

"동감이야. 강한 게 아니라 죽이는 재주가 능숙하다 할 놈이었어. 그보다도……."

"뜨거워 뜨거워 뜨거워! 빨리 여기서 안 나가면 쪄 죽겠어!"

위험한 적을 물리쳐도 주위가 불타는 상황이 사라지진 않았다.

미디엄의 호소에 알이 "그러게 말이다." 하고 오토에게 어깨를 빌려주었다. 페트라는 미디엄과 함께 화염의 영향이 약한 곳을 찾아 두 사람을 이끌었다.

그렇게 화염에 휩싸이기 전 이탈을 시도하는 일행이지만——.

"한시라도 빨리 빠져나가죠. 본진에 돌아가야 할 이유가 생겼습니다."

"……그렇게 서두를 까니 어째 위험한 상대에게서 도주에 성공한 무용담을 자랑하러 가는 말투가 아닌데."

"네, 나쁜 소식이에요. 일은 한시를 다툽니다. ……아까, 발소리를 들으려 했을 때 부차적으로 들려온 정보인데요."

한고비 넘기고 또 고비일 때 나올 법한 꺼림칙한 서두.

화염의 열기에 쫓기는 와중에도 들어넘길 수 없는 발언에 페트라가 쳐다보자 떫은 표정을 지은 오토가 배후—— 아니, 전장 전체를 바라보면서 말했다.

"아무래도 용이나 불타는 하늘이나, 그런 것과 또 다른 각도에서 전장 전체가 위태로워질 법한 기척이 오고 있나 봐요. 그것도 비교적 바로 눈앞에."

공교롭게도 동생이나 다름없는 소년이 『지령의 가호』로 알아차린 때와 같은 시간, 같은 내용을 『언령의 가호』로 입수한 오토 스웬이 말했다.

"──볼라키아 제국을 위기에 모는 『대재앙』이란 것이 닥쳐오고 있다는 모양이다. 나는 이 제국의 일장으로서, 살아서 수모를 당하고 목숨을 부지한 『장』으로서! 기필코! 황제 각하의 도움이 되지 못하면 죽어도 못 죽을 수가 없다!!"

지하 벽에 사슬로 묶여 있던 거한── 고즈 랄폰이라 이름 밝힌 인물의 말을 듣자 렘은 내란 이외의 문제가 제도를 흔들고 있음을 이해했다.

식사가 이틀에 한 번밖에 주어지지 않아 꽤 쇠약해졌던 고즈였지만, 그는 렘의 위안거리밖에 안 되는 치유 마법으로도 놀랍도록 기운을 차리고 활력을 삽시간에 되찾았다.

아마 그 효과 대부분은 본인의 맹신에 기이한 바가 크다고 짐작하지만.

"소녀여, 귀공의 치료에는 구원받았다! 본래라면 우리 가문에 초대하여 아내와 자식에게 은인이라 소개하고 싶으나, 지금은 각하에게 가야만 한다! 이 답례는 꼭 하겠다!!"

"아, 으음, 네."

"가능하다면 이곳을 떠나 정규병과 합류하라! 모그로 하가네 일장이나, 카프마 일루쿠스 이장이라면 나쁘게 대하지 않을 것이다! 그 이외의 일장은 피해라! 말이 안 통한다!"

사슬에서 풀려난 고즈는 무지무지 시끄러운 목소리로 말을 뱉고 무시무시한 기세로 지하에서 뛰쳐나가더니, 저택을 경비하는 병사들에게 일갈하고 멀리 보이는 수정궁으로 동행할 것을 명령했다.

그 명령에 경비병들의 태도는 둘로 갈라졌다.

아무래도 저택의 병사들도 고즈의 존재를 알고 있던 이와 모르던 이로 나뉘었던 모양이다. 정보가 제공되지 않았던 이들은 탐탁지 않고, 정보를 공유받았던 이들은 그만큼 벨스테츠의 신뢰가 두터운 셈이다.

따라서――.

"과연. 귀공들은 내 앞을 막아서는가."

아무것도 걸치지 않고 근육의 갑옷으로 감싼 상반신을 드러낸 고즈가 무기를 뽑고 길을 막으려는 경비병들을 응시했다.

고즈는 맨손이며 감금되었던 시간도 하루이틀이 아니다. 만전의 상태하고는 거리가 멀다. 그러나 경비병들이 맞선 것은 그런 승산의 유무 때문이 아니었다.

"좋다. 내가 황제 각하께 충성을 바치듯이, 귀공들은 재상에게 충의를 맹세한다. 그 명예, 내가 똑똑히 지켜보리라!!"

발산되는 압도적인 귀기는 자신을 적대하는 병사들을 응시하면서도 탁한 기색이 없었다.

그 이후의, 맨손인 고즈의 일방적인 싸움도 그렇다.

거대한 주먹이 휘둘리고, 한 방에 경비병이 여러 명 날아간다.

숫자로 다소 유리한 것은 오차조차 되지 못했다. 한순간의, 압도적인 제압이다.

"아벨 씨에게 『구신장』의 한 분으로 이름을 들었는데……."

실제로 렘이 진짜 『구신장』을 목격한 것은 성곽도시 과랄에서 본 아라키아와 마델린뿐.

그 두 사람과 비교해도 고즈의 존재감은 손색이 없다.

무기와 장비, 그리고 피폐해진 만큼 지금의 이 남자 쪽이 불리할지도 모르지만.

"잘 싸웠다! 그래야 제국의 검랑이다!!"

고즈가 때려눕힌 병사들 한복판에서 팔을 번쩍 위로 지르며 열혈하게 칭찬했다.

분명, 진짜 황제인 아벨을 피신시키기 위해 몸을 바쳐 희생했다고 들었던 인물이지만, 구속되어 피폐해진 것도 거짓말 같을 만큼 팔팔하다.

어째서 이 남자가 저택 지하에 구속되어 있었는지는 알 수 없지만.

"다시 말하리라, 재상 벨스테츠 폰달폰! 귀공의 계획대로 되지는 않을 것이야! 치샤 일장, 귀공도 그렇다! 우오오오오오!!"

그런 시시콜콜한 이야기를 하기보다 먼저 고즈는 자신에게 찬동하는 경비병을 데리고 벨스테츠의 저택 정문을 통해 당당히 뛰쳐나갔다.

『사자기사』의 용맹에 압도된 렘은 그 뒷모습을 배웅할 수밖에 없었다.

물론——.

"저는 저 성에 볼일이 없으니까요."

생각지도 못한 흐름으로 저택의 병사가 사라져서 렘을 가로막는 장애물도 없어졌다.

렘은 고즈가 쓰러뜨린 병사의 생사를 확인했다. 그리고 중상자에게 최소한의 치료만 하고서 장검 한 자루를 지팡이 대신 삼아 저택을 이동해 여러 번 지났던 방 앞으로 갔다.

그리고——.

"카츄아 씨, 저예요. 렘이에요. 나와 보세요."

"……절대로 나가기 싫은데. 아, 아까 그 큰 목소리, 뭐야."

"기분은 이해해요. 하지만 이제 큰 목소리를 내신 분은 나가셨어요. 저희도 이제 어떻게 할까 대화할 때라고 생각해요."

"어떻게 하긴……."

문 너머 들리는 목소리, 모습을 보이지 않는 카츄아의 방 앞에서 렘은 그녀의 결단을 촉구했다.

현재, 용맹한 고즈가 좋든 나쁘든 저택의 병사를 일소했기에, 급히 저택을 벗어나야 할 긴급성은 희박해졌다.

그러나——.

"『대재앙』……."

고즈가 화급히 수정궁에 있다는 황제에게로 향한 것은 그 때문이라 한다.

정확히는 고즈가 수정궁에 간 가장 큰 이유는 황제를 사칭하는 가짜와 대치하기 위함이리라. 그렇다고는 해도 그 정체 모를 재앙의 저지가 목적인 것은 사실.

어쨌든 간에 고즈의 조언은 이 자리에 남는 선택을 긍정하지 않았다.

그렇다면——.

"——나, 나는 여기를 나갈 이유가, 없으니까. 이, 인질이고."

"잡아 둘 병사는 없어졌어요. 이제 인질 신세를 감내할 이유도 희박해졌지요."

"그, 그래도……!"

"——알겠습니다. 최소한 문이라도 열어 주세요. 무사한 얼굴만이라도 보게."

카츄아가 당혹해하면서도 자기주장을 굽히지 않자 렘이 양보했다.

렘의 마지막 부탁에 잠시 침묵 뒤에 의자 바퀴가 움직이는 소리가 나고, 문의 잠금이 풀렸다. 그렇게 방문이 열린 순간.

"실례합니다. 가죠."

"어?! 아, 잠깐, 너?!"

"미안해요. 무사한 얼굴을 보고 싶을 뿐이라는 건 거짓말이었어요."

방에 쳐들어간 렘은 문 옆에 있던 카츄아를 발견하자 그 뒤로 재빨리 돌아가서 바퀴 의자를 밀어 방 밖으로.

당황한 카츄아가 저항하려 해도 바퀴를 막으려는 힘이 허약해서 강압적인 렘의 힘에 대항하지 못한 채 밀려 나갔다.

"기다려! 나는 여기서, 기다려야 할 상대가……!"

"그건 잘 알고 있어요. 하지만 여기서 기다리는 건 위험해요. 약혼자를 기다린다 쳐도 최소한 안전한 곳으로 가죠."

"안전하다니, 이 제도에서 여기보다 안전한 곳이——."

있을 리 없다. 카츄아는 그렇게 말하려 했으리라.

그러나 말하는 도중이던 카츄아가 뒤의 렘을 노려보려고 좌우로 목을 꼬던 도중, 갑자기 그 눈을 부릅뜨고 하늘을 응시했다.

카츄아의 반응에 이끌려 렘도 그쪽을 올려다보자, 저택의 복도를 걷고 있는 두 사람 머리 위로 크나큰 그림자가 드리웠다.

——어마어마하게 거대한, 인간형 성벽이 저택 위로 건너 제도 안쪽으로 가는 한 걸음이었다.

"————."

고즈가 날뛰는 것보다, 제도에 쳐들어오려는 반란군들의 그 어떤 공격보다, 가까운 곳을 지나간 거대한 발이 도시를 짓밟고 달리는 모습 쪽의 충격이 더 크다.

땅울림과 충격으로 의자의 바퀴가 뜨는 감각을 느끼며 렘과 카츄아는 쭈뼛쭈뼛 서로의 얼굴을 마주 보았다.

"화, 확실히 여기가 안전하단 얘기는 틀렸나 보네……."

"……네, 서두르죠."

아무리 그래도 방금 거대한 한 걸음은 이 대소동 중에서도 예외 중 하나라고 생각했지만, 구태여 그 말을 해서 카츄아의 역정을 사는 것도 미련하다.

얌전히 따를 자세인 카츄아의 바퀴 의자를 미는 렘이 이어서 향한 곳은.

"네 동행, 요양 중이라며? 어쩔 건데."

"사실은 별로 움직여선 안 돼요. 하지만 그런 말을 할 수 있는 상황도 아니니까……."

렘이 카츄아의 말에 그리 응수하고 함께 목표한 방에 당도했다.

그 안에는 렘과 함께 저택에 끌려와서 중상의 치료가 아직 끝나지 않은 플롭 오코넬이 연금되어 있다.

카츄아에게 대답한 대로 가능하면 안정을 취하며 재워 두고 싶지만──.

"플롭 씨, 저예요. 실례해도 될까요?"

"음, 부인 군인가! 지금 열게."

문을 노크하자 바로 대답이 들리고 곧이어 문이 열렸다. 문 바로 옆에 있었다고밖에 여길 수 없는 반응에 렘과 카츄아가 눈을 동그랗게 떴지만, 그도 그럴 만했다. 문 옆에 숨어 있던 것 같은 플롭은 그 손에 손거울을 쥐고 있었다.

"저, 플롭 씨, 그 거울은?"

"이야아, 실은 일단 무기라는 의도였어. 아까 아주 큰 목소리가 들렸지? 도시가 시끄러워졌으니 누군가 적대적인 사람이 밀어닥칠지도 모른다 했어."

손거울을 빙글빙글 돌리며 대답하는 플롭. 일단 세 사람이 연금된 명목은 포로 및 인질이었기에 각자 방에 무기로 삼을 만한 도구는 비치되지 않았었다.

그렇다고는 해도 대항 수단으로 거울이라니.

"……너, 그 거울로 싸울 수 있단 거야?"

"공교롭게도 방에 이 정도밖에 없었어. 다만 거울을 써서 싸운 적이 없으니까 어쩌면 잠자던 재능이 있을지도 모르지! 부인 군은 어떻게 생각해?"

"그러네요. 잡담은 그만두고 필요한 얘기를 하고 싶어요."

게슴츠레한 눈빛의 카츄아에게 평소 같은 분위기로 대답하는 플롭. 그의 그다운 모습은 솔직히 안심이 되지만, 한편으로 절박한 상황에서는 일단 접어 두었으면 한다.

어쨌든――.

"이 분은 카츄아 씨예요. 이 저택에서 알게 된 분인데요."

"나는 플롭 오코넬이야. 네가 부인 군이 말하던, 부인 군의 친구구나."

"……따, 딱히, 이 아이와 친구가 된 기억은, 없는, 데."

"그렇다면 그럴 마음가짐을 가져 둬. 좋은 친구를 만드는 것은 좋은 인생을 걷기 위한 단서가 돼. 그게 아니어도 친구가 많아서 손해 볼 것은 없지."

"나, 아마, 네가 거북할 것 같아……."

렘도 예상했던 대로, 플롭은 카츄아가 거북해하는 성격이었다. 그렇다고는 해도 플롭 쪽은 카츄아의 솔직한 말을 들어도 신경 쓰지 않을 성격이라, 카츄아가 씁쓸한 표정을 하는 것만으로 끝난다면 최선의 상황이라 할 수 있다.

"플롭 씨, 현재 제도의 상황 말인데요……."

"대강은 알고 있어. 싸우러 나가기 전, 마델린 양이 인사하러 와 주었거든."

"……마델린 씨가 인사, 라고요?"

뜻밖의 접점으로 마델린이 플롭의 방을 방문하는 건 알았지만, 설마 출진 전에 인사하러 오는 사이라고는 생각도 못했었다.

다만 『구신장』에게 직접 말을 들었으면, 바깥 상황에 관해서는 플롭 쪽이 렘보다 자세할 가능성조차 있으리라.

"그렇다면 얘기가 빨라지죠. 이미 이 저택의 경비병은 없어졌기에 머무르는 것도 빠져나가는 것도 자유입니다만…… 저는 저택에서 나가야 한다고 생각해요."

"그건 아까 큰 목소리나, 어마어마한 땅울림하고 관계가 있을까?"

"네. 다만 그게 다는 아니에요. 더 안 좋은 일이 일어날지도 몰라서."

"그, 그것보다 더 안 좋은 일?! 노, 농담이 아니거든……!"

플롭에게 대답한 렘의 염려를 듣자 카츄아가 창백해진 얼굴로 떨었다.

이것만큼은 카츄아를 을러서 말을 듣게 하기 위함이 아니라, 미확인이지만 정말로 위험할 가능성이 있는 이야기다. 그러나 한편으로, '무슨 일이 일어날지도 모른다'는 것 이상의 이야기가 아니기에 움직이기 위한 확증으로까지는 이르지 못했다.

"그래도 부인 군은 여기를 떠나야 한다고 생각한단 말이지."

"──네."

플롭의 물음에 렘은 망설임 없이 끄덕였다.

연금되고는 있었지만 이 저택의 생활은 그다지 불편한 점이 없었다. 외출은 금지되었지만, 각자 방에 왕래는 비교적 허용되었고 다친 플롭의 치료도 맡겨 주었다. 카츄아와도 만날 수 있었고, 적이어야 할 벨스테츠에 대해서도 큰 분노나 미움은 품을 여지가 없었다.

벨스테츠의 모반 이유에 관해서는, 잘못한 쪽이 아벨=빈센트인 것이 아닌가, 하는 의혹이 렘 안에 있기에 더더욱 그렇다.

그렇다고는 해도 그런 사정을 빼면 렘이 이 저택을 떠나고 싶은 결정적인 이유는, 아마도 렘의 감정이 가장 크다.

이대로 구속된 신세로 계속 남으면, 렘에게 친절히 대해 준 많은 사람들에게 걱정을 끼친다.

그런 부조리하고 불성실한 상황에서 빨리 빠져나가야 하리라는, 그런 이유다.

"좋아, 알았어. 나도 이견은 없어. 부인 군과 카츄아 양하고 같이 가지."

"괜찮으시겠어요?"

"남아 있어도 침대에 누워 있는 것 말고 할 수 있는 일이 없으니 말이지. 이래 봬도 행상인이니까 다소나마 몸을 움직여 두지 않으면 불안해서 못 버텨."

렘의 부담을 줄이기 위함인지 플롭이 그렇게 웃으며 주먹을 쥐었다. 그리고 "게다가." 하고 말을 이었다.

"실은 전언을 맡은 게 있거든. 만약 여기서 깜빡 낮잠을 자다가 그걸 전할 기회를 놓쳤다간, 도저히 세상이나 동생에 볼 낯이 없어."

"전언…… 그런 걸, 누구에게서."

"스스로 역적이란 오명을 쓴, 내가 보자면 위대한 도박에 도전한 제국의 검랑이야."

한쪽 눈을 감고 윙크한 플롭의 그 대답에 렘은 머쓱해졌다.

아무래도 렘이 짐작할 만한 상대는 아닌 것 같지만, 플롭이 같이 와 주겠다면 고맙다.

"아무리 그래도 카츄아 씨의 바퀴 의자를 억지로 밀면서 플롭 씨까지 메고 가는 건 어지간히 고생이 아니니까요……."

"너, 어떻게 하겠느냐 물은 주제에 상대에게 주도권 줄 마음은 전혀 없지?!"

"여러분이 위험한 상황에 처하지 않는다면 내버려 두어도 상관없겠는데요……."

힘으로 끌고 나가지 않으면 위험하니까 힘으로 끌고 나갈 수밖에 없다. 아무리 렘이라도 자기 힘이 미치지 못하는 범위까지 구하려는 생각은 하지 않지만, 힘이 미치는 범위라면 부득이하다.

상대의 마음을 꺾어서라도 그렇게 한다.——평판이 추락하는 것은 감수하고서.

"————."

순간, 그것이 자신을 향해 뻗은 손과 같은 행동을 한 것 같아서, 렘은 복잡한 감정으로 가슴이 먹먹했다.

그 감각을 곧장 떨쳐내고서 "그러면." 하고 카츄아와 플롭에게 끄덕였다.

"조심하며 저택을 떠나죠. 누군가와 조우할 때에는 신중히. 제도에 쳐들어온 사람과도 면식은 없을 테고요."

"무서운 소리 하지 말아 줘. ……그리고 너 다친 사람이잖아? 갈 수 있겠어?"

"핫핫핫, 걱정해 주어서 고마워. 다행히 부인 군이 헌신적으로 치유 마법을 걸어 주었거든. 떨어진 살은 메워졌고, 피도 돌아왔을 거야. 체력적인 부분은 뭐하니까 달릴 때는 언질이나 주었으면 좋겠는데."

"그런 배려는 하겠습니다. 저도 다리가 완벽한 상태가 아니고, 카츄아 씨도 바퀴 의자니까요."

모인 세 사람이 저마다 육체적으로 불안이 있는 구성원이라고 새삼 실감한다. 그래도 누구 한 명이라도 빠질 수는 없기에 힘을 합치는 것이 중요하다.

그렇게 각오를 다질 때.

"그나저나 부인 군, 우리 말고 잡혀 있는 다른 사람들은 어쩔 거지?"

"……잊고 있었어요."

플롭의 지적에 기선이 꺾인 렘은 이마에 손을 짚었다.

이 저택에는 별채가 있고, 그쪽 건물에는 렘 일행 이외의 포로 —— 듣자니 볼라키아 황제의 사생아인 『흑발의 황태자』를 자칭하던 여러 명이 잡혀 있다.

대부분이 황제에게 반역하기 위한 대의명분을 마련하느라 이용된 존재라지만, 황제의 후계자 문제 때문에 모반을 일으킨 벨스테츠에게는 남의 일이 아니었는지 되도록 진짜인지 여부를 확인하기 위해서 포로로 잡고 있었다.

"솔직히 우리의 적이라고도 아군이라고도 못할 사람들이라, 무시하고 싶어요."

현재, 카츄아는 몰라도 렘과 플롭의 입장은 매우 복잡하고 까다롭다.

군은 대의나 주장은 없지만, 어영부영 아벨을 대표로 세운 반란군에 가담하고는 있었다. 그러나 그 집단에서 떨어져 나온 데다가, 사로잡힌 황태자 집단하고는 면식도 없다.

그들의 선악도 알지 못하거니와 렘 일행을 대하는 태도도 불명인 것이다.

"⎯⎯⎯⎯."

그러므로 본심은 직전에 말한 바와 동일하다.

다만 『대재앙』이라는 영문 모를 것이 다가오고 있는 상황에, 거기서 도망치려고 저택을 떠나려는 렘 일행이 잠겨 있는 별채에 그들을 방치하고 가는 것도 심정적으로 괴롭기는 하다.

모든 것을 다 건져내기는 어려워도 가능한 한 죽는 사람은 줄이고 싶다.

그렇기 때문에 고즈가 때려눕힌 경비병들에게도 최소한의 처치는 베푼 것이다.

"……열쇠만 찾아와서, 자기들끼리 가져올 수 있는 곳에 걸어놓으면?"

"아……."

"자, 잘 모르겠지만. 잘 모르겠지만, 위험할지도 모르겠다면 나는 관여하고 싶지 않아. 하지만 그거 때문에 어물거려도 곤란해! 어디 이상해?!"

"아뇨, 아니요, 이상하지 않아요. 그러, 네요."

고민하고 있는 렘을 보다 못한 카츄아가 절충안을 제시했다.

돕느냐 마느냐, 둘 중 하나밖에 떠오르지 않았던 렘은 카츄아의 그 한마디에 구원받은 기분이었다.

그녀의 말대로 별채의 열쇠를 찾아서 잡혀 있는 그들이 그것을 가져오는 데 조금 고생하게 해 두면 그만이다. 그걸로 안전의 확보와 마음의 평안은 유지될 것이다.

"아무래도 정리된 모양이야."

렘과 카츄아의 대화가 마무리되자 플롭이 만족스럽게 끄덕였다.

그사이 자신의 긴 금발 일부를 땋고 있던 그는 문에 살며시 손을 짚었다. 그리고 문을 밀어젖히며 말했다.

"그럼 일단 별채의 열쇠가 있는 곳을 찾기 위해서…… 잠깐 기다리자."

문 너머로 나아가려던 플롭이 방금 한 말을 주워 담으며 문을 닫았다. 느닷없는 그 행동에 렘과 카츄아는 눈을 동그랗게 떴다.

그러나 플롭은 "쉿." 하고 자기 입에 손가락을 짚고서 지시하더니, 닫힌 문을 살짝 열어 밖을 엿보았다. 플롭 옆에서 렘도 밖을 훔쳐보았다.

"──아."

"자, 잠깐 뭐야? 그 반응, 좋은 예감이 전혀 들지 않는데……!"

플롭이 문을 닫은 이유를 문밖에서 발견한 렘이 숨을 죽이자, 그 낌새에 겁먹은 카츄아가 목소리를 떨었다.

하지만 카츄아의 불안을 풀어줄 말을 금방 준비할 수 없었다.

왜냐하면 렘에게도 플롭에게도, 그것은 상상의 범주 밖에 있던 광경이었으니까.

벨스테츠의 저택 안뜰, 그곳에 병사들과 다른 인영이 서 있었다.

그것은——.

"……어쩐지, 아주 안색이 나쁜 사람들이군? 수면 부족일까."

플롭의 그런 농담이 메마르게 들릴 만큼, 살벌한 분위기를 두른 인영의 모습은 괴이했다.

생기가 느껴지지 않는 안색과, 드러난 피부의 균열——. 한눈에 괴이하다고 느껴지는 특징을 떠안은 집단이 제국 재상의 저택을 점거해 가고 있었다.

10

"언뜻 보기로, 저들은 모두 제국병의 복장을 하고 있었지."

소리 내지 않고 문을 닫고 숨을 죽인 일행 중에서 플롭이 중얼거렸다.

솔직히 목격한 광경의 이질성이 하도 강하다 보니 그렇게까지 자세하게 살펴볼 여유가 없던 렘은 플롭의 주장을 무책임하게 긍정할 수 없었다.

다만——.

"서, 섬뜩한 녀석들이 저택에 들어와 있다니…… 그거, 황제 각하를 죽이려고 하는, 반란군 중 누군가라는 것 아니야?"

"그런 식으로 말이 통하지 않는 것하곤 또 다른 분위기였어요.

미쳐 날뛰고 있다거나, 지나치게 흥분했다거나, 그런 문제가 아니라……."

"사람 모습의 다른 생물 같아. 나도 대화가 통할 거라는 소리를 꺼내기 어려운 분위기라고 느꼈지. 상처가 불길한 예감 때문에 지끈지끈 아픈걸."

플롭의 의견에 렘도 하는 수 없이 찬동했다.

밖을 확인한 두 사람과 달리 문제의 상대를 보지 못한 카츄아에게는 느낌이 딱 오지 않겠지만, 그녀가 밖을 보면 평정을 잃을 것은 확실하다.

그렇게 다른 섭리 속에 있는 듯 느껴지는 상대를 보았기에 렘은 문득 생각했다.

"저 사람들은, 『대재앙』과 관계가……?"

고즈에게 단어만 들었을 뿐이라 그 내용은 무작정 나쁜 일이라고 상상할 수밖에 없는 『대재앙』이지만, 그것이 닥쳐오고 있다는 이야기를 들은 차에 밖의 존재를 목격하면 둘 사이에 관련성이 있는 것처럼 느껴질 따름이다.

그리고 이것은 치유 마법을 쓸 수 있는 사람으로서 느끼는 렘의 직감이지만.

"생기가 느껴지지 않았어요. 마치……."

"주, 죽은 사람이라고는 말 안 하겠지? 그런, 홀로가 어쨌다는 어처구니없는 소릴……."

"그렇게 웃어넘기는 건 성급할지도 모르겠어. 밖의 저들은 제국병의 복장이었지만, 그러고 보니 얼굴과 목덜미만이 아니라 갑옷도 너덜너덜했던 느낌이었지. 어쩌면 생전의 상처를 입은 채일 가능성도…… 어떻게 봐?"

"어떻게 보냐니, 몰라!"

플롭의 박진감 있는 표정에 카츄아가 눈이 휘둥그레지며 동요했다.

하지만 강하게 부정하는 말을 뱉은 것은 그녀도 렘과 플롭의 눈치를 통해 예사롭지 않은 사태가 일어났다고 감지했다는 증거였다.

더욱 최악인 것은——.

"——끼악."

"욱."

"——아."

잇따라 들린 작은 비명은 밖에 눕혀 두었던 경비병—— 고즈가 때려눕히고 렘이 응급 처치만 해 두었던 이들이 흘린 단말마였다.

분명하게 무슨 일이 일어났는지를 확인한 것은 아니지만.

"……아무래도 대화로 해결하기는 어렵겠어."

볼을 매섭게 꽉 다문 플롭의 말이 뒤집을 수 없는 병사들의 말로를 설명했다.

얼굴이 창백한 저 의문의 세력은 쓰러져 있는 병사의 숨통을 끊었다. 일절 교섭의 여지도 없이 말이다. ——렘 일행이 예외가 되리라고는 생각하기 어렵다.

"제가……."

병사들을, 최소한 어느 방에라도 집어넣었더라면 상황은 달라졌을까.

무방비하게 쓰러진 그들을 안전권으로 옮겨 두었으면, 일방적인 죽음을 맞이하는 사태는 피할 수 있었다. 그렇다면 저들이 맞은 죽음의 책임은 최선을 다하지 않은 렘에게 있다.

"──윽, 그런 생각이나 할 때야?!"

"카, 카츄아 씨……."

"지금 풀 죽어 봤자 셋 다 죽을 뿐이잖아. 시, 싫다고, 난, 그런 거……!"

분한 마음에 아래로 내려가던 렘의 얼굴을 카츄아의 두 손이 잡아다가 위로 일으켰다. 울먹이는 카츄아가 나무라듯이 대들며 렘의 약한 마음을 물어뜯으려 했다.

그 기세와 솔직하기 그지없는 카츄아의 말에 렘은 숨을 집어삼켰다.

그리고 조용히 끄덕이고 끙끙 앓을 때가 아니라며 결심했다.

"플롭 씨, 상황이 달라졌어요. 여기선, 별채를 열 수밖에 없습니다."

"응. 그렇지, 부인 군. 나도 같은 생각을 했어. 별채에 잡힌 황태자 군들과 친해질 수 있을지도 모르겠지만, 적의 적은 아군이라는 사고방식도 있지."

"네. 공통의 적이 있으면 손을 잡을 가능성은 있지요."

방침 전환의 표명에 플롭은 바로 찬동했다. 렘과 플롭의 합의에 카츄아도 고개를 아래위로 획획 흔들고 말했다.

"그렇게 결정이 났으면 빨리, 빨리 하자! 별채의 잠긴 문은, 그냥, 네가 힘 좀 써서 부숴. 하, 할 수 있지?"

"……마침 지팡이 대신에 주운 검이 있으니 그걸 쓰면."

검은 망가지겠지만 그에 교환해 문의 자물쇠를 부수는 정도는 가능할 것이다.

이미 열쇠를 찾아서 저택 안을 돌아다니기도 어려운 판국이다.

"저들의 주의가 별채로 쏠리기 전에 도착할 필요가 있는데, 문제는……."

"카츄아 씨의 바퀴 의자……."

세 사람의 시선이 카츄아가 앉은 바퀴 의자에 모였다.

약혼자로부터 선물받았다는 바퀴 의자는 매우 잘 만들어진 고급 지향적인 물건이지만, 그래도 바퀴가 도는 소리도, 각 부위가 가동할 때의 소리도 숨길 만한 것이 아니었다.

들키지 않게 움직여야 할 때에는 이만저만 부적합하지 않았다.

"나, 나는……."

같은 난제에 부딪힌 카츄아의 시선이 좌우로, 아래위로 정신없이 움직였다.

그러나 발이 불편한 이상 카츄아와 바퀴 의자는 뗄 수 없는 관계다. 그녀 본인도 자각하고 있으며, 잠시 고민한 끝에 카츄아가 말했다.

"놔두고, 별채를 열고 와. 호, 혼자서 기다릴 테니까……."

"혼자서…… 하지만 그런 건."

"방문 잠그고! 조용히 틀어박혀 있으면 모를 거잖아. 상대가 죽은 사람 같은 녀석들이라면 더더욱, 섣부른 짓 하지 말고 숨어 있는 편이 안전할 수 있어. 너, 너희더러 위험한 일 하고 오라며 말하는 건 아니지만."

들썩이는 목소리로 빠르게 떠드는 것은, 그만큼 그녀의 속내가 황망하다는 증거다.

다만 카츄아가 없는 용기를 짜낸 발언이라는 것은 렘도 플롭도 쓰라릴 만큼 이해했다.

그 마음을, 신뢰를, 헛되이 저버려서는 안 된다는 것도.

"플롭 씨, 카츄아 씨를……."

"아니, 카츄아 양의 기개를 감안해 줘야 해, 부인 군. 나와 부인 군, 둘이서 덤비는 편이 승산이 높아. 최악의 경우 한쪽이 미끼가 될 수도 있을 테지."

"_____."

그건 정말로 최악의 경우지만, 생각하기 싫지 않은 문제에서 눈을 돌리고 있으면 실제로 그 상황에 빠졌을 때에 속수무책으로 최악에게 쓰러질 수밖에 없어진다.

그렇기에 그 최악에 얻어맞을 가능성을 고려하면서도, 렘은 끄덕였다.

"반드시 별채를 열고 돌아올게요."

"따, 딱 부러지게 해. 너도 꼭 돌아와야, 하니까. 반드시!"

"——네."

렘은 카츄아의 손을 잡고 굳게 약속의 말을 나누었다.

서투른 카츄아의 걱정을 지고 그 무게를 잊지 않겠다며 가슴에 담았다. 그리고 렘은 플롭과 동시에 끄덕이고, 방 밖으로 나갔다.

"―――――."

숨을 죽이고 몸을 낮추며 복도로 나간 두 사람은, 주위―― 섬뜩한 '적'의 모습을 탐색하며 저택의 뒷마당 쪽에 있는 별채로 가는 길을 어떻게든 나아가려 했다.

도중에 바람에 섞여서 풍기는 피의 냄새는 살해당한 병사들의 것. 살해한 적은 십여 명, 멀쩡한 발걸음으로 저택 안을 거닐고 있다.

"……뭔가, 찾고 있는 분위기로 보이는걸."

"살아 있는 인간, 일까요."

"아니, 경비 보는 사람들을 처리한 것은 겸사겸사 얻은 소득이란 느낌이야. 이 잡듯이 뒤진다 치기엔 인원이 적고, 더 명확한 표적이 있는 것처럼 보여."

몸을 낮추며 나아가는 도중, 렘과 플롭은 상대의 거동에 관해 의견 교환.

플롭의 날카로운 통찰을 듣고 있으면, 자신이 엉뚱한 소리만 떠드는 것처럼 느껴져서 렘은 답답했다.

"내 의견도, 내가 그렇게 생각했을 뿐이니까 실제는 모를 일이야."

플롭이 이렇게 겸양하는 것도 분했다.

하다못해 별채에 잡힌 이들을 해방하는 데 공헌하여 만회하고 싶지만.

"――좋지 않네요."

다행이라고 할까, 모습이 묘한 '적'의 감각 기능은 인간과 별

차이 없는지 렘과 플롭도 알지 못하는 기이한 성능으로 포착해 오지는 않았다.

덕분에 어떻게 상대에게 발견되지 않은 채 별채 곁까지 오는 데 성공했다.

하지만——.

"……역시나, 완전히 못 보고 놓치진 않은 것 같아."

같은 것을 본 플롭의 말에 렘도 말없이 끄덕였다.

건물 그늘에 숨어 상황을 살피는 별채 주위, 그곳에 문제의 '적' 이 셋 보였다. 찾는 물건이 있다면 그토록 눈에 띄는 건물에 저들이 들르지 않은 것도 부자연스러운 이야기다.

당연히 문이 열리지 않는 건물에 저들도 눈독을 들였다.

문제는 건물 안, 『황태자』들이 사슬에 묶여 있기라도 하면, 문을 부순 시점에서 '적' 은 일방적으로 그들을 농락하며 죽일 것이다.

시간 유예는 없다. 당장에라도 행동으로 옮기지 않으면 그들은 생명을 빼앗긴다.

"부인 군, 내가 주의를 끌겠어. 그 틈에 세 사람, 할 수 있을까?"

"————."

"역할은 반대라도 괜찮지만, 내 어설픈 자세보다는 부인 군 쪽이 가능성이 높다고 생각해. 바로 결정했으면 좋겠어."

플롭이 막무가내지만 필요한 결단을 요구했다.

그 말에 렘은 딱 1초 눈을 감았다가, 바로 떴다.

그리고——.

"하죠. 뒤로 돌아가겠습니다. 플롭 씨, 딱 한순간만."

"그래, 맡겠어. 자랑은 아니지만 특기라서. 미끼가 되는 게."

믿음직한 대답에 끄덕인 렘과 플롭이 양쪽으로 갈라졌다.

마침 별채 입구, 그 대문을 부수려 획책하는 '적'의 3인조를 사이에 끼고, 좌우로 별도 행동하는 모양새다.

"ㅡㅡㅡㅡ."

렘은 자물쇠를 부수기 위해서 가져온 강철검의 감촉을 꽉 쥐며 확인했다.

검을 휘두른 경험은 없으며 남을 상처 입히는 게 특기라는 자각도 없다. 굳이 꼽자면 스바루의 손가락을 부러뜨린 게 렘의 교전 경험이지만, 자신감의 근거와는 거리가 멀다 할 수 있다.

하지만 자신감이 있고 말고가 문제가 아니다. 해야만 한다.

ㅡㅡ중대 국면이다.

"여어~ 제군, 건강하게 지냈나? 나는 장사할 물건이 없는 행상인이야. 현재 당신들에게 얼굴이나 파는 게 목적인데 말이지!"

갑자기 건물 그늘에서 미끄러져 나온 플롭이 '적'들에게 말을 걸었다.

별 협의도 없이 벼락치기로 상대의 주의를 끌어야 하는데도, 플롭의 태도는 너무나도 실전에 강했다.

"……뭐냐, 너는."

플롭의 등장에 정신이 팔려서 뒤돌아선 '적'이 그리 말했다.

차갑고 열기가 없는 음색이지만, 그 말에는 확실한 지성이 있었다. 그렇기에 상대를 말도 통하지 않고 교섭할 수 없는 존재로 여겼던 렘은 몹시 놀랐다.

그러나──.

"이런, 혹시 대화할 수 있나? 그렇다면 나도 태도를 바로잡을 부분이 있을지도 모르는데, 어떨까."

"아, 그건 아니다. 제국의 인간은 전원 죽어 줘야겠다."

"과연. ──역시, 교섭의 여지는 없는 거군!"

살벌한 '적'의 대꾸에 겹치듯이 플롭이 목청 높여 단언했다. 그것은 한순간 망설임이 생긴 렘의 마음을 녹이고 움직이기 위한 명쾌한 신호였다.

거기까지 들었으면 렘도 그 후의 행동을 망설이지 않았다.

"아, 아아아아아──!"

공격한다는 결심과 함께 움직인 순간, 입을 다물어야 하는 줄 알면서도 목소리가 나왔다. 그렇게 자신을 내부에서 고무하지 않으면, 그 후의 행동이 이어지지 않았다.

칼집에서 뽑은 검을 쳐들고 그것을 있는 힘껏 등을 보인 '적'에게 내리쳤다. "뭣?!" 하고 비명이 터졌지만, 무아지경에 두 번, 세 번씩 검을 휘둘렀다.

플롭에게 주의를 기울였던 '적'이 돌아볼 틈을 주지 않은 채 노도 같은 연속 공격. 뭐가 어느 정도면 상대를 전투 불능으로 만들 수 있는지 알 수 없기에 되는 대로 마구 휘둘렀다.

단단한 감촉이 손에 반사되던 기억이 있지만, 그것 말고는 꽤 흐릿하다.

다만──.

"부인 군! 이제 괜찮아! 이미 전원 해치웠어!"

"아······."

간절한 목소리에 제정신을 차린 렘은 정면에서 플롭의 모습을 보았다.

플롭과의 사이에 있었을 '적'을 찾자, 렘의 발밑에는 때려눕혀진 '적'——이었던 존재가, 산산조각이 나서 흩어져 있었다.

예상과 전혀 다른 그들의 쓰러진 형상에 렘은 "어." 하고 눈을 동그랗게 떴다.

"내 눈에는, 이 사람들이 깨진 것처럼 보였어. 실제로 이렇게 된 잔해를 봐도 도기나 유리 같이 깨졌고."

"······죽은, 것일까요."

"적어도 이렇게 가루가 되기 전부터 살아 있었는지는 의심스럽지."

쭈그려 앉아서 흩어진 '적'의 파편을 손가락으로 집은 플롭이 대답했다.

그의 대답에 렘은 자신이 어떤 답을 기대했었는지 자각하고 지독하게 씁쓸한 기부에 젖었다.

생물의 생명을 빼앗는 것은 렘에게 되도록 피하고 싶은 기피할 일이었다.

그렇기에 때려눕힌 '적'이 무엇인지, 생물인지 아닌지를 정의해서 자신의 마음을 지키고 싶었다고. 그런 비열한 기대가 있었다고 눈치채고 말았다.

"부인 군, 금방 이 사람들의 동료도 알아차리겠어. 서둘러 별채를 열자."

플롭은 렘이 품은 감상을 이 순간에는 유보하겠다는 판단을 내렸다. 렘도 그것이 정답이라고 플롭의 방침에 거스르지 않았다.

최소한 자기 행위에 정당성을 가지고자 별채의 문을 열려다가, 눈치챘다.

"어?"

발밑의, 깨진 '적'의 파편이 바람이나 지진과는 다른 형태로 부자연스럽게 꿈틀거리는 것을.

"──쉽게 죽지는 않아. 죽어 있으니까."

렘이 섬뜩한 위화감을 느낀 순간, 불쑥 '적'의 목소리가 들렸다.

뒤돌아선 렘과 플롭이 때려눕혔던 '적'의 소생을 목격했다. 산산조각으로 깨진 도기가 마치 시간이 역행한 것처럼 연결되고 꿰맨 자리처럼 금 간 곳이 드러나면서도 원래 상태로.

"────."

그 말도 안 되는 광경에 렘과 플롭은 경직되어 움직이지 못했다.

반사적으로 최소한 플롭만이라도 지켜야겠다 생각한 렘은 과랄에서 그가 감쌌을 때와 정반대의 행위를 하려고 발에 힘을 주었다.

하지만 어지러운 마음이 무릎의 지탱에 영향을 주고 불완전한 발이 그 행동을 방해했다.

오히려 '적' 앞에서 치명적이게도 자세가 무너지고 말았다.

검을 위로 들어야. 상대보다 빠르게. 그런데도.

늦는다.

"———으."

번들거리는 탁한 빛이 번뜩이고 '적'이 렘과 플롭에게 가차 없이 손에 든 검을 후려치려는——— 그 순간이었다.

"———엘!"

"미냐!!"

카랑카랑한 두 목소리가 겹치고, 직후에 렘의 눈앞에서 일어난 이변을 주도했다.

눈앞, 검을 쳐든 세 구의 '적'의 가슴을 배후에서 명중한 보라색 결정이 관통했다. 심지어 놀란 것은 그뿐만이 아니었다.

"컥."

관통당한 '적'이 신음을 질렀나 싶더니, 다음 순간 '적'의 온몸이 가슴을 관통한 보라색 결정과 같은 것으로 변해 또다시 산산이 깨졌다.

단, 깨졌다는 결과가 동일해도 그 후의 전개는 같지 않았다. 보라색의 파편이 되어 흩어진 '적'은, 이번에는 부활할 조짐을 보이지 않았다.

그리고 아슬아슬한 순간에 렘과 플롭을 구해 준 것은———.

"———기다렸지, 렘! 주연 등장이다!"

"그런 것이야."

용감한 선언은 외벽을 뛰어넘어 저택 부지에 들어온 붉은 질풍마, 그 등에서 뛰어내리고 등을 맞대며 팔짱을 낀 작은 인영이 낸 소리였다.

그것은 흑발에 눈매 사나운 소년과, 화려하고 예쁘장한 드레

스를 두른 소녀. 두 사람은 그 자리에서 렘 일행에게 딱 돌아서며 한쪽 눈을 찡긋하고 웃음을 보였다.

　화려한 등장과 선언을 펼친 소년과 소녀. 특히 소년의 얼굴에 렘은 눈을 깜빡였다. 그렇게 잠시 말을 잃은 뒤에 렘이 말했다.

　"──누구세요?"

　바람처럼 나타난 그 소년은, 적어도 렘의 눈에는 누구인지 모를 인물이었기에.

                                    11

　──땅땅, 거세게 문을 두드리는 소리에 카츄아는 몸이 얼어붙는 기분을 맛보았다.

　"싫어, 싫어싫어, 오지마오지마오지마……!"

　바퀴 의자를 방 안쪽으로 밀어 넣어 삐죽머리를 감싸 안고 필사적으로 기도한다.

　렘과 플롭을 별채로 보내고, 혼자 기다리겠다고 선언한 지 잠시 뒤. 카츄아는 가능한 한 호흡조차도 작게 죽이며 숨어 있었다고 생각했다.

　그런데 '적'이 존재를 알아채고 이렇게 죽도록 무서운 상황에 처해 있다.

　"운이 없어. 나는 역시, 내내 계속, 운이 없어……."

　'적'이 이 방 앞에 온 것도, 생존자를 찾다가 우연히 다다른 결과에 불과하다. 그랬는데 곧장 당첨을 뽑았으니 자신의 운은 최악이다.

아마 렘과 플롭이 돌아와 봤자 제때 맞추지 못한다. 그런 편리한 일은 자기 팔자에는 결코 일어나지 않는다.

"……오빠."

문밖에 있는 상대의 모습을 분명히 본 것은 아니다.

다만 렘과 플롭이 하는 말에 따르면 밖에서 어슬렁거리는, 제국병도 반란군도 아닌 제3세력은 죽은 사람 같은 양상이었다고 한다.

죽은 사람이라는 말에 지금의 카츄아가 맨 처음 떠올리는 것은 친오빠인 자말 오렐리였다. 죽어도 죽지 않는다고 여기던 오빠의, 설마 하던 죽음.

하다못해 홀로로서라도 다시 한번 만나고 싶다는 생각이 없지만은 않았다.

하지만 실제로 죽은 사람이 걸어 다닌다는 영문 모를 상황이 되자, 떠오르는 것은 오빠에 대한 집착이 아니라 자기 몸이 소중한 게 전부라서 볼썽사나웠다.

렘과 플롭이 무사하기를 빌며 자기 대신에 살아남아 달라는, 그런 고상한 자애의 마음도 없다. 있는 것은 자기애, 속절없는 자신에 대한 사랑뿐.

누구에게도 사랑받을 가치가 없는, 불완전하고 속절없는 자신뿐.

"나, 따위……."

기대하거나 희망을 품거나, 구원받고 싶다며 비는 것 자체가 잘못이었다. 그런 뻔뻔한 생각을 하는 바람에 렘과 플롭도 덤터기를 쓴 것이지 않은가.

카츄아의 불운과 실패에 렘과 플롭이 덤터기를 쓴 결과가 이것이지 않은가.

그런 지점까지 자포자기하던 생각이, 끝내 부서질 조짐을 보이기 시작한 문이 삐걱대는 소리에 가로막히자 카츄아의 목이 얼어붙었다.

절망적인 상황을 앞두고 비명조차 만족스럽게 지르지 못할 것 같은 자기 몸을 저주했다.

그러나——.

"어?"

문이 박살 난다, 그렇게 생각한 순간이었다.

그 문 너머, 이리로 밀고 들어오려던 '적'의 움직임이 멈추었다. ——아니, 정확히는 파괴 행위를 중단할 수밖에 없어졌다.

왜냐하면 '적'의 온몸이 붉은 화염에 휩싸여 불타올랐기 때문이다.

그리고——.

"협박한 미정령도 마지막 한 마리였는데 말이지."

불탄 '적'과는 별개의, 다른 목소리가 문 너머로부터 카츄아에게 닿았다.

욕을 뱉는 듯한 그 음성에 카츄아는 고개를 확 들었다. 그리고 바퀴 의자의 바퀴를 밀더니 스스로 문에 매달렸다.

그토록 열리는 게 무섭던 문, 그 자물쇠를 떨리는 손으로 풀고 열었다.

그렇게 활짝 열린 문 너머, 까맣게 타 버린 '적'의 주검을 걷어차며 한 남자가 서 있었다.

"기다렸지, 카츄아. ──여기서 나가자."

낯익은 머리띠를 잃어서 평소에는 세웠던 머리카락을 내린 상태. 마른 피를 이마와 뺨에 묻힌 채로, 그러면서도 도착한 남자의 모습에 카츄아는 눈을 크게 떴다.

그리고 그 남자 쪽으로 바퀴를 밀면서──.

"늦어……. 늦었어, 바보야! 내, 내가 죽으면, 죽여 버리려 했거든!"

잔혹하게 나타난 약혼자의 품에, 눈물지으며 뛰어들었다.

막간 『축언』

——제도의 수정궁에서, 성형 성벽에서, 반란군들의 본진에서 다양하게 상황이 변화한다.

일의 경위를 아는 이와 일의 경위 일체를 모르는 이.

그런 이들이 뒤엉키며 혼돈의 도가니로 화한 전장—— 아니, 볼라키아 제국이다.

유혈을 강요하고 생명이 스러지는 쪽을 택하며 야심을 꽃피우기 위한 행동이야말로 옳다 규정하는 대지가 맥동하고, 제국의 역사에 새겨진 송장들이 잇따라 일어선다.

그것을 악몽이라 부르지 않고 무어라 부를까.

"——『대재앙』."

그렇다. 악몽이 아니라면『대재앙』으로 부를 수밖에 없다.

볼라키아 제국에 만연한『별점쟁이』는 이것이 세계를 멸망으로 몰아넣는 거대한 재앙 중 하나라고, 그런 천명이 내려왔다고 목청껏 주장했다.

『대재앙』의 도래와, 그 후의 멸망을 막는 것이『별점쟁이』의 목적이다.

그 때문에 여태까지 그들은 적이 아니었다.

그 때문에, 앞으로 그들은 적이 되는 것이다.

"하지만——."

모든 것을 소비해 목적을 성취하려 함은 『대재앙』도 마찬가지.

양보하지 못할 소원을 품은 것은 『대재앙』 쪽도 마찬가지.

죽고, 죽여서, 그것이 쌓아 올린 송장의 대지인 볼라키아.

그것이 흘린 피 전부가 계획의 주춧돌이라면, 나머지는——.

"————."

그것은 멸망의 상징인 『대재앙』의 책임자.

과거 왕국에서 맹위를 떨쳐 많은 생명을 끝낸, 마지막 『마녀』.

저주스러운 『탐욕』의 그릇으로 태어났으며 그 영혼을 끝내 받아내지 못한 불완전한 그릇.

소외되고 살해당할 뻔하며 누구에게도 축복받지 못한 대신에 자기 자신을 축언한 존재.

"가지요. 계획을 성취하고 제국에 멸망을 주기 위해서."

보주가 빛나는 지팡이를 들고 거침없는 발걸음으로 나아가는 『마녀』—— 아니, 송장 인간들의 여왕에게 피의 지옥에서 되살아난 존재들이 뒤따르며 행진이 시작되었다.

——송장 인간들의 여왕, '스핑크스'로 불리었던 『대재앙』이 걷는다.

"——요·숙고입니다."

후기

중요한 것은 완급!

안녕하세요, 나가츠키 탓페이&네즈미이로네코입니다. '그리고'가 아니에요. 동일 인물이에요.

맨 처음의 뜬금없는 한마디 말입니다만, 32권 마지막에 강하게 주장하던 이야기의 진수입니다. 33권을 읽으신 여러분, 즐겨 주셨을까요.

또다시 변명을 하겠습니다만 이 책의 끝까지 갈 생각은 아니었습니다!

믿어 주시지 않을지도 모르겠습니다만 지난번 32권에 이번 권의 내용까지 전부 넣을 예정이었습니다. 작가의 어수룩한 예측에 본인부터 기가 막힐 지경입니다. 30권 이상 해놓고서 아직 플롯의 분량을 파악하지 못하고 있다니! 리제로 쓴 지 10년 지났는데 이 꼬락서니!

그 말을 꺼내자면 애초에 '볼라키아 제국편'은 리제로의 전체 플롯에는 존재하지 않았습니다. 백경이나 빌헬름 씨와 똑같네요. 쓰고 있는 중에 쓰고 싶어졌으니까 썼다는 것이 26권부터 시작된 제국편의 진상입니다. 치샤의 의도가 밝혀진 것과 합쳐서 작가의 의도도 밝혀지는 한 권이었습니다.

이야기는 아벨이 가면을 벗고 제국의 검랑을 자칭한 지점에서 전환기를 맞이하여 제국편의 결말인 8장으로 이어집니다. 그렇다고! 전체, 한 장 늘었어요!

앞으로도 이 이야기의 완급에 작가와 함께 휘둘려 주세요! 고마워요!

자, 속내도 밝혀서 후련해진 차에 늘 하는 감사의 말로 이행하겠습니다.

담당자 I 님, "알고 있나? 2월은 날짜가 적다구!"라는 지옥 속에 이번에도 간행에 다다르게 해 주셔서 감사합니다! 지옥을 가는 이정표입니다.

일러스트의 오츠카 선생님, 파워 있는 표지 일러스트와 송장 인간의 조형, 대단히 도움이 됐어요! 덕분에 쑥쑥, 팔팔하게 그들을 움직일 수 있었습니다! 시체지만요!

디자인의 쿠사노 선생님, 영화 같은 송장 인간의 대행진 일러스트를 더 매력적으로 만들어 주셔서 매우 감사합니다! 다들 얼굴이 좋네요! 시체지만요!

아토리 선생님&아이카와 선생님의 4장 만화판, 월간 코믹 얼라이브에서 매달 연재 중입니다만 매번『마녀』를 그리는 방법이 매력적이 되어가서 대단해요. 늘 감사합니다!

그리고 MF 문고 J 편집부 여러분, 교열 담당님과 각 서점의 담당자님, 영업 담당님과 여러분의 조력으로 이번 책도 완성을 볼 수 있었습니다. 정말로 감사합니다!

　마지막으로 독자 여러분, 제국편의 볼거리 중 하나에 도달해 주셔서 감사합니다!

　지금부터 노도 같은 제국편의 결말까지, 볼거리에 또 볼거리로 이어질 테니 아무쪼록 마지막까지 이야기를 지켜보아 주세요! 중요한 것은 완급!

　그러면! 다음 권, 그리고 제국편 완결인 8장을 잘 부탁드리겠습니다!

　　　　　　　　　　　　　　　　2023년 2월
　　　　　　　　　　《제국편 완결을 목표로 기합을 넣으면서》

리스카

Character Design

라미아

치샤

Chisha

"자, 각하. 정무가 지체되오니. 대단히 황공하오나 다음 회 예고를 부탁드리고자 하는 바."

"……네 이놈, 잘도 나에게 그런 이야기를 할 수 있구나."

"글쎄요, 그건 바쁘다는 의미의 답변으로 보아도 되겠습니까? 그렇다면 불초, 이쪽이 다음 회 예고를 시행하려는 바입니다만."

"──마음대로 해라."

"그러면, 그렇게. 우선 본 작품의 TV 애니메이션 시즌 3의 제작이 결정, 이미 공지와 키 비주얼의 공개가 이루어진 모양. 오츠카 신이치로 선생이 그린 일러스트도, 이건 제법 장대하여 눈이 즐거워지는 시도로군요."

"네놈의 감상을 장황하게 떠들지 마라. 다음."

"다음은 이쪽, 본편의 뒷이야기가 되는 34권은 6월 발매 예정이라고. 당분간은 이번 권과 동시 발매된 『Re:zeropedia 2』를 안주 삼아 느긋이 기다리십사."

"『Re:zeropedia 2』……? 그건 뭐냐."

"이런, 흥미가 생기셨습니까? 1권째와 똑같이, 작품의 내용 및 용어의 해설이 나온 책으로, 이번에는 제4장부터 6장까지 범위를 설명한 것이 되는 바."

"6장……. 그렇다면 제국과는 관계가 없군. 다음이다."

"분부대로. 그 외에는…… 아아, 현재 제4장의 만화판이 전개되고 있습니다만 마침내 제5장의 만화판도 시작하는 모양."

Re: Life in a different world from zero

아벨

Abel

"5장이라고? 게재지는 어떻게 되지."

"얼라이브+에서 여름부터 연재를 예정하고 있는 바."

"그렇군. 그자도 바쁜 남자라고는 생각했었지만, 그 신세도 극에 달했군."

"그 점으로 따지자면 각하께서도 좀처럼 못지 않은 분이라고 생각하는군요."

"──그래서, 이야기는 끝났나?"

"아니요, 본 작품의 신작 공식 게임의 제작 발표에 더해, 서적화 10주년의 기념 등, 아직 할 이야기는 숱하게 있는 바. 다만──."

"──────."

"다만, 이쪽이 많은 것을 이야기하는 것은 여기까지 해 두는 게 도리이기 마련이겠군요."

"이도 저도, 많은 것을 떠안은 채로 떠나. 너의 하는 짓은 바뀌지 않나 보군."

"네, 각하도 말씀하셨지요. 그 생각대로 자신을 섬기라고. 따른 바입니다."

"제국사에 너 같은 역신은 존재하지 않을 테지."

"아아, 이게 무슨 일이랍니까. 이쪽이 설마하니, 그렇게 세실스가 좋아할 취급을 쾌히 여긴 바."

"흥. ──너와 그자는 생각 외로 닮은 사이였을 거다, 치샤 골드."

※일본어판 발매 당시 내용입니다.

Re:제로부터 시작하는 이세계 생활 33

2023년 11월 20일 제1판 인쇄
2023년 12월 01일 제1판 발행

지음 나가츠키 탓페이
일러스트 오츠카 신이치로

옮김 정홍식

발행 영상출판미디어(주)
등록번호 제 2002-000003호
주소 07551 서울특별시 강서구 양천로 570 NH서울타워 19층
대표전화 02-2013-5665

ISBN 979-11-380-3671-9
ISBN 979-11-319-0097-0 (세트)

Re : ZERO KARA HAJIMERU ISEKAI SEIKATSU volume 33
ⓒTappei Nagatsuki 2023
First published in Japan in 2023 by KADOKAWA CORPORATION, Tokyo.
Korean translation rights arranged with KADOKAWA CORPORATION, Tokyo.

노블엔진(NOVEL ENGINE)은 영상출판미디어(주)의 라이트노벨 및 관련서적 브랜드입니다.